COLLECTION FOLIO

Philippe Labro

Un début à Paris

Gallimard

Philippe Labro est né à Montauban. À dix-huit ans, titulaire d'une bourse d'études en Virginie, il voyage à travers tous les États-Unis où il reste pendant deux ans. À son retour, il devient reporter à Europe n° 1 puis grand reporter à *France-Soir*. Il fait son service militaire de 1960 à 1962, pendant la guerre d'Algérie. Il reprend ensuite ses activités de journaliste (R.T.L., *Paris-Match*, TF1 et A2) en même temps qu'il écrit et réalise plusieurs longs métrages de cinéma dont *L'héritier* et *Rive droite, rive gauche.* En 1985, il est nommé directeur général des programmes de R.T.L., puis, en 1992, vice-président de la même station.

Il a publié chez Gallimard *Un Américain peu tranquille* (1960), *Des feux mal éteints* (1967), *Des bateaux dans la nuit* (1982). En 1986, *L'étudiant étranger* obtient un grand succès en librairie et lui vaut le prix Interallié. En 1988, *Un été dans l'Ouest* connaît le même succès et obtient le prix Gutenberg des lecteurs. En 1990 *Le petit garçon*, en 1992 *Quinze ans*, et en 1994 *Un début à Paris* complètent le cycle de ses romans d'apprentissage.

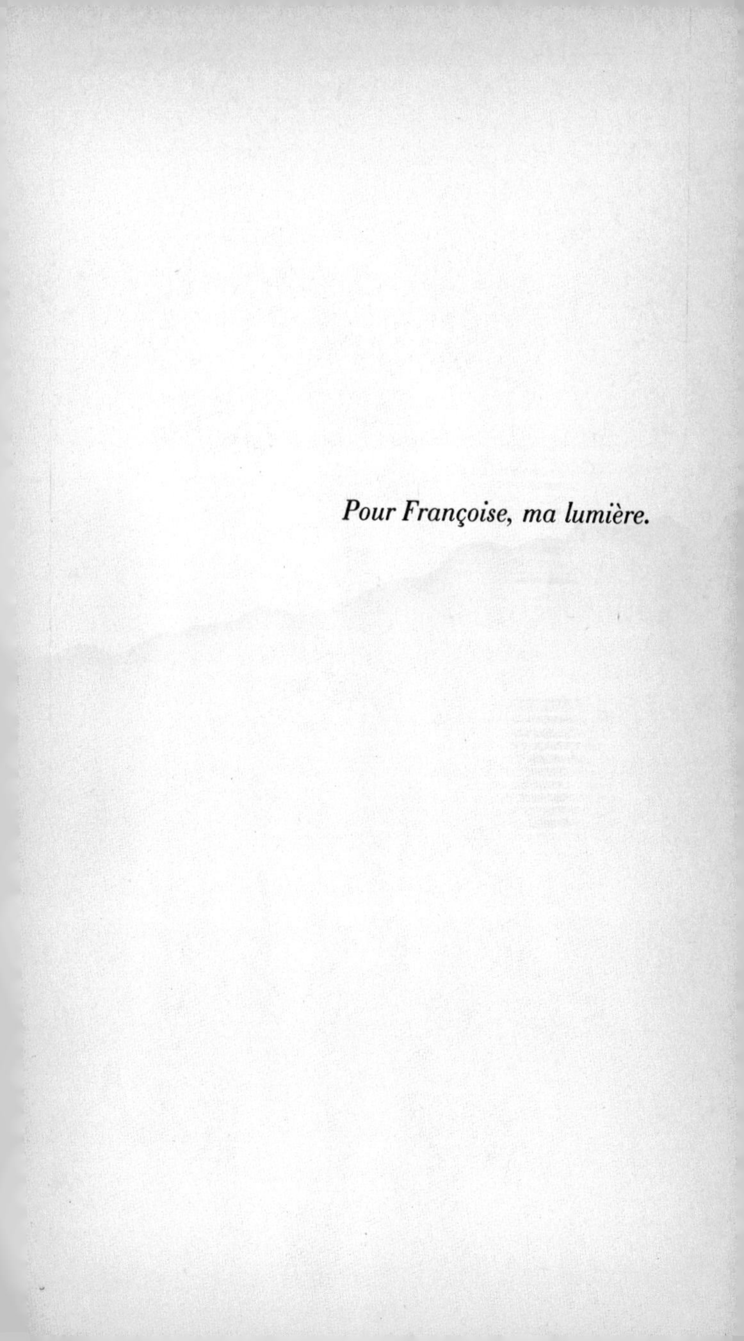

Pour Françoise, ma lumière.

« Quoi qu'il arrive, j'apprends. Je gagne à tout coup. »

MARGUERITE YOURCENAR.

PROLOGUE

1

Et puis, à un moment donné, les choses commencent. Vous avez l'impression d'avoir longtemps battu vos ailes d'abeille contre la vitre, faisant un petit bruit, à peine audible. Et puis, la fenêtre s'entrouvre, et l'on vous laisse pénétrer subrepticement. À vous de jouer, personne ne vous fera de cadeau, vous devriez déjà être très content qu'on vous ait permis d'entrer dans la grande salle.

Cette année-là, j'avais déniché mon premier emploi comme assistant de relations publiques d'une compagnie maritime américaine, dont les bureaux donnaient sur la place de l'Opéra. Ma tâche consistait à réceptionner, sur le quai de la gare Saint-Lazare, le train spécial venu en droite ligne du Havre où débarquaient les grands transatlantiques et à faciliter l'arrivée des Très Importantes Personnes (il fallait dire les VIP) qui avaient choisi ce moyen de transport.

J'ai conservé de cette courte période le souvenir du gris et du noir des quais et des rails vides dans l'attente du train ; des sifflets des porteurs entre eux et du bruit, aujourd'hui disparu, que faisaient les roues de leur chariot sur le ciment sec ou humide ; des fumées et des escarbilles que je prenais dans les yeux, et je me frottais les paupières, au bord des larmes, tandis que j'entendais la locomotive se rapprocher et je me disais : « Tu vas encore avoir les yeux injectés, tu vas présenter ton plus mauvais visage » ; des odeurs de bière, de saucisson, de mandarine et de nougat qui provenaient des voiturettes ambulantes de marchands ou de la terrasse du buffet, d'où se dégageait une âcre odeur de chicorée ou de café. Je me souviens aussi des dessins que faisaient les voitures et les taxis sur la place de l'Opéra, quand je les regardais du haut des fenêtres des bureaux de la compagnie. Je contemplais l'entrée et la sortie de la foule dans les larges bouches du métro, au milieu de la place. Les gens allaient et venaient, montaient et descendaient, le spectacle de leur mouvement permanent me persuadait que je ne ferais pas long feu dans cet emploi. La monotonie et la soumission que je croyais lire dans ces déplacements de foule, loin de m'accabler, m'emplissaient d'une bouffée d'ambition et d'orgueil. Ma poitrine se soulevait à la vue de ce

Paris privé de joie, de fantaisie, d'imagination ; je n'appartiendrais jamais à cette masse sans visage.

En général, le train arrivait en fin de matinée. Je me trouvais à hauteur des compartiments avec la liste des personnalités attendues ce jour-là — un acteur, un couple de vieux riches, un homme d'affaires et sa famille — et je ne devais m'occuper que d'elles. Courtoisie, sourire, questions d'usage, « did you have a nice trip ? » ; les porteurs, retenus à l'avance, s'emparent des bagages ; le photographe que la compagnie paie au cachet fait le cliché traditionnel et je m'assure que le sigle de la compagnie est bien visible, derrière les portraits ; les taxis ou les limousines de location ont aussi été retenus et attendent au-dehors ; je sais, parce que j'ai vérifié la veille par téléphone, que dans le palace cinq étoiles où l'on accueillera mes voyageurs, les fleurs et friandises sont disposées dans les suites, avec les compliments de la compagnie. J'accompagne ce petit monde épuisé et impatient en tâchant de répondre à leurs questions anodines. Parfois, je les interroge. Pourquoi sont-ils venus à Paris ? Quel est le sujet de leur dernier film ? Ont-ils quelques projets en Europe ?

Au retour, je rédigeais un court bulletin que nous faisions distribuer aux journaux et aux agences de presse et qu'accompagnaient les photos sur papier glacé, prises au flash, de nos célébrités en noir et blanc. Lorsque l'une d'entre elles m'avait confié quelque chose qui m'avait paru intéressant, hors des habituelles banalités, je transformais le bulletin en une sorte d'article.

J'essayais d'y mettre un semblant de vie, de style, et d'effacer la sécheresse de ce genre de communiqué. Et lorsque je croyais avoir à peu près réussi, j'allais le porter à certaines publications, en frappant à la porte des responsables, en traînant dans les couloirs, en essayant de me faire connaître. Un jour, l'un d'entre eux, un homme à moustaches, portant des lunettes opaques, leva sa tête vers moi et me dit à travers les volutes de son mecarillo :

— C'est de toi, ça ? C'est pas mal. Si tu as une idée, quelque chose d'un peu plus étoffé, amène-le-moi. Je suis toujours preneur d'un bon portrait.

2

Le manchot, vieil homme au nez épaté, était assis sur une chaise de bois de mauvaise paille, derrière une table de cuisine, un clope de gauloise éteint au coin de ses belles lèvres épaisses et gercées.

Mal rasé, le poil blanc et dru surgissant en piques irrégulières sur une peau crevassée, son unique bras reposant à même la surface en formica de la table, son unique main jouant avec un verre de vin blanc qu'il ne cessait de vider, remplir, vider, remplir, il portait avec lui le poids écrasant de son passé, sa gloire, ce qui avait été sa forme de génie. Il avait des yeux pleins d'eau, pleins de bleu et de moquerie, des étoiles lointaines et mortes. Sa beauté envahissait la pièce.

— Les voyages, c'était ma vie. Je ne savais jamais si je rentrerais, je n'avais pas de but. On ne connaîtra plus jamais ça.

Il était âgé de soixante-dix ans. Il habitait une

curieuse petite maison blanche, coincée entre deux immeubles, un ancien atelier de peintre sans doute, dans la rue Jean-Dolent, en face de la prison de la Santé. Quand on sonnait à sa porte, on sentait derrière soi les grands murs sales et noirs, les hautes murailles de parpaings, les infranchissables barrières de l'antique centrale et ce n'était pas le moindre paradoxe que ce vagabond, cet individu si terriblement libre, se retrouvât, au terme d'une existence échevelée et d'une œuvre prolifique, à quelques mètres d'un vaste dépôt de misère humaine, de freins, de privations et d'impuissance.

Je n'avais éprouvé aucune difficulté pour le trouver et il m'avait, au téléphone, immédiatement accordé un rendez-vous. On ne passait pas, alors, par l'intermédiaire des attachées de presse et le poète avait répondu lui-même au bout de plusieurs sonneries. Bougon, verbe rare, voix encombrée de goudron et de tabac, une voix façonnée par des milliers de nuits d'ivresse et des milliers de coups de gueule.

— Venez cet après-midi, avait-il dit. On verra bien si je trouverai quelque chose à vous dire.

Je m'étais assis devant lui, un stylo à la main, studieux, tendu, penché sur mon calepin à spirales. À ses pieds, un chien jaune et pas lavé, qu'il appelait Wagon-Lit. Derrière, immobile sur un buffet chargé de livres et de disques de jazz, un gros chat roux, qu'il appelait Légion. Au sol, partout le long des murs et des quelques rares meubles, des caisses de carton, des caisses et des caisses de livres. J'avais préparé un questionnaire laborieux, précis. Il l'avait écarté du revers de son unique main, avec dans son regard une lueur d'irritation vite tempérée par la fatigue et une sorte de désinvolture, ce « je m'en fous » suprême qui avait dominé ses instabilités, l'irrégularité de son œuvre. Il ne souhaitait pas commenter le recueil de textes qu'il venait de publier et à propos duquel j'avais sollicité l'entretien. Il avait poussé dans ma direction, à travers la table, un verre de son vin blanc, bien rempli, le liquide prêt à déborder.

— Buvez avec moi. Ça vous rendra moins timide.

On avait bu, trinqué, et puis on avait rebu. Le vin était fort, trop sucré. Malgré la simplicité de ses gestes et de ses paroles, malgré l'absence de comédie et de vanité (il était naturel, brut, un homme sans masque), il parlait avec l'orgueil et l'assurance de qui a vécu une vie plus forte et plus riche que la plupart de ses contemporains. La conviction, aussi, que la musique de ses mots et de ses phrases avait influencé bon nombre de poètes ou d'écrivains de sa génération. Il n'en réclamait aucune reconnaissance. Mais on devinait qu'il savait ce que lui devaient des auteurs devenus légendaires, et dont le nom avait dépassé le sien dans le constant va-et-vient de la gloire littéraire. Il savait. Ce savoir semblait constituer une partie de la force qui émanait encore de lui, quel que fût son état de santé, le tremblement de ses doigts, la recherche vacillante d'un verbe ou d'un adjectif, entre deux gorgées de vin blanc.

J'avais commencé à prendre des notes. Il avait chassé sa réticence et accepté de revenir sur un passage de son recueil, celui qu'il consacrait aux jeunes écrivains, à tous ceux qui, débarquant à Paris, ne cessaient de solliciter son avis et son soutien. Il l'avait fait à coups de phrases courtes, de mots grommelés, comme arrachés de sa poitrine, avec des petits hoquets ricaneurs mais pas méchants. Car il respirait tout — la mélancolie, la fureur éteinte, l'âge —, tout sauf la méchanceté. Il ne voulait pas passer pour un donneur de conseils, encore moins un « maître ». Mais il lâchait ses petites vérités à l'attention de la jeunesse du jour :

— Soyez optimiste. Faites vite. Si vous avez quelque chose dans le ventre, ne croupissez pas dans votre province. Ne jouez pas au maître. Voyagez. Évitez de devenir des fonctionnaires de la plume. Restez près de la vie.

Il trouvait la jeunesse « désespérante » parce qu'elle le prenait pour un vieux. Il ne s'était jamais senti vieux. Il avait répété la dernière phrase en regardant au-delà de mon visage :

— Restez près de la vie.

Dans une bouffée soudaine de réminiscences,

poésie et ragots mélangés, il me raconta comment il avait écrit *Les Pâques à New York* en une nuit ; pour *L'Or*, il ne lui avait pas fallu plus de six semaines ; comment il avait donné à Apollinaire l'idée du titre *Alcools* ; il parlait de gitans, du Brésil, de Louis Jouvet, Picasso, Max Jacob, Cocteau, Dos Passos. J'étais ébloui. Je continuais à prendre mes notes. Il avait connu tant et tant de gens ; il n'y avait pas un nom, d'Al Capone à Radiguet, sur lequel il n'eût pas un souvenir, une anecdote. Arthur Cravan, neveu d'Oscar Wilde, poète et boxeur, compagnon de nuits et de beuveries. Et aussi, un petit clown curieux, qu'il disait avoir côtoyé dans un music-hall de Londres, un anonyme qui s'appelait Charles Chaplin. Lui, à l'époque, c'était avant la Grande Guerre, il possédait encore ses deux bras et il jonglait. Un esprit sceptique aurait pu se demander s'il ne se dissimulait pas quelque affabulation derrière cette interminable galerie de personnages, ce foisonnement cosmopolite. Les avait-il tous vraiment connus ? Avait-il autant bourlingué ? Oui, bien sûr, il suffisait de s'attarder sur son visage, celui d'un homme qui n'a plus rien à prouver à personne. Qui n'a pas besoin de mentir. Ou alors me trompais-je et avais-je affaire à l'un des plus superbes mythomanes de son temps...

Une heure avait passé. Il s'était levé, faisant quelques pas autour de la pièce, courbé, lent, les yeux mi-clos. Sa main, « cette saloperie », disait-il, le faisait souffrir. Le chien, Wagon-Lit, avait aboyé lorsque je m'étais dressé à mon tour et il l'avait fait taire d'un mouvement des hanches, comme un chef d'orchestre bouge à peine une partie de son corps vers l'un de ses musiciens pour indiquer une nuance, ou une pause.

— On écrit comme on est, m'avait-il dit aussi.

J'étais sorti dans la rue Jean-Dolent, ému, fier, et très saoul — il avait souvent rempli mon verre et je m'étais senti obligé de le suivre dans sa systématique beuverie. Les murs de la prison de la Santé dansaient devant moi, allure de gratte-ciel oscillants et flageolants. Je me forçais à traverser pour m'en aller par la très courte rue Messier, toute vide, vers la station de taxis sous les platanes du boulevard Arago. Dans la brume de mon ébriété, je me répétais :

— Ai-je bien tout retenu ? Ai-je pris les bonnes notes ?

Mon entrevue avec le poète avait provoqué une sorte de jubilation, mais maintenant, j'étais gagné par la crainte d'avoir tout gâché, tout raté en avalant trop de son vin blanc sucré et fort. Mais j'étais jeune et vigoureux, et je sentais se dissiper l'effet du vin blanc à chaque pas qui me rapprochait du boulevard, et, la clairvoyance revenant vite, je ne me préoccupai plus bientôt que de me mettre au travail, serrant contre moi le précieux calepin à spirales. Je sentais que je possédais là de la bonne matière, de quoi faire de la bonne copie, et cela stabilisait mon début d'ivresse. Je n'avais besoin de personne pour deviner que cela ferait un bon texte ; ces choses-là, avec ou sans l'expérience, même si c'est la première fois, on les ressent d'instinct. C'est une évidence, comme un soleil rouge et rond en plein dans le ciel. Arrivé dans le boulevard Arago, saisi par l'anxiété, je tournai le dos aux taxis pour m'engouffrer dans le premier bistrot afin de m'asseoir à la première table, et noter dix petites observations qui m'étaient revenues en mémoire et que je craignais de perdre. J'avais bu un Viandox, chaud, poivré, pour faire passer le vin blanc. Et puis, j'étais rentré chez moi.

J'avais passé la nuit à travailler sur mes notes, puis à rédiger mon texte et j'avais soumis l'article dès le lendemain et il était paru tel quel, dans le numéro de la semaine suivante. C'était mon premier « papier », mon authentique premier article imprimé dans un grand journal. Quelques jours plus tard, je recevais, au siège de l'hebdomadaire, une de ces lettres enveloppes que l'on ouvrait en détachant le pointillé de tous côtés. L'écriture était aussi tremblée que celle d'un enfant, ou d'une main gauche à bout de force. Il n'y avait qu'une ligne :

L'article est très bien. Avec mes félicitations et mes remerciements. Blaise Cendrars.

J'ai conservé la coupure de presse et la lettre, souvenirs palpables d'un de ces bonheurs d'autant plus intenses qu'on ne les partage avec personne.

Heureux de cette manière, aussi fortement secoué de bonheur, j'allais l'être encore plusieurs fois, mais cela ne dura pas plus d'une année, la première, jusqu'au moment où l'insatisfaction lucide prendrait le pas sur le plaisir béat d'avoir vu un texte que l'on a rédigé exister, imprimé sur du papier journal, avec, en plus, son nom au bas de l'article. Il suffirait, pour effacer cette vanité, que l'on se déniaise, et dans la profession du journalisme, cela survient vite ; le déniaisement est rapide, parfois immédiat. Le petit plaisir aveugle et égoïste fait place à un autre sentiment — mais il n'est pas moins fort, et si l'on n'est plus dupe, il demeure quelque chose de solide, puisque l'on tient entre ses mains le résultat de ce que l'on a vu, entendu, vécu, observé puis rapporté. On a écrit, on a été imprimé. C'est imparfait, incomplet, superficiel, certes, et cela n'aura pas une très longue durée, mais c'est là, ça va être là pour des étrangers, cela va exister dans l'imagination des autres... Et savoir cela procure, aussi, une espèce de bonheur.

Il n'y a pas, dans le bonheur, de place pour le doute. La fleur *phacelia* du Colorado ne pousse bien qu'au-dessus de trois mille mètres d'altitude. Le bonheur ne s'épanouit que dans la certitude. Le bonheur est certitude.

3

Vers la fin de la décennie cinquante, alors que je faisais mes débuts dans le journalisme à Paris, j'eus avec quelques amis la certitude que nous étions entrés dans les années les plus heureuses de notre vie.

Une des raisons de ce sentiment pouvait s'attribuer à la nature de la ville que nous avions la prétention de conquérir. À l'époque, si complexe et diverse qu'elle fût, la ville paraissait accessible. On était tenté de réduire Paris à une sorte de village au sein duquel, au prix d'un certain effort, tout le monde pouvait connaître tout le monde. On croyait sincèrement que Paris était une motte de beurre dans laquelle il était aisé de pénétrer, comme la lame du couteau. Et cette idée, lorsque l'on sillonnait les rues, en voiture, la nuit, sous la lumière bleu-jaune des réverbères — et comme ça roulait vite et facile en ce temps-là, on avait dévalé les Champs-Élysées en quelques minutes et l'on s'était engagé, la Seine franchie, dans le boulevard Saint-Germain au milieu duquel on rejoindrait les bistrots où étaient les garçons et les filles —, cette idée de village à portée de main — prenable ! — faisait vibrer mon cœur.

L'autre raison était notre richesse : la jeunesse. J'avais à peine plus de vingt ans. Les amis que j'essayais de me gagner n'étaient guère plus âgés. Ils étaient convaincus qu'il suffit de vouloir pour pouvoir, et que le succès est l'enfant de l'audace. Je me sentais, plus souvent qu'eux, assailli par l'interrogation et le découragement, une insatisfaction chronique que je dissimulais au moyen d'affligeantes démonstrations d'arrogance. Lorsque je me heurtais aux murs du refus érigés par les gens en place — les Vieux ! — il ne me fallait pas longtemps, à la vision ou à l'écoute de mes jeunes aînés et de ce qu'ils avaient déjà accompli, pour me persuader que, comme eux et, si possible, de concert avec eux, je ferais s'écrouler les barrières de l'anonymat et de l'indifférence. Comme eux : Wenceslas, que je croyais surdoué, avec son zézaiement charmeur et sa vivacité d'écriture ; Chemla, que je trouvais irrésistible avec son allure de flambeur et son talent de raconteur d'histoires ; Villarella, opiniâtre, redoutable laboureur de terrain, avec ses joues rondes et roses de campagnard et son obstination de premier de classe. Comme eux, je parviendrais à déchirer cet invisible rideau qui sépare l'amateur du professionnel.

Il n'y a pas de chiffre étalon pour mesurer la durée d'un apprentissage. Deux ans, dix ans, vingt ans ? À partir de quand peut-on affirmer que l'apprentissage est terminé, que l'on domine son métier ? Les sages vous répondent que cela n'a pas de fin et vous les écoutez en souriant devant une telle platitude. À l'un de ses amis, Hemingway confiait : « J'apprendrai jusqu'à ce que je meure. Les crétins croient pouvoir dire qu'on a maîtrisé la chose. Mais moi, je sais qu'on ne l'a jamais maîtrisée et qu'on aurait toujours pu faire ça mieux. »

De même que la nature d'un sol se compose de plusieurs couches sédimentaires, il existe de multiples apprentissages. Je souhaiterais raconter ici la fabrication de la première couche du sol — dans un métier que je trouvais royal, au cours d'une époque dont je ne voulais pas envisager qu'elle aurait une fin. Quand les heures des jours et les heures des nuits ne se comptaient pas ; quand aucune fatigue, aucune passion, aucun risque n'était interdit au cœur et au corps ; quand Paris était cette fête mouvante dont parlait mon maître Ernest.

Seule une menace précise, persistante, et que je gardais secrète, venait troubler mes certitudes. Je ne parvenais jamais à la chasser entièrement de mon esprit. Elle me séparait de mes amis, ceux dont je souhaitais égaler la valeur et l'aisance. J'étais déterminé à accumuler rencontres, voyages, découvertes, amitiés et amours — mais la menace revenait, lancinante, petite vrille insidieuse dans la chair de ces années dont j'avais décrété, dans ma grande innocence, qu'elles seraient les plus heureuses de ma vie.

PREMIÈRE PARTIE

Le craquement des branches

4

Elle s'appelait Béatrice de Sorgues. C'était une femme aux yeux verts, aux cheveux noirs, à l'air légèrement étranger.

J'ignorais encore son nom et je l'observais comme dans un état de stupeur. Elle était assise à deux tables de la mienne, sous le soleil de midi en septembre, à la terrasse de la Buvette de l'Esplanade, au parc de Saint-Cloud. Je me demandais déjà par quel moyen je pourrais m'approcher d'elle et faire sa connaissance. Dès que mes yeux s'étaient posés sur elle, j'avais été séduit, sentant poindre cette volonté intime de possession que provoque parfois une inconnue qui fait intrusion dans une vie.

Elle se trouvait au centre d'une douzaine d'hommes et de femmes auxquels on pouvait donner le même âge, la trentaine, et qui paraissaient appartenir à un même cercle d'amis. Il flottait autour d'eux un parfum d'aisance, une odeur d'argent. Revenaient-ils du Stade français, tout proche, où ils auraient pu jouer au tennis ? À côté des chaises de métal, on voyait des raquettes et des boîtes de balles, et la plupart des hommes et femmes portaient des chandails d'un blanc un peu délavé, un blanc cassé avec une rayure bleue ou rouge le long du V du cou, de ces modèles en laine torsadée particulièrement prisés des Britanniques. Les pantalons et les jupes étaient de la même couleur. Tous ces gens faisaient peu de bruit, malgré l'importance du groupe, et j'aurais pu difficilement saisir la teneur de leur conversation, si je l'avais souhaité. À peine, par éclairs, pouvait-on distinguer une exclamation du genre :

— Pas croyable ! (Pas croyaaaaable.)

Cela revenait assez fréquemment dans la bouche des hommes, ou bien un :

— Je rêve ! (Je raaaiiive),

plutôt utilisé par les femmes. Le reste se perdait dans une sorte de chuchotis collectif, comme s'ils avaient décidé de ne pas faire profiter autrui de la précieuse valeur de leurs propos. On eût dit qu'ils s'étaient donné pour règle de refréner tout éclat dans leurs rires, toute violence dans leur voix, et dresser une invisible cloison de feutre autour de cet univers dont ils connaissaient seuls les règles et le droit d'entrée. Et cette petite cellule, avec ses costumes de tennis blanc cassé, contrastait avec l'atmosphère générale, l'habituel brouhaha bon enfant, familier sans être populaire, de la Buvette du parc de Saint-Cloud : le choc des couverts et des assiettes ; les interpellations des consommateurs, la plupart des habitués, à l'adresse de serveuses qu'on appelait par leur prénom (Madame Lucette, Mademoiselle Lise, Mademoiselle Sophie), toutes pressées par le même patron, débordé et vociférant, toutes en retard sur les commandes, tâchant de compenser l'amateurisme de leur organisation par des sourires à toute épreuve et des répliques banales à souhait, mais dont la banalité même faisait notre joie.

Nous aimions beaucoup, quand il faisait beau, la Buvette de l'Esplanade. Le menu était simple, pas cher, et ne variait pas. On commençait par des tranches de saucisson ou des radis, puis un steak avec des frites en quantité volumineuse, puis la tarte aux fraises ou la crème caramel, et le café. Le vin était servi en carafe. C'était un vin de la Loire, léger, plutôt fruité, et qui ne montait pas à la tête. Les frites étaient succulentes, craquantes, salées à point, dorées et débarrassées de leur huile, avec un goût de noisette et d'herbe, un je-ne-sais-quoi, secret de la patronne, recette clé du succès de l'établissement et qui justifiait l'appel fréquent que l'on se passait d'un endroit à un autre de nos lieux de travail :

— Allô, c'est toi ? Frites à la Buvette ? Midi ? Ça va ?

Nous nous y retrouvions pour déjeuner, et le premier arrivé avait pour consigne d'occuper le meilleur espace, celui où les tables donnaient sur

Paris, étalé sous les yeux, vaste étendue gris et bleu, blanc, parfois nappée de vert ou de rouge, toits et trouées de végétation, monuments et artères, toute cette vie, cette agrégation de mystères que je ne me lassais pas de contempler, comme devant un feu, comme devant la mer.

J'étais arrivé le premier ce jour-là, mais le panorama de Paris n'avait pas retenu mon attention. À peine avais-je abaissé le dos des trois chaises contre la table de métal vert foncé pour indiquer qu'elles étaient réservées — on se battait littéralement aux beaux jours et jusque loin dans l'automne pour obtenir une bonne place à la Buvette — j'avais remarqué cette femme et n'avais pu me détacher d'elle. Elle écoutait les propos échangés, parlant peu, avec la même allure suave qui semblait caractériser les manières de son groupe. Sa beauté dominait le reste des femmes, d'abord grâce à un sourire constant, lèvres à demi ouvertes, découvrant la nacre de ses dents, un sourire bienveillant, parfaite démonstration de sa bonne éducation. Mais il ne pouvait dissimuler ce que j'avais cru deviner au premier regard, une impression qu'elle ne se contentait pas du babil de ses voisins ; qu'elle attendait des orages ou savait les provoquer ; qu'elle était plus imprévisible et dangereuse que ne l'indiquaient ses gestes et son attitude mesurée. Elle avait l'air aussi haute bourgeoisie, aussi retenue que celles qui l'entouraient, et pourtant une promesse se dégageait d'elle, et j'avais envie de lui faire l'amour. J'avais décidé qu'elle serait ma conquête, que ce serait la femme, dans Paris, avec laquelle j'entamerais mon parcours du combattant. Les autres hommes la regardaient-ils avec les mêmes yeux que moi ? Il me sembla que non et que j'étais le seul à être atteint par cette onde secrète. Une telle beauté ne pouvait pourtant laisser tous ces richards indifférents, m'étonnai-je. Pourquoi donc personne ne lui faisait-il la cour ? Audacieux comme je l'étais à cet âge, j'envisageais déjà ce qu'il me suffirait de faire : je me lève ; je parcours la courte distance qui sépare nos tables ; je m'incline devant le groupe et devant la femme aux yeux verts, et je dis tout de go, à la cantonade : « Comment s'appelle donc Madame ? Vous ne vous rendez pas compte de la chance que vous avez de faire partie de ses amis ! »

À partir de là, je me présente et j'enchaîne...

J'estimais que ces sortes d'actions n'étaient pas impossibles aux âmes conquérantes. J'avais déjà vu mon ami Wence les exécuter avec une facilité déconcertante. J'organisais déjà, dans ma tête, les minutes de ma stratégie lorsque mon fantasme et mes velléités furent pris de court par l'arrivée d'un homme, ressemblant en tout point aux autres membres du groupe, et qui, se penchant vers la femme, l'embrassa comme seuls font les maris — un baiser protecteur et furtif —, tandis que j'entendais une voix masculine s'exclamer :

— Eh bien, Arnaud ? Où étais-tu donc passé ?

Il était grand et plus âgé qu'elle, brun, le nez long, une expression supérieure, cette même facilité dans la démarche, cette même démonstration d'assurance que la vie ne peut rien offrir de tragique ni de laid à ceux qui, comme lui, possèdent beaucoup, depuis longtemps. La vision du mari ne me découragea point. Il faudrait simplement, me disais-je, concevoir un autre plan d'attaque. Je restai là, figé sur ma chaise, révisant mes projets, élaborant une nouvelle approche, mais toujours obnubilé par le désir que j'avais de cette femme, et il fallut l'arrivée bruyante de l'Aston-Martin rouge et noir de Wenceslas pour me la faire enfin quitter du regard.

5

J'avais rencontré Wenceslas, que tout le monde appelait Wence, au rez-de-chaussée d'un vieil immeuble du faubourg Saint-Honoré, dans les couloirs poussiéreux et mal éclairés de l'hebdomadaire qui avait publié mon premier article, le portrait du poète manchot. C'était le seul lieu journalistique où j'avais pu, jusqu'à ce jour, pénétrer sans en être écarté, mon seul havre où, par l'unique vertu du papier sur Cendrars, j'avais obtenu l'accès à un siège, derrière un coin de table, dans des locaux exigus et sans charme, mais qui me comblaient de satisfaction. Je tenais enfin un endroit où aller, un lieu de travail. Quelque temps auparavant, au cours de mes incessantes recherches d'emploi, de journal en journal, j'avais reçu ce conseil d'un professionnel aguerri :

— Mon petit vieux, tout ce à quoi tu dois aspirer au début, c'est au simple droit physique de pousser la porte d'une salle de rédaction sans qu'on t'en éjecte instantanément. Le simple droit physique de poser ton petit cul sur une chaise sans que tu sois traité comme un intrus, un paria, un lépreux. D'abord ça ! Après, tu construiras ta niche, comme les oiseaux. Mais d'abord, le cul sur la chaise ! Vu ?

J'avais répondu : « Vu », comprenant que cet accès à la chaise ne pourrait se passer sans que je fasse, aussi, preuve de mes capacités d'écriture. Le compte rendu de mon rendez-vous avec Cendrars avait déclenché le processus. J'étais un « pigiste », sinon permanent, du moins relativement sollicité, prêt à toutes les notes de lecture, les résumés, les interviews — express — et parfois des portraits plus fouillés de personnalités dont j'avais obtenu l'accord pour un rendez-vous exclusif.

Wenceslas était sorti du bureau du directeur de la rédaction et m'avait dit, de cette voix déconcertante, presque féminine, un peu voilée, qui était l'une de ses nombreuses armes au service de son frénétique besoin de séduction :

— Vous savez que vous êtes une merveille ? Nous allons travailler ensemble, j'ai le plaisir de vous l'annoncer.

Wenceslas ressemblait alors à un danseur de ballet ou à un boxeur catégorie moyen léger — de haute taille, ceux à qui l'on promet la classe royale, les poids moyens tout court, avant d'aller vers les légers lourds, et puis les lourds.

Il était élancé, mince, avec de longues jambes sur un corps souple. Il avait un petit nez court et pointu, une bouche délicate aux lèvres fines, pures, des lèvres troublantes pour un homme, presque trop sensuelles. Il avait des cheveux courts et blonds, bouclés en petits nodules et comme collés à son front large et bombé. Son menton était mi-pointu, mi-carré, trahissant la volonté mais aussi le frémissement de l'inquiétude, et il avait l'oreille joliment tournée, avec un teint clair, des pommettes hautes et saillantes. Tout cela aurait suffi à composer un visage plein de charme mais convenu, s'il n'y avait eu ses yeux, qui disaient tout le personnage, tout ce que l'on devinait mais que l'on ne comprenait pas d'emblée. De couleur noisette et noir, avec dans le regard cette distance provocante des myopes, une vivacité accrocheuse, l'expression d'une volonté de séduire, une obsession de plaire, de se faire aimer, ses yeux étaient protégés par une paire de verres très fins, sur une monture de métal aussi fin, style instituteur de campagne début de siècle, comme on n'en portait pas dans Paris. De tous les garçons et les filles de cette génération, je crois que Wenceslas fut le premier à arborer cet accessoire, que peu à peu les gens viendraient à découvrir chez certains chanteurs britanniques de musique dite pop ou certains acteurs étrangers, jusqu'à ce que tout le monde s'y habitue et que cela devienne l'apex de la mode, au point qu'on en porterait même si l'on n'avait aucun besoin de lunettes. Mais pour la période dont je parle, au moment où j'ai connu Wenceslas, il était le seul à posséder cette sorte de lunettes. C'eût été un détail si cette monture et ces verres n'avaient pas fait ressortir l'éclat singulier des yeux de Wenceslas, son regard enjôleur et presque câlin lorsqu'il décochait son interrogation favorite, empruntée, selon lui, à Mozart :

— M'aimez-vous ? M'aimez-vous vraiment ?

La question revenait comme une antienne, une véritable litanie. C'était la phrase clé de Wence. J'en avais été très vite, une fois que j'eus fait sa connaissance, le témoin amusé, agacé, aussi. Il n'hésitait pas à la formuler devant des inconnues, des jeunes femmes qui en rougissaient ou des dames mûres qui en étaient tout indulgence et tout attendrissement — mais il ne limitait pas sa quête d'approbation et d'amour au seul sexe féminin. Les hommes aussi avaient droit à la question de Wenceslas. Certains s'esclaffaient, d'autres le rembarraient, et il s'en tirait par une pirouette ; d'autres enfin, aguichés ou intrigués, entraient dans son jeu, attirés par la franchise de l'interpellation, grâce à laquelle il laissait transparaître la nature ambivalente de ses goûts amoureux.

— M'aimez-vous ? M'aimez-vous vraiment ?

Il se courbait, à cet instant précis, comme pour diminuer l'effet de haute taille, arrondissant ses épaules, se dandinant d'un pied sur l'autre, un peu gamin naïf, un peu comédien roué, acrobate en recherche d'équilibre, susceptible de recevoir une gifle autant qu'un baiser. Mais il ne m'avait pas posé la question lorsque j'avais fait sa connaissance. Il m'avait simplement annoncé que nous allions travailler ensemble et avait ajouté :

— Vous en avez de la chance.

— Mais vous aussi, mon vieux, avais-je répliqué.

Car mon insolence n'était pas inférieure à la sienne. Depuis que j'avais gagné le droit physique dont m'avait parlé le vieux professionnel, ce droit de pouvoir fréquenter une salle de rédaction d'un journal sans en être expulsé, je n'entendais pas me laisser impressionner par quoi que ce soit et qui que ce fût, et surtout pas par un type comme Wenceslas, qui ne me semblait pas tellement plus âgé que je ne l'étais — même si j'avais deviné, au premier coup d'œil, qu'il possédait plusieurs longueurs d'avance sur moi.

Il s'appelait Dubois, en réalité. Pourquoi, à ce patronyme si courant, un père ou une mère, ou les deux à la fois, avaient-ils décidé d'ajouter un prénom aussi flamboyant ? Je ne l'ai jamais su, pas plus que je n'ai su s'il ne se l'était pas tout bonnement attribué lorsqu'il avait débarqué à

Paris, venu de sa Lorraine natale, région dont il ne parlait pas — déguisant ainsi sa véritable identité, ce qui n'était pas surprenant chez un être en apparence transparent, en réalité profondément attiré par la simulation.

Wenceslas s'était vite fait connaître par l'aigu de sa plume, son esprit de repartie, sa manière de croquer un portrait ou de conduire une interview, d'échafauder quelques paragraphes brillants et cursifs, à l'écriture travaillée, une écriture double, faite dans le français clair du XVIIIe siècle, mais saupoudrée de locutions modernes et argotiques, ainsi que de quelques barbarismes à la mode. Un style, en somme, une musique. Car c'était l'une des recettes pour percer, dans la masse de jeunes gens du même âge qui se battaient pour gagner une infime parcelle de notoriété à Paris : posséder un style, du style ; jouer une musique, sa musique. Enfin, Wence avait déjà fait quelques rencontres décisives, dont il parlait abondamment, et dont je ne devais mesurer l'importance qu'au bout de plusieurs mois : l'avocat Béguchet, les frères Pèche, le petit homme, patron de la presse, et son épouse, roi et reine de ce que l'on appelait le Tout-Paris ; autant de noms devant les portes desquels je piétinais sans pouvoir entrer.

— Vous parlez bien l'américain, je crois. La Moustache (c'était le surnom du directeur de rédaction) me dit que vous avez vécu là-bas et que vous connaissez leurs mœurs. Eh bien, ça va m'aider car mon anglais est lamentable. Nous avons reçu pour mission d'écrire une grande enquête sur « L'Amérique en France ». Voyage à l'intérieur des bases militaires, comment les Ricains font marcher le commerce d'une ville et d'une région. Les GI's chez les ploucs. Comment leurs produits et leurs goûts vont corrompre les nôtres. Grosse enquête ! Plusieurs pages du journal... Presque un numéro spécial ! On rend la copie dans dix jours. On ne se quitte pas.

Nous étions partis en tournée dans certaines grandes bases de l'OTAN : Évreux, Châteauroux, Ingrandes, Orléans. Wence conduisait l'Aston-Martin. Nous avions écumé les villages préfabriqués perdus au milieu des boqueteaux de la Charente ou de la Gironde ; écouté les commerçants, les élus, ceux qui n'aimaient pas les Ricains mais qui en profitaient, et les autres ; nous avions passé des nuits dans des boîtes exclusivement réservées aux GI's noirs, retentissant des trompettes de la soul music ; nous avions observé l'avidité, l'envie, qui régnaient autour des PX, où seuls, en principe, pouvaient s'approvisionner officiers et soldats américains, mais qui avaient ouvert les vannes à toutes sortes de passe-droits, jeux d'influence et marché noir pour obtenir ces fabuleux produits venus du pays de cocagne et que l'on ne trouvait pas dans les épiceries locales ; visité des bordels aux décors pourpre et doré, surprenantes poches de vices et de mauvais goût au milieu de bourgades tranquilles, et dont les propriétaires repus appelaient leurs clients Joe et Bill, et leur lançaient des « How is everything ? » dans le pire accent angoumoisin ou beauceron qui m'avait fait rire. Je ne savais pas ce que j'avais le plus méprisé — les franchouillards, qui exploitaient les dollars versés par les Américains, ou les enfants américains eux-mêmes, ces grands dadais aux cheveux roux ou à la peau d'encre, toujours ivres, toujours ineptes, parmi lesquels je croyais parfois reconnaître les frères jumeaux de mes amis étudiants d'autrefois, dans le sud et l'ouest des États-Unis, mais qui m'avaient paru dans leur uniforme, dans leur autarcie artificielle en territoire français, soudain désarmants de naïveté et de bêtise. Et cela avait été le premier regard distancé que j'avais posé sur cette Amérique dont j'étais à la fois si éloigné, et pourtant encore si proche...

À Dreux, près de la grande base aérienne, dans une forêt de pins et de bouleaux, on nous avait fait découvrir une distillerie clandestine, tenue par un trio de sergents-chefs issus du Tennessee. Ils s'étaient organisés en un véritable réseau souterrain, utilisant sans vergogne les camions, le carburant, la logistique de l'US Air Force pour fourguer leur gnôle à un bon quart des bases situées au-dessus de la Loire, et parfois en dessous. C'était un trafic gigantesque, exercé au nez et à la barbe de la Military Police US —

laquelle avait sans doute été corrompue au passage, comme la gendarmerie française. À partir de cette découverte, nous avions démasqué un univers parallèle, au milieu duquel évoluaient quelques jeunes paysans, fils des fermiers des environs, et qui profitaient de ce négoce. L'un d'entre eux, Gros Dédé, trogne avinée et regard de fou, avait défié Wence dans un duel d'absorption d'alcool de maïs, bu cul sec, à vitesse accélérée. Wence en était sorti brisé, malade, humilié, ridiculisé par le Gros Dédé qui avait fini par le déshabiller devant des putes hilares et des GI's émoustillés. J'avais été obligé de me battre pour tirer mon ami de ce piège et nous assurer une fuite honorable. Je m'étais mis au volant de l'Aston-Martin décapotée, puisque Wence se faisait une fierté, en hiver comme en été, de ne jamais tendre le toit de toile. Dans la nuit, sur les petites routes vides et crayeuses, entre Châteauroux et Issoudun, sous une lune bleue, froide, à la lumière si forte qu'on aurait pu couper les phares et rouler comme en plein jour, avec Wence endormi, sa gueule d'ange abruti reposant sur l'appui-tête de cuir rouge, je m'étais dit que cet épisode ne pourrait en aucun cas figurer dans notre reportage. Le lendemain, quand, dessaoulé, Wence avait repris la conduite de l'Aston et que nous nous étions acheminés vers Paris, j'avais pensé qu'il ne faudrait plus cesser de prendre des notes — tant pour mes articles que pour moi-même. Wence m'avait dit :

— Merci pour cette nuit. On s'aime, on est des mousquetaires. On ne se quittera plus jamais.

Mais cela avait sonné un peu faux. Alors que notre amitié était tout juste scellée, au cours de ces huit jours en commun, j'avais simultanément pressenti qu'elle ne durerait peut-être pas longtemps, et qu'un jour les fêlures que je devinais chez Wence conduiraient à la perte de notre confiance réciproque. Nous avions passé plusieurs jours et plusieurs nuits à rédiger l'enquête, à coups de café et de Maxiton, « comme Sartre », jubilait Wence.

— Il fait comme ça, Sartre, je le sais ! Il marche au Maxiton ! C'est Nelson, l'amant de Simone, qui le dit. Il rédige tout au Maxiton, aux sèches et au café noir.

Le numéro spécial avait connu un gros succès. Wence — dont la signature figurait de façon plus spectaculaire que la mienne à la une de l'hebdo, et qui avait rédigé un brillant « chapeau » général, sorte d'article synthétique pour présenter l'ensemble — avait obtenu, grâce à cela, une promotion dans un autre hebdomadaire à fort tirage, plus populaire. Pour moi, ce « pied à l'étrier » m'avait permis d'être admis pour un essai de trois mois au sein du service « infos générales » d'un nouveau quotidien du matin. Surtout, « Les Ricains », puisque c'était le titre de notre enquête, avaient contribué à me faire rencontrer quelques-uns des confrères amis de

Wence. C'était eux que j'avais pris l'habitude de retrouver à la Buvette de Saint-Cloud. Là même où, quelque temps plus tard, je devais tomber en arrêt devant une inconnue dont Wence, à peine descendu de sa belle voiture anglaise, me dit avec sa nonchalance coutumière :

— Elle t'intéresse ? Tu veux la connaître ? Rien de plus simple ! On va te présenter à la baronne.

Ainsi désignait-il celle qui s'appelait Béatrice de Sorgues, cette femme aux yeux verts, assise dans un parc, sous les rayons tièdes de l'arrière-saison, avec ses cheveux noirs, image dont je n'étais pas tombé amoureux, mais que je voulais violemment posséder.

6

— Viens, m'avait dit Paul, si tu es libre cet après-midi, viens aux Acacias, je photographie des starlettes.

Tout était détruit sur le visage de Paul. Il avait eu le nez cassé au cours d'une rixe à Toulon, avec des marins qui rentraient d'Indochine. Le crâne, il était rasé, brûlé, comme roussi, une lande après l'incendie, souvenir d'un reportage vécu de trop près en Iran, aux côtés de Red Adair, le « pompier volant », l'homme qui savait éteindre les puits de pétrole en les soufflant à la dynamite. Sur la partie gauche de sa mâchoire, une longue balafre témoignait d'une heure entière passée à plat ventre sous la mitraille de deux chars soviétiques, à Budapest, quelques jours avant la fin de l'insurrection, en novembre 56.

— Ils avaient pris le carrefour en biseau. On était couchés sur le pavé, la tête dans le pavé pratiquement, impossible de bouger. Tu levais la tête d'un quart de millimètre, tu prenais un pelos.

Si j'avais pu, j'aurais fait pénétrer ma gueule dans le pavé, pour mieux coller au sol, et mieux attendre qu'ils se décident à partir, ce qu'ils ont fini par faire, je ne sais pas trop pourquoi. Quand j'ai commencé à me détacher du sol, j'ai senti que j'avais emmené quelque chose avec moi, sur ma tronche, *dans ma tronche !* Ça aurait dû me faire hurler pendant que j'étais collé à la surface, mais c'est seulement quand je me suis détaché que je me suis aperçu que je m'étais enfoncé un bout de fil de fer barbelé, gros comme ça, long de bien cinq centimètres, un morceau de cheval de frise qui avait dû traîner par là. Il a fallu m'arracher cette merde avec une pince anglaise, tellement elle s'était enfoncée dans ma peau.

Ça lui avait provoqué des boursouflures, du bleu, du rouge, une enflure de chair noirâtre le long des maxillaires ; il en avait conservé une petite tétanie. Quand il souriait, sa balafre transformait son visage en une immense expression de douleur. Mais Paul n'en avait cure, se moquant de son physique, avançant dans la vie et l'événement, ses appareils pendus sur sa poitrine, comme une machine que rien n'arrête, avec son mètre quatre-vingt-dix et autant de kilos de viande, de muscles et de graisse nourris à la bière, à la vodka, aux acras salés, aux blinis, au bortsch et au goulasch. Il avait travaillé pour toutes les agences, tous les organes de presse, mais il ne savait pas rester longtemps au service de la même publication. Il était trop rebelle, trop fou, dépensier, bruyant, incontrôlable. Il rapportait les photos les plus étonnantes, si bien qu'il s'attendait à ce qu'on lui pardonnât tout, mais il se trouvait toujours quelque pisse-vinaigre sur sa route, quelque comptable à qui il avait un jour déclaré son mépris et qui finissait par le faire expulser de l'entreprise. Il effectuait des aller et retour irréguliers dans les quotidiens, parce que, disait-il, « au moins tous les jours, ça bouge ; l'hebdo, c'est trop long, trop lent », et il acceptait toute besogne, pourvu qu'elle lui apprît quelque chose de nouveau. Ainsi pour les starlettes.

— J'ai jamais fait ça, tu vois. Les petites jeunes filles promises au grand rôle, ça je n'y ai pas encore eu droit. Mais on m'a demandé si ça ne me dérangeait pas. Ils ont pris des précautions : c'est pas le Congo, Paulo, j'te préviens, c'est pas l'Algérie, hein, c'est pas grand-chose, mais enfin, on parle beaucoup de ces filles, on va en faire la une, tu veux bien Paulo ? Bien sûr que je veux bien !

Nous avions fait équipe par hasard lors de mon stage d'essai aux pages faits divers de *L'Étoile*, un quotidien du matin de format anglais, style tabloïd, le premier du genre en France. Il y avait eu une explosion de gaz dans un vieil immeuble du treizième arrondissement. On annonçait beaucoup de dégâts, quelques cadavres. J'étais seul dans la salle de rédaction lorsque Batta avait hurlé :

— Un reporter ! J'ai besoin d'un reporter !

J'avais levé la main. Il était une heure du matin.

— Le stagiaire ? Merde alors ! Bon, tant pis, vas-y... Y a Paulo qui t'attend en bas sur la moto. Tout ce qu'on te demande, c'est de nous faire quelques légendes pour les photos de Paulo. On va recomposer la une, si vous allez assez vite.

J'avais traversé la salle pour chercher mon blouson pendu au perroquet qui jouxtait la porte vitrée donnant sur l'espace réservé aux secrétaires.

— Mais qu'est-ce que tu fous ? gueula Batta.

— Je prends mon blouson.

— Ben quoi, ton blouson ? Tu veux une manucure aussi, tant que tu y es ? Cavale, connard, imbécile, et rapporte-moi des faits, des faits, des faits ! On se chargera de les écrire à ta place.

Il s'appelait Battaglia, mais ne répondait qu'au diminutif de Batta. Maigre, petit, le cheveu filasse, le front en sueur, les yeux fiévreux, un mégot humecté pendant à sa lèvre hostile, il bavait, postillonnait, balançait toutes sortes d'insultes et de directives, terrorisant les débutants et les dactylos, capable, lorsque son éthylisme atteignait le point de rupture, de lancer une machine à écrire par la fenêtre dans la cour de la rue Montmartre pour assouvir sa colère devant l'incapacité de ses troupes. Il appartenait à la vieille école des « infos géné » ; il avait couvert les commissariats pendant vingt ans de sa vie, les hôpitaux, les morgues ; il avait fait la planque sous la pluie, dans la neige, dans la boue, au soleil, attendant des nuits et des jours pour surprendre le flic, le coupable, le médecin légiste, la veuve, le juge, le directeur de la PJ, le lampiste du Quai des Orfèvres, le roi du barreau ou la maîtresse du trafiquant — apte à filer le témoin, dénicher le tuyau, renifler le « coup fumant », capable de déceler derrière un meurtre, un accident, la matière première de ce qui différencie le fait divers banal de l'histoire à sensation, ce qu'il appelait la « grosse bête ».

Des accès répétés de goutte, une paralysie de la hanche, une lassitude générale et plusieurs fautes professionnelles graves avaient poussé ses patrons à l'écarter de la chasse à la bête et le confiner au « desk », aux travaux de bureau. Il en avait conçu de l'aigreur ; sa vie n'était que solitude et échec. Il avait encore plus tapé sur l'alcool, des pastis sans eau, avalés dès sept heures du matin avant le premier café ; on l'avait alors éjecté du grand quotidien du soir où il avait pourtant, autrefois, fait figure d'intouchable. Lorsque *L'Étoile* avait été créée, l'un de ses anciens confrères avait suggéré le nom de Batta comme chef d'info pour l'équipe qui était en train de se former. À l'époque, il tournait presque au clochard. Le fondateur et propriétaire de *L'Étoile*, un riche Égyptien, rageur et volontaire, convaincu qu'il pouvait imposer une autre forme de journalisme dans la presse parisienne, avait décidé d'accorder une très large place aux faits divers. Batta avait obtenu carte blanche. Il disposait de deux pleines pages par jour, avec la permission de faire sauter la une sans passer par la hiérarchie, pourvu que l'histoire, la photo et le titre en vaillent la peine. Dans cette fonction, avec cette nouvelle chance donnée par l'Égyptien novice, Batta s'était révélé un étonnant dynamiteur de rédaction ; insufflant à ses journalistes, à coups d'invectives et de diktats, le goût de l'exclusivité, la volonté de battre les concurrents plus établis, aux tirages plus importants. Il buvait tout autant, mais son rôle de rabatteur en chef, de conducteur de la meute qu'il envoyait à la chasse à la bête, l'exaltait suffisamment pour dominer l'alcool, les crises de foie, les divagations passagères. Il avait installé un lit de camp dans le bureau qui lui servait de quartier général. On ne lui connaissait ni femme, ni enfant, ni domicile, ni relations autres que celles qu'il entretenait dans son métier. Il dormait à *L'Étoile*, étendu droit comme un sapin, parfois tout habillé, sur sa couche spartiate, comme s'il avait voulu recréer l'atmosphère d'une cellule de l'un de ces commissariats qu'il avait tant fréquentés, dont il avait aimé les silences et les soudaines accélérations, dues à l'arrivée de la violence ; l'air chargé de tabac, de poussière, d'odeurs humaines, de cuir bouilli, de pisse des clochards, l'odeur du vrai — l'odeur du combat permanent entre l'homme et ses démons.

J'avais été subjugué par Batta. Je ne le quittais pas des yeux, observant ses crises, ses excitations sporadiques, guettant l'instant où il s'en prendrait à l'un ou l'autre des reporters, en particulier les débutants. Mais il ne me faisait pas peur. Ses coups de colère, la rougeur qui montait sur ses joues couperosées, avec ses yeux hallucinés, injectés de sang, qui vous fixaient tandis qu'il vociférait d'inqualifiables injures, j'avais d'instinct décidé de les prendre de face, posément, sourire aux lèvres, sans répondre, en attendant que passe sa fureur. Batta avait senti ma résolution. Mon cœur battait lorsque je lui tenais tête, mais je me disais : « Calme, reste calme, cet homme n'est qu'un malheureux, un solitaire, un malade. » Et je me disais aussi : « Mais il est génial, et il va t'apprendre un métier. »

Batta cessait de glapir. Il me regardait, l'œil encore enfiévré, la lèvre encore tremblante. Puis le feu s'éteignait. On voyait la soif revenir sur sa bouche.

— Alors, le stagiaire ? On a peur de rien ni de personne ? C'est l'Amérique, hein ? C'est ça qui t'a donné ton petit vernis de culot ?

— Oui, monsieur, répondais-je. C'est ça, c'est l'Amérique.

Il ricanait.

— Allez, fous-moi le camp, va faire la main

courante dans les quartiers chauds. Ramène-moi quelque chose. Ramène-moi un chien écrasé, veux-tu ?

Lorsque je revenais de mon incessante chasse à l'histoire humaine, avec ou sans chien écrasé, je me présentais devant Batta.

— Alors, disait-il, déjà prêt à s'emporter, qu'est-ce que tu as trouvé ?

— Il y a une histoire qui pourrait être intéressante, si on fouillait un peu... C'est un retraité, rue de Turbigo, il possède plusieurs oiseaux exotiques en cage, et, hier soir, en rentrant chez lui, tous les oiseaux avaient disparu. La porte d'entrée n'avait pas été forcée. Les cages étaient ouvertes. Il y avait du sang sur les murs.

Il m'interrompait :

— Va te mettre à ta machine et tape. Et passe voir Beauliteau pour qu'il peigne ton papier quand t'auras fini.

Guillaume de Beauliteau, qu'on appelait Willy, était un maître en écriture. Si Batta n'avait pas son pareil pour vous envoyer à la chasse aux faits divers et ramener, tels les chercheurs d'or dans les rivières, les cailloux épars dans votre sac, Willy, lui, savait agiter le tamis pour en conserver les pépites. Autant Batta respirait le désordre, l'alcool, la négligence de soi, autant Willy apparaissait comme un être de méthode, d'organisation, de retenue. Il arrivait ponctuellement, vêtu de son imperméable couleur gris kaki, droit et long, toujours fermé au col, et il extrayait de ses poches un flacon d'encre noire Montblanc, ainsi qu'un gros stylo de la même marque qu'il déposait, l'un après l'autre, sur son bureau qu'une secrétaire avait nettoyé de toute dépêche, toute « morasse », toute paperasse, car Willy ne travaillait bien, disait-il, que « sur une surface vide ». Il ôtait son manteau de pluie, allait le pendre au perroquet, puis, du même pas lent et mesuré, de sa démarche un peu lourde, il revenait s'asseoir derrière le meuble. C'était un homme corpulent, d'une cinquantaine d'années, au regard fixe et sévère, à la peau d'une couleur jaune sable. Il avait des doigts épais, des mains de travailleur manuel, écorchées aux extrémités, résultat de ses travaux de jardinage. Car Guillaume de Beaulieu, lorsqu'il n'exerçait pas son magistère dans la salle de rédaction de *L'Étoile*, consacrait ses après-midi au sarclage, à la plantation, à l'ordonnancement du petit lopin de terre qu'il possédait à l'arrière de son pavillon de banlieue, à Wissous.

— Copie ! lançait-il à la cantonade, une fois assis.

Les secrétaires de rédaction, ou les reporters eux-mêmes, venaient présenter leur copie, qu'il raturait, corrigeait, transformait, à grands coups de la plume épaisse de son Montblanc, et ce à une vitesse qui nous épatait. Tac-tac-tac — en très gras, un adjectif qui saute — tac — un autre trait et un verbe prend place — tac — un troisième trait plus long, toute une phrase que l'on abrège et qui se muscle. Lorsque les manuscrits nous revenaient avant que nous les restituions à Batta pour un accord final, nous pouvions juger à quel point Willy avait su les peigner, les dégraisser, leur ôter toute scorie inutile, parfois leur donner une autre structure, d'un seul coup de patte qui avait transféré tel paragraphe à la place de tel autre, renversant l'ordre de l'information et conférant à l'article l'allure d'un récit plus alerte, original. Depuis des années que, de publications en publications, il servait ainsi de redresseur d'écriture, Willy était devenu célèbre pour la rigueur de ses leçons. On pouvait reconnaître, au premier coup d'œil, dans les salles de rédaction parisiennes, un papier revu par Willy. C'était lui qui avait perfectionné l'art de la première phrase d'accroche, l'imparable démarrage qui dit tout, mais donne envie de lire la suite, le coup de poing de départ, ce que j'avais, une année plus tôt, étudié dans mes cours de journalisme sur un campus américain, et que l'on désignait là-bas sous le vocable de « catch phrase ».

— Ah, ils appellent ça comme ça, les Ricains ? m'avait dit Willy, lorsque j'avais osé évoquer ce procédé devant lui. Eh bien, mon bonhomme, ils n'ont rien inventé, tes maquereaux d'Américains. Je vais te révéler la meilleure catch phrase que l'on ait jamais écrite en langue française.

Il avait pris un peu de recul sur son fauteuil, et, les yeux mi-clos, avait récité :

« Le 15 mai 1796, le général Bonaparte fit son entrée dans Milan, à la tête de cette jeune armée qui venait de passer le pont de Lodi et d'apprendre au monde qu'après tant de siècles César et Alexandre avaient un successeur. »

Il s'était tu. Et puis :

— Et c'est de qui, ça ? Hein ? C'est pas paru dans *Paris-Match*, mon petit jeune homme, ni dans *France-Soir*, ni dans *France-Dimanche !* Non, c'est de Stendhal, figure-toi ! C'est la phrase d'ouverture de *La Chartreuse de Parme.* Ah ! Qu'est-ce que tu en dis ?

J'en étais resté muet d'admiration et de bonheur. À cette époque de ma vie, tous les journalistes de mon âge, mon ami Wence en tête, travaillaient secrètement à un roman, le Grand Roman Français. Les salles de rédaction de la presse parisienne grouillaient d'aspirants à la gloire, et chacun, à ses heures creuses, s'attelait au manuscrit qui transformerait sa vie de pisse-copie en destin de romancier. Si je ne m'y étais pas encore mis, ce n'était pas faute de vouloir, mais parce que j'avais la modeste conviction que je n'étais pas encore assez riche, mûr, assez aguerri, et que la vie ne m'avait pas encore assez appris pour que je puisse la restituer avec quelque grâce. Mais que Willy, dans la salle de *L'Étoile*, cite Stendhal comme modèle de journalisme m'avait confirmé, si besoin en était encore, que j'avais choisi le seul, le vrai métier, et que, la chance aidant, j'étais tombé sur d'excellents instructeurs.

— Il faut, avait-il conclu, avant de retourner à la copie qui commençait à s'accumuler sur la surface de son bureau, il faut aspirer à une écriture pure, objective, transparente. Tu dois aller à la simplicité par la brièveté. Pas de chichis. Pas de trucages. Saint-Simon, Kipling, Voltaire ! Clarté, simplicité, euphonie et vivacité ! Va-t'en, tu n'es qu'un petit maquereau.

Je m'étais aperçu que par deux fois et en l'espace d'un instant, Beauliteau avait utilisé ce terme, et il me fallut plus de temps, ensuite, pour comprendre qu'il traitait de « maquereaux » ceux qu'il avait pris sous son aile et que c'était, dans la voix de ce misanthrope brillant, supérieur, aliéné au monde et aux autres, une manière de dire qu'il éprouvait pour le débutant que j'étais une once d'indulgence. Entre Batta, le chasseur de la bête, fou alcoolique à l'affût des faits divers susceptibles de modifier les ventes du journal, et Willy, l'ascétique et mystérieux jardinier épris de littérature, j'avais la sensation de fréquenter les meilleurs du métier, dans un bain unique. La création d'un nouveau quotidien les avait miraculeusement réunis. Ils étaient les rescapés d'autres grands journaux, où ils avaient déjà forgé leur légende, mais leur trop forte personnalité ou leurs fréquentes fumisteries les avaient momentanément écartés du pouvoir. Voici qu'un riche, ambitieux Égyptien leur offrait une seconde chance. Ils l'avaient saisie, établissant dès le premier numéro un climat de compétitivité, une atmosphère électrisante, et ils s'adonnaient à ce nouveau défi dans leur vie déjà chargée, avec d'autant plus d'enthousiasme qu'ils ne pouvaient chasser de leur esprit la précarité des choses, se disant chaque jour, en arrivant à *L'Étoile* : « Combien de temps ça va durer ? »

Je n'avais qu'une seule hantise, celle de ne pas décevoir des monstres de cette envergure. Et, si possible, faire en sorte de les étonner.

Ainsi avais-je, dans cet état d'esprit, sauté sur le tan-sad de la moto d'un photographe apatride, prénommé Paul, pour partir humer les cadavres sous les décombres d'un immeuble de la rue des Peupliers, dans le treizième arrondissement, à Paris — Paul, que je devais retrouver, par la suite, au milieu de jeunes starlettes en émoi.

7

La première starlette s'appelait Danik, la deuxième Daliah, la troisième Joëlle, la quatrième Danièle, la cinquième Gisèle, la sixième Pascale, la septième Catherine, la huitième Catherine, la neuvième Mireille.

La plus jeune avait quinze ans, la plus âgée dix-huit. Certaines étaient venues accompagnées de leur mère ; d'autres, de leur sœur ou d'une amie. D'autres enfin étaient venues seules — ou avec leurs « impresarios ».

Starlette, impresario — tous ces termes aujourd'hui désuets, désintégrés, grotesques — avaient encore cours dans notre jargon quotidien, mais cela ne durerait plus longtemps. Les jeunes filles — mais étaient-elles encore « jeune fille » ? — commençaient leur carrière dans un univers cinématographique en plein bouleversement. Elles rêvaient d'apparaître sur la couverture ou dans les pages intérieures de *Cinémonde*, alors que toute une génération ne s'intéressait plus qu'aux

Cahiers du Cinéma. La première revue, hebdomadaire, se contentait de publier photos et reportages traditionnels et mièvres sur les célébrités du cinéma français, acteurs, actrices, starlettes et stars — les starlettes étant de jeunes et jolies filles qui ne deviennent jamais des stars, et les stars étant des comédiennes qui n'ont jamais connu le statut de starlette. La seconde revue, mensuelle, à la couverture noir et blanc encadrée de jaune, tenait lieu de chaudron culturel dans lequel s'exprimaient les plus violents et talentueux critiques et d'où était en train d'émerger une école inédite de mise en scène. On se trouvait à ce tournant du cinéma en France où l'auteur — on employait parfois le mot avec un A majuscule — allait prendre le pas sur l'acteur. La meilleure journaliste du pays venait à peine d'inventer la formule géniale qui allait définir ce mouvement et le ferait connaître, avec ses films, jusqu'au bout du monde. Si les initiés comprenaient ce qui se passait, le grand public ignorait tout encore du contenu de ce terme « Nouvelle Vague » — mais on sentait quelque chose qui montait, qui montait, comme une lame venue du fond de la mer.

On le sentait dans les arrière-salles ou aux terrasses (selon la saison) de certains bistrots des Champs-Élysées où, au milieu de la fumée des cigarettes Boyard à papier maïs, des jeunes gens à lunettes, maigres et exaltés, échangeaient sur les bouts déchirés de nappes en papier, des défis du style :

— Je ferai mon premier film avant toi !

Ou encore des serments :

— Je te donnerai le rôle principal de mon premier film.

Ou enfin des alliances :

— Tu m'écris en trois pages un synopsis de polar pour mon premier. Je t'écris le tien.

On sentait la houle se nourrir et s'amplifier dans les salles de projection et de montage aux alentours de l'Arc de Triomphe, petites cabines sans confort, aux fenêtres donnant sur des cours anonymes où se concoctaient, pour trois francs et six sous, les impertinents courts métrages de ceux qui allaient, leurs boîtes en métal blanc pleines de pellicule sous le bras, démontrer aux gens d'argent qu'on devait, désormais, compter avec le phénomène. On le sentait rue Lauriston ou rue Troyon, ou rue Washington, ou dans l'avenue Mac-Mahon ou dans la rue Lincoln, dans tout le huitième arrondissement, seul endroit convenable pour quiconque « faisait du cinéma », dans toutes les officines situées aux alentours de l'avenue royale : « les Champs » ! — l'avenue que les jeunes gens de plus en plus sûrs d'eux descendaient et remontaient entre deux entretiens avec la poignée de producteurs suffisamment perspicaces pour avoir deviné qu'il fallait accompagner leur projet. On le voyait aux mines soucieuses et confites des caciques, des établis, des importants, ceux qui avaient fait la loi dans ce métier depuis vingt ans ou plus et dans les yeux desquels on pouvait lire l'interrogation :

— Mais d'où sortent-ils donc ? Et que veulent-ils exactement ?

Ils voulaient agiter, faire trembler, secouer les cocotiers, tous les cocotiers, toute la forêt de cocotiers, et en faire tomber des hommes respectables et que d'ailleurs, plus tard, bien plus tard, ils viendraient à respecter, mais qui, pour l'heure, occupaient le sommet des arbres et surtout s'exprimaient dans une langue qui n'était pas la leur. Des adultes conventionnels et figés alors qu'ils étaient, eux, des jeunes gens passionnés, créatifs, novateurs. Ils voulaient changer le cinéma plus que la vie, puisque, pour eux, le cinéma était supérieur à la vie — ils avaient des théories là-dessus, des idées, ils étaient tout sauf des barbares. Ils étaient cultivés et fins, intelligents, ils avaient réfléchi devant l'image et ils avaient cru déchiffrer dans des films américains de série B des symboles que les responsables même de ces films n'avaient jamais voulu inscrire. Ils voulaient aimer les femmes et être aimés d'elles ; gagner la reconnaissance de quelques aînés exceptionnels qu'ils s'étaient choisis comme modèles (Jean Renoir, Roberto Rossellini, Alfred Hitchcock) — et surtout ils voulaient imprimer de la pellicule, avoir le droit de dire « moteur », dire

« action », dire « coupez », et tenter de mettre dans ce mouvement de la caméra que l'on appelle travelling autre chose qu'un simple mouvement, y mettre ce qu'ils définissaient comme une morale. Au début, ils n'étaient pas nombreux, mais ils avaient appris que les révolutions jaillissent toujours d'un petit noyau d'hommes et ce petit nombre originel, loin de les complexer, les renforçait dans leur conviction qu'ils avaient raison. Et à eux quatre, ou cinq ou six, ou douze, ils allaient, effectivement, apporter un souffle de révolution au cinéma, un souffle alimenté par une presse qui enregistrait, à cette époque, ce sentiment extraordinaire de fin de décennie, à la veille de frapper à la porte des imprévisibles années soixante (que seraient-elles ? à quoi ressembleraient-elles ?), cette sensation qui parcourait tant de cercles non reliés entre eux dans tant d'activités différentes, chanson, disque, roman, presse hebdomadaire, radio, et d'où sortait ce synchronisme étrange, ce bouillonnement. Cette effervescence. Oui, c'était bien le mot : il y avait, dans l'air du temps, une irrésistible effervescence.

Paulo était-il conscient de tout cela ?

Paulo, le photographe, mon ami, celui aux côtés duquel j'avais parcouru les gravats et fragments de l'immeuble de la rue des Peupliers ; pierres brûlantes, poussière, odeurs âcres et cris d'infirmiers ; affolement des premiers secours ; le visage révulsé d'un pompier portant ce qui n'était plus que les lambeaux d'un enfant ; la rage d'un flic me cognant la poitrine : « Pousse-toi de là ! Ça n'est pas ta place ! » Paulo, dont le coup d'œil et l'efficacité, le sang-froid — « Viens par ici ! Recule ! Aide-moi ! Prends des notes ! Demande-leur leur âge et leur adresse ! » — m'avaient en une demi-nuit de reportage permis d'en apprendre plus qu'en une année d'école. Mais devait-on croire qu'il existait une école pour le reportage, et ne fallait-il pas plutôt croire au terrain, à la rue, à l'apprentissage sur le tas, que ce fût un tas de boue, de cendres, d'ossements ou de roses ? Paulo n'était pas conscient de l'aggiornamento dont je parlais plus haut.

Les effluves conjugués du talent inconnu et de l'ambition ardente d'un groupe de jeunes gens n'étaient pas montés jusqu'à son nez cassé de baroudeur international. Entendait-il seulement « craquer les branches », selon le beau mot de François Mauriac ? Je ne crois pas. Il avait connu d'autres craquements, dans sa vie, et cela assourdissait les bruits de la jeune et brillante vague en train de rouler sur le sable de nos jours.

Il avait entendu les bruits de la guerre, il avait senti les vents de la guerre. Je pensais en le regardant : « Pourquoi donc m'intéressé-je autant à ceux qui ont senti ce vent, entendu ces bruits ? » Il avait connu les émeutes de Berlin en 1953, la révolte de Budapest ; il avait sauté sur

Suez. Ces deux derniers événements au cours du même automne ou presque — ça avait été l'automne de son contentement. Il ne s'intéressait plus désormais qu'aux affaires en Algérie, parce qu'il y retrouverait les paras, ses chers paras, ceux avec qui il avait déjà connu la défaite de Diên Biên Phu et l'échec de Suez et peut-être pressentait-il déjà qu'il goûterait à un troisième échec, et peut-être était-ce la pulsion secrète qui animait Paul — la recherche d'une épreuve ultime, qui ne peut se terminer autrement que dans l'amertume, le regret, le sentiment sombre et enivrant d'être passé du côté des réprouvés, des incompris, des perdants ?

— Qu'est-ce que tu fous là, Paul ? fus-je tenté de lui dire à voix basse, alors que je le voyais essayer sans succès d'ordonner les touches finales de la photo de groupe des neuf starlettes, aussi à l'aise avec les demoiselles qu'un ours polaire auquel on aurait confié la pendaison d'un lustre de cristal au plafond d'un salon XVIIIe.

— La blonde, là ! criait-il. Rabattez votre jupe ! Non ! Pas cette blonde, l'autre ! Non ! Non ! Non pas celle aux grosses nattes ! La petite !

Mais la blonde aux grosses nattes n'avait perçu que l'adjectif « grosse » et comme elle était plutôt rondouillarde, avec des mollets jambonnés, des joues tachées de son et de carmin, et des yeux écarquillés qui, ajoutés au volume de sa coiffure trop gonflée au Babyliss, donnaient à l'ensemble de sa personne une allure soufflée, un peu « pouffiasse » comme on disait dans le langage de l'époque, elle fondit en larmes.

— Il m'a traitée de grosse ! Il a dit que j'étais grosse ! Mais je ne suis pas une grosse ! Ce n'est pas mon emploi !

Le groupe se disloqua sous le coup de cette soudaine fièvre. Les plus égoïstes des filles en profitèrent pour sortir de leur sac un miroir portatif afin de refaire leur rimmel et rajuster chignons et choucroutes ; les solidaires entourèrent la malheureuse en la consolant, la cajolant avec ce rien de condescendance jouissive qui sourd des discours les plus charitables, ce plaisir supérieur de ne point ressembler à celle ou celui que vous secourez :

— Arrête, ma chérie, il parlait de tes nattes, il ne parlait pas de toi. Tu sais très bien que tu n'es pas grosse ! Arrête ! Tu vas gâcher la séance, ma chérie, on est déjà en retard, j'ai un rendez-vous chez Braunberger dans une demi-heure, je n'y serai jamais !

Le préposé aux lumières du studio intervint. C'était un jeune homme aux cheveux crépus, au teint basané, au nez en trompette, au visage impavide, empreint de bonne humeur et de sûreté de soi, aux gestes déliés. Il portait un jean, un ceinturon mexicain, un tee-shirt noir, des Clarkes, ces « desert boots » introuvables ailleurs qu'à Londres et que l'on commençait à voir aux pieds des photographes de mode. Il parlait doucement, s'adressant à Paul aussi bien qu'aux filles, en modulant sa voix comme un chanteur de charme :

— Laissez-moi faire, on va remettre tout ça en place, ça va très bien se passer, vous allez voir. Ça va très bien se passer.

Il s'appelait Da Silva. À lui seul ou presque, il incarnait le studio des Acacias et ne s'occupait pas seulement des lumières mais de l'ensemble de ce grand espace de bois, de métal et de briques au fond d'une cour pavée, ancien garage reconverti en plateau de photo et que, pour des raisons de proximité géographique, la nouvelle génération de comédiens, cinéastes, chanteurs ou musiciens, avait choisi pour s'y faire immortaliser. Da Silva était aussi pour beaucoup dans leur choix.

Il avait le même âge que ses clients et ses clientes et il abordait les séances de travail et les rapports professionnels avec un même refus du conformisme, la même complicité à l'encontre des « vieux », de l'établissement à abattre. Il n'élevait pas la voix. Il donnait une impression d'harmonie, d'une souplesse à toute épreuve.

— Viens là, toi. Allez, reprenez vos places. C'est bon. Viens, on va finir par la faire, cette photo. Soyez sympa avec Paul, il débute le pauvre, c'est un petit stagiaire ! On se tait maintenant, c'est bien. Easy, les filles, easy !

Tout juste s'il ne finit pas lui-même par

déclencher les appareils à la place de Paul. J'avais rarement assisté à une telle démonstration d'entregent, un tel art de faire revenir calme et sourire au sein d'une petite communauté en crise. Paul, qui mesurait et pesait le double du garçon, prit Da Silva dans ses bras et l'embrassa.

— Tu m'as sauvé mon coup, gamin. Bravo !

Puis Paul partit, non sans avoir remercié les starlettes qui s'égaillaient aux quatre coins du plateau, présenté ses excuses à la « grosse » aux yeux encore rougis et lancé à mon intention :

— Tu veux que je te dise ? Sur les champs de bataille, c'est beaucoup plus simple !

Je retrouvai quelques-uns des membres de cette saynète — Daliah et deux ou trois autres starlettes — aux Acacias, le bistrot qui formait le coin de l'avenue Carnot et de la rue des Acacias.

Quand on s'asseyait au bout de la terrasse, couverte en hiver et baies ouvertes au printemps et en été, on pouvait voir l'Arc de Triomphe sous son angle le plus insolite : étroit, au sommet cubique, avec ses hautes pattes comme celles d'un éléphant de pierre grise, couvert de ses bas-reliefs, ses victoires militaires, ses hommages à l'histoire et à ses héros. C'était l'une des images favorites des jeunes cinéastes. L'Arc de Triomphe tout entier exerçait une fascination sur eux. À chaque occasion, ils en glissaient un plan dans leur film ; était-ce par superstition, ou bien un signe de reconnaissance, ou encore, plus simplement, parce que ce monument et ses alentours représentaient ce Paris dont, venus de l'anonymat de leurs provinces, de leurs familles parfois bourgeoises et confortables mais sans renom, parfois démunies et éclatées, ils entendaient faire la conquête ? Sans doute, enfin, y avait-il dans leur référence permanente à l'Arc, ses statues et ses victoires, le signe de cette dérision qui s'emparait de tous ceux de leur âge. La dérision, arme absolue des générations qui souhaitent détrôner les gens en place, était doucement en train de s'inscrire dans le concert de l'époque.

— Voici ma sœur ! Et tiens, voici aussi Paladin !

Le bistrot des Acacias, soudain, se mit à vivre plus vite et plus fort. La « sœur » était une grande jeune femme aux cheveux châtain-roux, aux yeux pétillants, gais. Elle était venue chercher sa cadette, l'une des starlettes demeurée au bistrot avec Da Silva, deux autres filles et moi-même. Elle s'appelait Lucille. Elle avait la voix rauque d'une chanteuse de cabaret, de longues jambes dans de longues bottes noires, et il passait dans son regard comme sur ses lèvres et dans le moindre de ses propos un enjouement, une pétulance, quelque chose de spirituel qui vous attirait d'emblée. Elle bougeait comme un animal gracieux, agile, faisant voler le châle noir qui couvrait ses épaules, tendant la main ou la joue, puis se reculait en esquissant une sorte d'entrechat. Elle se présentait :

— Moi, c'est Lucille ! Et vous ?

Elle n'attendait pas votre réponse, tournait le dos avec cette même maestria de son corps, faisant se lever sa sœur, une blonde plus petite mais émouvante parce que encore lourde d'adolescence et de pudeur, et les deux filles sortaient avant que vous ayez eu le temps d'interroger ladite Lucille sur sa vie, ses projets, solliciter son numéro de téléphone et s'inscrire, ou tenter de le faire, sur la liste de tous ceux qui, à n'en pas douter, lui faisaient la cour. Da Silva me raconta que Lucille tenait le rôle principal dans trois films sur le point d'être distribués.

— Personne ne la connaît encore, mais elle va tout casser, tu vas voir, c'est la seule qui sache tout faire. Elle joue la comédie, mais elle chante aussi, et elle danse. C'est presque la perfection. Non, c'est pas presque. C'est la perfection !

À peine avais-je admiré l'arrivée, puis le départ de Lucille, entourant sa cadette d'un bras protecteur et s'éloignant vers une voiture qu'elle avait laissée, dans sa princière négligence, garée, moteur en marche, au beau milieu de l'avenue Carnot, devant la borne de signalisation, que je devais compter avec une autre irruption dans le banal décor des Acacias, celle qu'une des convives du bistrot avait appelée Palladin.

Grande, imposante, avec d'épais et longs cheveux blonds violemment décolorés, une bouche rouge et volontaire, peinte comme un manifeste au milieu d'un visage de femme de cinquante ans, vêtue d'un pantalon kaki et d'une chemise d'homme avec barrettes aux épaules et deux poches de chaque côté d'une poitrine volumineuse, montée sur des escarpins à talons beiges, Palladin débarquait dans le bistrot avec cette autorité qui lui valait dans le monde de la presse et du spectacle autant d'admiration que d'hostilité. C'était une belle et forte femme qui avait pratiqué tous les métiers du spectacle, de script-girl à figurante, de rôle moyen sur l'écran à productrice associée hors écran, de meneuse de revue à mannequin haute couture. Elle avait été l'une des reines d'un Paris déjà disparu et elle s'en souvenait parfois assez pour que naisse sur ses lèvres épaisses et sensuelles un mince pli de mélancolie. Il lui était difficile d'oublier ses vingt ans, l'insidieuse adéquation de sa séduction avec ce que recherchaient les hommes de l'époque, mais elle avait plus d'intelligence que ses consœurs et elle avait accepté son vieillissement, et le passage d'une société et d'une esthétique à une autre. Elle avait appartenu à cet univers de *Cinémonde* qui était en train de mourir et elle avait su l'abandonner pour se reconvertir en capitaine des jeunes troupes, en impresario de toutes celles et ceux qui n'avaient ni notoriété, ni expérience, mais possédaient ce qu'elle savait définitivement enfui : la jeunesse, l'espoir. Elle était devenue leur marraine, leur maman, leur patronne, leur conseillère et protectrice, leur pare-feu et leur bouclier ; on ne pouvait pas lui apprendre à faire la grimace. Elle disait aux tourterelles et jouvenceaux qui venaient la supplier de les « représenter » auprès des producteurs, des gens d'argent, des hommes à cigares et vestons croisés, lunettes fumées et chevalières dorées :

— T'en fais pas. Avec moi, ils pourront pas te baiser. Leurs mensonges, je les ai déjà tous entendus. Je connais la taille de leur bite et le format de leur portefeuille.

Son langage brutal plaisait aux jeunes, s'il horrifiait les vieux. Mais on ne pouvait se passer d'elle. Palladin, que l'on n'appelait plus par son prénom, typiquement rattaché aux souvenirs des années quarante, quand Corinne Palladin posait en maillot de bain pour les studios Harcourt (ah ! Corinne Palladin, la blonde des blondes, avec ses seins comme des obus et ses jambes comme des lianes !), Palladin, donc, était une force qui va. Dans le milieu indécis et fragile de comédiens en devenir, dans ce maelström d'interrogations et de rêves, d'attente et de frustration, dans ce tournant de vie qui saisissait une myriade d'inconnus en passe de former une génération, Palladin faisait figure de pilier contre lequel pouvaient s'appuyer ces natures vulnérables. Elle était leur ancre.

Elle fumait des Pall Mall et buvait du vin rouge dans un verre ballon au comptoir de la cantine des studios de Billancourt où elle venait placer pouliches et poulains ; elle tombait parfois amoureuse d'un des beaux jeunes gens qui arrivaient à Paris pour tenter leur chance, mais cela ne durait pas, car elle avait un cœur d'artichaut et le jeune homme aussi, en général. Palladin estimait, en outre, qu'on ne fait pas ça dans le « diocèse », même s'il lui arrivait d'enfreindre la règle. Le jeune homme resterait son ami, son « minet », comme elle aimait l'identifier ; à la rigueur, elle l'hébergerait chez elle, en cas de besoin, sur le canapé du living-room de son appartement de la rue Pierre-Demours, aux murs décorés de ses portraits, photos en noir et blanc, du temps qu'elle tournait sous la direction de cinéastes qui n'avaient pas eu honte de travailler pour la UFA pendant l'Occup'. Il y avait aussi un piano laqué blanc, un paravent japonais, un mini-bar avec des tabourets à siège de cuir rouge et des verres à cocktail où étaient reproduites les affiches de pièces de boulevard dans lesquelles elle avait figuré. Un chat de même couleur que le piano déambulait de pouf en pouf, faisant consciencieusement ses griffes sur les vestiges d'une moquette pistache. C'était un persan, il répondait au nom de Latin Lover.

Palladin s'enorgueillissait « d'avoir l'œil ». Elle vous le disait sans modestie :

— Moi, j'ai l'œil. Je sais voir celui qui a l'*aura* ou celle qui ne l'a pas. L'aura, ça se voit vite, si tu as l'œil.

Vous lui demandiez ce qu'elle définissait par « aura ». Elle répondait :

— Ça ne se définit pas. Ça émane d'une personne. Ça se voit tout de suite. La première fois qu'on a vu Gérard Philipe sur une scène, on a tout de suite compris qu'il l'avait.

— Oui, bien sûr, rétorquiez-vous, mais ça se savait déjà, non ?

— Mais non, mais non, disait-elle, la première des premières fois, personne ne le connaissait, tu comprends, mon chéri ? Pareil pour Jeannot. Pareil pour Gabin. Pareil pour Bardot. L'aura, c'est quand il — ou elle — pousse une porte et que, instantanément, on a l'impression qu'il n'y a plus personne d'autre dans la pièce, même s'il y a trois cents personnes.

Elle écrasait sa Pall Mall au bout taché de rouge et commandait le signal du départ en frappant le sol des hauts talons de ses escarpins beiges.

— Allez, les filles, c'est pas le tout, mais on a des choses à faire. Salut et fraternité !

C'était sa manière de dire au revoir. On ignorait où elle avait contracté cette expression, dans je ne sais trop quel dialogue d'une comédie avec Tissier et Armontel, mais on pouvait facilement reconnaître les « minets » ou les « filles » que

Palladin représentait professionnellement au fait qu'ils utilisaient eux aussi cette formule.

Nous restâmes seuls avec Da Silva. Le jeune homme aux manières suaves et efficaces me raconta qu'il avait un rendez-vous près de la place de la Trinité. Des amis voulaient lui faire rencontrer une toute jeune lycéenne qui écrivait des chansons et jouait de la guitare, et comme elle avait besoin de photos, et comme elle n'avait pas un rond... je me surpris à lui dire « Salut et fraternité » et quittai les Acacias.

Dehors, il faisait frais. Il avait plu et une faible odeur de bitume mouillé s'emparait des trottoirs. En remontant à pied l'avenue Carnot en direction de l'Étoile, j'eus la sensation que je venais d'enregistrer un autre moment de cette permanente exploration de la ville, de ma recherche inconsciente de la définition de l'époque que j'étais en train de traverser. Je songeais à l'atmosphère d'insouciance et d'amateurisme qui avait régné sur le plateau des Acacias, à l'ingénuité de certaines des jeunes filles, aux cris et aux larmes, puis aux yeux qui s'étaient illuminés du même éclat quand la photo avait été, enfin, prête à la prise. Cela m'avait beaucoup frappé, cette simultanéité dans leurs yeux et sur leurs lèvres. D'un seul coup, elles avaient toutes adopté la même expression. C'était un regard commun. Elles disaient la même chose :

— J'y crois. Prenez-moi. C'est à moi que ça va arriver.

Je songeais qu'en l'espace d'un après-midi j'avais rencontré des gens aussi différents et attachants que Da Silva, Lucille, Palladin, et que demain, au journal, à l'occasion d'un fait divers qui n'avait pas encore eu lieu, d'un meurtre qu'un criminel inconnu ignorait encore qu'il allait commettre, du décès inattendu d'un célèbre dramaturge, ou de l'arrivée d'un chef d'État dont l'avion survolait en ce moment la ville de Melbourne encore plongée dans la nuit, demain, il me serait à nouveau donné la chance d'emmagasiner, pour le compte de mon insatiable curiosité, plus de visages, d'existences, de courants secrets, de langages et d'argots spécifiques, de rites et de signes, de traces et de comportements. J'entendrais encore craquer toutes sortes de branches.

Et je me disais que je devais m'en réjouir, et je m'en réjouissais. Pourtant, à la seconde même où j'étais gagné par cette réjouissance intime, la menace venait contrarier mon euphorie passagère.

8

La menace était simple : je vivais, je travaillais en sursis. J'étais un « sursitaire ».

Je n'étais pas le seul dans ce cas, mais il m'importait bien peu que d'autres garçons de mon âge connussent en silence la même récurrente inquiétude. C'était moi, et moi seul, dans la profondeur de mon égocentrisme, qui souffrais de cette situation et de la conviction que tout ce que je pouvais entreprendre ou réussir n'était que du transitoire, du mensonge, de l'à-peu-près, puisqu'un jour ou l'autre, je serais rattrapé par l'époque, rattrapé par la loi, par l'obligation de servir mon pays sous les drapeaux.

On était en plein drame d'Algérie. Le pays tout entier baignait dedans. Le général de Gaulle, d'ici peu de temps, porté par treize complots, retrouverait, au bout du treizième jour d'un mois de mai, un pouvoir que la déliquescence d'une république finissante, liée aux manœuvres de ses fidèles commensaux, lui apportait sur un plateau. Des centaines de milliers de jeunes gens continueraient d'être « appelés sous les drapeaux » et de participer à ce qu'aucun adulte, officiel ou responsable, ne voulait être surpris à nommer la « guerre » et que l'on recouvrait de l'intitulé hypocrite : les « événements ». On disait aussi les « opérations de maintien de l'ordre ». Je faisais partie de ces jeunes gens. Cela ne m'enchantait pas. Je savais que le piège finirait par se refermer sur moi.

Lorsque j'étais rentré des États-Unis, j'avais entamé ma course-poursuite à la recherche d'un travail, d'une porte ouverte dans le monde du journalisme, et je m'étais inscrit comme étudiant à la Sorbonne afin d'obtenir un sursis. À l'époque, c'était encore faisable. Mais je n'avais jamais mis les pieds dans une seule salle de conférences de l'université. L'idée de reprendre les études m'accablait d'ennui. Je voulais satisfaire ma vocation, apprendre un métier, exploiter l'acquis de mes années à l'étranger, sauter les obstacles, parcourir la ville, le pays et le monde. Je voulais travailler. Dès mes premiers pas dans la presse, je m'étais régulièrement heurté à la phrase inquisitoriale :

— Vous avez fait votre service militaire ?

Je répondais que j'étais paré, protégé, que je possédais un sursis solide et que j'avais tout mon temps, pas de problème — ou je ne répondais rien. On n'était pas encore très regardant et beaucoup de jeunes gens de mon âge se trouvaient dans une situation identique. À mesure qu'allaient passer les mois et les rentrées universitaires, le dilemme se ferait plus aigu. Je connaissais quelques autres sursitaires prêts à tout pour éviter la corvée militaire et, pis encore, le départ pour l'Algérie. Je n'aimais pas les fréquenter, mû par une sorte de superstition selon laquelle l'évocation de leur problème, qui n'était autre que le mien, accentuerait mon pessimisme, la prise de conscience que je n'étais pas moins vulnérable qu'eux. Je tenais fermement, comme cela avait été le cas dès mon adolescence, à me différencier de ceux de mon âge, convaincu que je trouverais plus d'enrichissement ailleurs, auprès des aînés, ceux qui savent. Et puis, la simple idée d'évoquer les petites combines qui me permettraient, comme aux autres, d'échapper à l'armée me mettait mal à l'aise, comme si j'avais honte de ne pas vouloir affronter ce dilemme : y aller ou pas. Y croire ou pas. Servir ou pas. Respecter ou pas le devoir commun, la légalité.

Je n'avais aucune conviction politique. D'autres garçons de mon âge avaient franchi le Rubicon. Untel était parti volontaire chez les paras, tandis qu'Untel avait déserté. Il vivait en Hollande, sous un faux nom. Tel autre, en Suisse. Un quatrième évoluait de façon illicite dans Paris, changeant de domicile jour après jour. Il s'était affilié à un réseau clandestin, ayant par deux fois échappé aux gendarmes venus le chercher pour le conduire, menottes aux poignets, en caserne, comme c'était le cas pour ceux qui, ayant épuisé recours et sursis, refusaient néanmoins d'endosser l'uniforme. Il avait adopté un nom de code : Véritas. Cette attitude l'avait poussé vers un engagement politique plus net : le réseau secret auquel il appartenait était composé d'Algériens. Il était devenu un « ennemi de la République »... Nous parlions de Véritas avec une sorte d'effroi, et peut-être d'admiration cachée.

Je restais neutre devant de tels choix. Je me voulais détaché de ces problèmes. « Cette guerre n'est pas ma guerre », avais-je coutume de dire. Mon idée fixe — apprendre et exercer un métier qui me passionnait — l'emportait sur toute autre considération, et je me trouvais encore trop ignorant pour m'intéresser à ce qui devenait de plus en plus la chose algérienne et perturbait toute la vie du pays, exigeant de chacun qu'il prît parti, qu'il se déterminât. « Cette guerre n'est pas ma guerre », me répétais-je avec obstination. J'étais encore un jeune homme avec ses œillères, tel un jeune cheval qui veut faire sa course, ses œillères bien collées, bien attachées, l'empêchant de rien voir d'autre que la piste devant lui. Une course, et pas plus ! Un tour de piste, pas deux !

Car je savais qu'entre mes débuts dans la vie et la vraie vie elle-même se dressait cette menace, cette barrière, et tout en essayant farouchement de n'y point penser, elle m'habitait, elle me culpabilisait. Malgré ma volonté de la rejeter avec l'impertinence et ce sens de l'immunité qui caractérise la jeunesse (comme la mort, ça n'arrire pas à moi mais aux autres), ma condition de sursitaire dictait mes humeurs secrètes.

Ainsi, je haïssais en silence la perspective de l'encasernement. Le port du treillis kaki, du casque, de l'uniforme ; les classes imbéciles où l'on vous apprend à marcher au pas et à faire votre lit au carré. Belle leçon ! Bel enrichissement ! La coupure d'avec le monde réel, l'endormissement de mon esprit, la privation de la liberté de mouvement m'inquiétaient plus que la perspective d'avoir à traverser la mer pour participer aux « événements ». Je savais que cela durerait longtemps : vingt-quatre, vingt-huit, trente-deux mois peut-être de mon existence. Interminable parenthèse ! Bien plus qu'une parenthèse — une brisure, une mise à l'écart, une disparition dans l'anonymat, un coup d'arrêt à mes projets, à l'épanouissement de ma vocation. Et je me disais : « Rien de ce que tu fais, rien de ce que tu reçois ne peut durer. Tu vis en sursis. Tout, un jour prochain, sera gelé, mis de côté, effacé. Tu n'as d'autre avenir que dans l'immédiat et le provisoire. »

Peut-être cette notion de provisoire donnait-elle plus de violence à ma faim d'expériences nouvelles, ma soif de rencontres. Aurais-je dû chercher dans cette angoisse la raison de mon attraction pour Béatrice de Sorgues, la baronne, que mon ami Wence m'avait présentée et dont j'avais l'intention de faire la conquête ? Pas seulement. Il y avait une autre explication, plus simple : la baronne était désirable.

9

La baronne avait les seins nus sous sa blouse. Cela m'épatait, j'en restai ahuri quelques instants ; ce qui m'étonnait le plus, c'est que j'étais seul à avoir repéré ce charmant, cet affolant, cet extraordinaire détail.

Cela ne se voyait pas au premier coup d'œil. La blouse était faite d'un coton fragile mais opaque, et les boutons étaient fermés assez haut sur la poitrine, mais si l'on observait bien la baronne, il n'y avait guère de doute : elle était nue sous sa blouse. À l'époque, et dans ce milieu, un tel choix était assez singulier pour faire figure de scandale. Mais puisque personne ne s'en était rendu compte, ou puisque chacun feignait de ne pas le voir, il n'y avait pas scandale. Je trouvais à tout le moins qu'il y avait provocation. Qui Béatrice de Sorgues cherchait-elle à provoquer ? Je pensais qu'il ne pouvait s'agir que de moi.

Lorsque Béatrice de Sorgues se déplaçait à travers la grande véranda pour se porter au-devant d'un invité, ou indiquer d'un geste du bras à l'un des domestiques qu'il était temps de procéder à un nouveau tour de boissons apéritives, je pouvais saisir ce qui semblait échapper à la vingtaine de couples invités là. Il est vrai que je scrutais le moindre mouvement de la baronne, sa plus imperceptible ondulation. J'avais la sensation que, pour elle, mes yeux avaient acquis une acuité anormale et qu'ils auraient pu percer les murs de sa maison. Je suivais ce lent ou rapide balancement de sa poitrine, selon l'allure qu'elle imprimait à sa marche, et ses seins me paraissaient devoir être ronds mais petits et fermes, avec des bouts pointus et durs qui tendaient légèrement le tissu. Lorsqu'elle tournait le dos, je pouvais encore mieux déceler l'absence de soutien-gorge, mais je n'avais guère le temps de me réjouir secrètement de cette confirmation, puisque Béatrice de Sorgues virevoltait, me faisait face, s'avançait vers moi, s'arrêtait à cinquante centimètres et me disait, avec cette voix basse, empreinte d'une certaine douceur amère qui m'avait autant attiré que les yeux clairs et les cheveux noirs :

— Eh bien, monsieur, vous voilà comme rêveur. On dirait qu'une mouche a battu de ses petites ailes sombres trop près de vos yeux, et que vous en êtes encore tout étourdi.

— Ah, madame, répondis-je, vous dites joliment les choses. Mais comme vous vous trompez !

Elle entrouvrit un peu plus ses lèvres avec le même sourire double que j'avais observé à la Buvette de Saint-Cloud lorsqu'elle m'était pour la première fois apparue. Oui, cela avait ressemblé à une apparition. Je n'avais pu la quitter du regard, et il avait fallu que mon ami Wence m'arrache à cette fascination, identifie l'objet de ma fixation amoureuse, s'en amuse et me la présente, pour que je m'ébroue comme un lutteur qui sort d'une courte perte de connaissance après un coup porté trop fort, mais je n'avais pas oublié ce que j'avais appelé le sourire double. Bienséant, poli, une sorte de masque social, mais, caché sous cette expression convenue, un autre sourire, une invite à venir plus près, à toucher à l'interdit. Sourire double, femme double — comme on disait, en termes d'espionnage, qu'il y avait des agents doubles —, Béatrice de Sorgues suscitait chez moi une brusque poussée de désir physique, alliée à l'intuition d'un danger. Mais ce danger ne me faisait nullement peur.

— Ah bon, dit-elle, je me trompe. Et en quoi ?

— Madame, la mouche dont vous parlez n'est pas une mouche. C'est le plus beau des papillons. C'est vous ! C'est vous qui me mettez dans cet état-là.

Le sourire s'accentua, se faisant plus affable et soudain je ne vis plus l'autre sourire, celui que je croyais être le vrai, le sourire de l'appel à l'amour. Mais j'en avais déjà trop dit, elle me pressait, un vibrato de défi dans la voix :

— Dans quel état pourrais-je donc vous mettre ? De quoi parlez-vous précisément ?

— Je vous parle de vous, madame, je...

Elle insista, souveraine :

— Dites, dites ?

C'était une femme de trente ans, peut-être plus. J'en avais vingt, ou un peu plus. Je me sentais dominé, désarmé. Je me voulais audacieux, malgré tout, quelle que fût mon infériorité dans ce jeu, face à une partenaire plus mûre, plus gardée. Je ne pouvais pas croire qu'elle ne m'eût pas délibérément provoqué. Je l'associais, dans mon esprit, à ma conquête de Paris. Je fis un pas ou deux en arrière et contemplai à nouveau Béatrice de Sorgues, vêtue de sa blouse de coton, une jupe droite un peu fendue sur le côté, faite dans le même coton teinté de crème ; deux minces bracelets italiens à chacun de ses poignets ; deux boucles d'oreilles vert jade, au bout du lobe de ses oreilles fines ; bien posée sur ses jambes bronzées, une véritable beauté mondaine, impeccable, située harmonieusement dans son temps et sa classe sociale, avec cependant, flottant autour d'elle, cette impression — mais quelqu'un d'autre que moi la partageait-il ? — qu'elle n'appartenait pas tout à fait au « bon genre » qui régnait dans la pièce, la demeure, les résidences alentour. Je contemplais cette « baronne » dont Wence prononçait le nom avec une complicité canaille dans la voix, et je voulus aller plus vite qu'il n'est permis dans ces sortes d'entreprise. Je dis alors :

— Madame, j'ai cru voir que vous étiez nue sous votre blouse. Vous avez les seins nus. C'est extraordinaire, parce que je suis le seul à le savoir, et vous savez que je le sais. Je crois que vous l'avez fait à l'intention d'une seule personne ici, et j'ose croire que cette personne, c'est moi. Vous donnez furieusement envie que l'on vous dénude un peu plus encore.

Elle ne me laissa guère de temps pour que je juge de la valeur de mon attaque. A priori, j'en étais très satisfait. La façon dont elle répliqua mit une fin rapide à la suffisance de mes vingt ans. Un court éclat de mépris amusé dans ses yeux, suivi d'un radoucissement complet du visage, une ombre de bonté, presque de compassion, comme si ma maladresse et mon insolence n'avaient fait naître chez elle qu'une commisération attendrie, avec ces mots :

— Vous êtes assurément plus naïf que vous en avez l'air. Vous êtes, aussi, beaucoup plus mal élevé. Et je vous demanderais de rejoindre l'arrière-cuisine où travaillent les extra, au niveau desquels vous venez tout juste de vous situer, si vous n'aviez été introduit chez nous par un garçon à qui je pardonne tout, notre ami Wenceslas.

10

Les Sorgues possédaient une grande maison « à la campagne ». Ils s'y rendaient les samedis et dimanches pour y recevoir relations et amis.

C'était un ancien rendez-vous de chasse, auquel on avait ajouté plusieurs ailes, greffé un étage et une véranda. La bâtisse était plutôt laide, hétéroclite, mais vaste et cossue, et entourée de verdure à perte de vue. D'abord du gazon propre et soigneusement entretenu, puis des champs d'herbe sauvage, puis une lisière d'arbustes, et puis la forêt de Marly elle-même. De l'autre côté de la forêt, il y avait le petit village de Feucherolles.

— C'est à l'ouest de Paris, m'avait dit Wence. C'est la seule région possible, vois-tu. Tout le monde a une maison dans l'Ouest, maintenant.

Il disait « maintenant » plutôt qu'aujourd'hui.

L'adverbe convenait à son flair des modes, des courants, des tics et manies du jour. « Maintenant », c'était ce qui se faisait, se disait, se portait, se lisait, se chantait et se dansait — à l'instant même où Wenceslas nous en parlait, ni avant ni après. Il se voulait et se prétendait le plus exact « baromètre du maintenant ». Il lui arrivait parfois d'oser parler du « demain », même s'il pressentait moins aisément ce qui se ferait, se porterait, se chanterait, se danserait et se lirait dans les mois à venir. Son savoir réel, son don qu'il croyait infaillible, reposait dans le « maintenant ». Et cela englobait aussi bien les pull-overs en V, le dernier numéro de *La Parisienne*, l'essai d'un Anglais appartenant aux « jeunes hommes en colère », les mocassins plats venus d'Italie et introuvables ailleurs que chez Jack Romoli, la dernière vacherie de Nimier, la dernière folie de Blondin, le dernier éclat de Clouzot sur un plateau de cinéma ou la dernière mélodie d'un inconnu qui faisait déjà fredonner « tout le monde » : Guy Béart. Car le « maintenant » devait, bien sûr, s'accorder et rimer avec « tout le monde », et si « tout le monde » faisait ou aimait quelque chose « maintenant », alors Wence pouvait attribuer à ce quelque chose sa plus forte note d'appréciation dans la catégorie des lubies et folies du moment.

Je me demandais souvent d'où Wenceslas pouvait tirer une compétence aussi aiguë des phénomènes de modes. Il répondait avec son habituelle présomption, compensée par son sourire d'angelot :

— Je fais mon marché, mon vieux. Je collecte et je butine, je picore et je rapporte, je fais l'éponge, j'accumule, j'écoute et j'entends. Et puis la clé, le secret, c'est de ne pas dormir. Comme ça, tu peux faire vingt fois la Ronde, là où d'autres ne la feront qu'une fois.

Faire la Ronde, pour Wence, comme pour quelques rares autres frénétiques de son acabit, voulait dire suivre le circuit sans fin des endroits où l'on pouvait renifler la mode, recueillir l'écume de la vague, ou, mieux encore, les bulles de cette écume. On commençait par le Flore, puis on tournait dans la rue Saint-Benoît et on s'arrêtait au Montana ; puis on pouvait descendre jusqu'aux terrasses de l'Épicerie, on traversait et on passait par le Bilboquet, le Saint-Benoît, puis on allait aux Deux Magots ; on pouvait retraverser le boulevard et s'arrêter chez Lipp, et puis le Village, ou les Petits Pavés, ou les deux, et parfois jusqu'au bar du Madison, et peut-être même à l'Old Navy, et puis la Ronde recommençait : avec, d'abord, le Flore ! Mais il y avait d'autres circuits : à Montparnasse, où l'on passait du Dôme au Select, et à la Coupole, et on poussait jusqu'à la Closerie des Lilas et parfois jusqu'au Zeyer. Et il y avait le circuit des Champs-Élysées, avec le Deauville, le Paris, chez Alexandre, les russes de la rue Lincoln, les bistrots de la rue Washington. Il y avait la Belle Ferronnière, aussi, où régnaient les baroudeurs de *Match*. Il y avait les Halles, avec sa ribambelle de restaus, bistrots auvergnats et gargotes, tellement nombreux qu'on ne pouvait tous les citer, les Halles où l'on tentait de se dégriser en se brûlant l'estomac de soupes à l'oignon... Et il y avait Montmartre aussi, et puis certains bars d'hôtel de la rive droite. Et enfin les boîtes de nuit, le Blue Note, le Ker Samba, l'Éléphant Blanc, l'Épi, et il y avait la boîte de celle qu'on appelait La Grosse. Elle changeait souvent d'adresse, mais on la retrouvait sans peine. C'était, avec le Flore, un des points forts de la Ronde.

À chacune de ces Rondes, Wence souriait, serrait des mains, embrassait des garçons et des filles, allumait une cigarette, buvait un verre, grignotait du radis noir, mâchonnait de la choucroute. Il écoutait, recueillait, absorbait et aspirait l'air du « maintenant », comme d'autres aspirent à pleins poumons l'air des montagnes, et lorsque, à cinq heures du matin, cogné par la fatigue autant que par le vin et l'alcool, il repartait, au volant de sa décapotable, vers son trois-pièces au rez-de-chaussée d'un hôtel particulier du faubourg Saint-Honoré, il savait qu'il avait suffisamment ingurgité de mots, phrases et accouplements de noms propres, ragots et anecdotes — qui baise qui, et qui fait quoi, qui dit quoi, et qui tue qui — pour pouvoir, dans les jours qui suivraient, distiller au fil des dîners ou déjeuners, au long des bavardages des salles de rédaction, son infaillible savoir. Ce talent, pareil à celui des experts en parfums qu'on appelle des « nez », lui avait rapidement permis de forcer les portes les plus cadenassées de la société et d'être sollicité par les hôtes et les hôtesses, afin de leur rendre ne serait-ce qu'une brève visite « à la campagne », au cours du « week-end », et égrener les perles de ce fragile et titillant savoir.

Un savoir ? À peine, tout juste un vernis, sans fondement, de la paillette dans les yeux, du sable, de cette matière volatile dont on fait et défait les châteaux à Paris — mais Wence avait-il la lucidité de comprendre qu'il ressemblait à ce marchand de poussière dont parle le proverbe oriental et qu'un coup de vent peut ruiner ? Il n'en faisait pas l'aveu. Quant à moi, si je mesurais la légèreté et la fugacité de son « maintenant », c'était plutôt par dépit car je me sentais peu doué pour recueillir et conserver de telles molécules. Je m'en voulais de ne pas savoir le faire. J'eusse aimé briller en société, comme mon ami, mais cette faculté de humer les effluves du jour puis de les restituer me manquait. J'avais juré de maîtriser cette science. Et si je croyais posséder autant d'insolence, de culot, voire de talent que mon ami Wence, je voyais que je n'accéderais pas aussi facilement à son statut de récepteur-diffuseur de modes qui le rendait attractif et précieux, surtout auprès de gens plus riches, plus âgés, plus difficiles à conquérir.

C'était ainsi qu'il avait croisé le chemin de la baronne. Elle était la femme d'Arnaud de Sorgues, un financier, gestionnaire de portefeuilles étrangers, joueur de polo, golf et tennis, un homme séduisant, membre de tous les clubs, courtois quoique parlant une langue rude, mûr, aussi sérieux dans ses affaires que dans la poursuite de toutes les petites balles qui roulaient sous son maillet, son club ou dans sa raquette. La baronne avait-elle eu une liaison avec Wence ? Je ne parvenais pas à le deviner. Il m'avait parlé d'elle avec une familiarité dans le ton, une note de connivence, comme s'ils avaient partagé — et partageaient encore — des instants d'intimité, comme s'il s'était passé entre eux quelque événement qui avait scellé des liens de confiance, un pacte — mais lequel ? Cela m'intriguait, m'irritait. J'étais jaloux déjà d'une femme que je n'avais vue qu'une seule fois, et Wence sentait ma jalousie et tentait d'en jouer à mes dépens. Je feignais l'indifférence.

— Ça t'intéresserait de comprendre ? Il n'y a pas grand-chose à comprendre, disait-il. Nous sommes pareils, c'est tout. Nous nous sommes reconnus. Nous sommes faits du même bois.

Il faisait beau et frais en cette fin de matinée d'un dimanche. On était en automne. Le ciel bleu et blanc se crispait sous un vent persistant mais supportable. Wence conduisait la rutilante Aston-Martin avec une nonchalance évidente, la capote rabattue comme toujours, puisque, depuis que j'avais fait sa connaissance, je ne l'avais pas vu autrement que tête nue, par n'importe quel temps, la voiture ouverte aux yeux des autres, les envieux et les timorés.

— On ne décide pas de conduire un cabriolet par hasard, disait Wence avec fierté. C'est une philosophie de vie, vois-tu. On roule décapoté, maintenant, tout le monde fait ça.

Mais ce n'était pas le lot de « tout le monde ». Seules quelques célébrités s'exhibaient au volant du véhicule sacré. Il n'y avait que trois marques acceptables : l'Aston-Martin, avec l'Austin Healey et la Jaguar semblaient avoir été choisies par un petit nombre de romanciers ou metteurs en scène à succès. Ce choix n'avait rien de fortuit, comme disait Wence, mais ce n'était pas une solution de facilité. D'abord, de telles voitures coûtaient très cher. Ensuite, elles cassaient tout le temps : on « passait sa vie au garage ». Enfin, elles étaient dangereuses, car dotées d'une puissance d'accélération qui les faisait ressembler à des voitures de course, et parce que conduire décapoté vous rapprochait plus de la sensation de la vitesse, vous mettait à l'unisson avec les éléments autour de vous : le vent, l'air, les arbres qui défilent, le ruban de goudron noir qu'on avale et qu'on a de plus en plus besoin d'avaler, de plus en plus vite. Vite ! Vitesse, vitesse, c'était l'un des mots qui affleuraient le plus fréquemment dans le nouveau langage du « maintenant ». Et lorsqu'une romancière devenue instantanément légendaire, presque mythique, avait expliqué qu'elle aimait conduire pieds nus, « tout le monde » avait traduit qu'il existait comme une relation entre la vitesse et le corps, les sens, la sexualité, et peut-être la mort — et cela n'avait fait que renforcer la fascination pour ces engins bas, longs, britanniques, des voitures faites pour un homme seul ou un couple, vert foncé ou rouge et noir, à deux sièges, avec un vague espace à l'arrière, filant au ras du sol, dans un temps où la ceinture de sécurité n'avait pas vu le jour, pas plus que les coussins à air, les radars, les péages ou les embouteillages. Des engins libres et périlleux, dans une époque sans limite de vitesse, aussi libres et périlleux que ceux qui en étaient tombés amoureux.

Wence se délectait de ces choses. Il décrivait avec jubilation, tout en l'exécutant, l'importance et la signification du simple geste de l'index droit par lequel on mettait le moteur sur « overdrive ». Un geste d'initié, disait-il, un signe de reconnaissance.

— Tu vois, me disait-il, alors que, sortie du tunnel de Saint-Cloud, l'Aston-Martin dévorait la courte montée pour s'engager vers l'ouest, il suffit un instant de dégager la main droite du volant, et du bout, mais seulement du bout du doigt, relever cette petite virgule d'acier qui ressemble fort, ma foi, à un interrupteur d'électricité et qu'on appelle l' « overdrive ». Toute l'élégance de ton geste réside alors dans la manière négligée, aristocratique, dont tu allumes ce potentiel supplémentaire de vitesse, et tu dois exécuter ton geste comme si tu n'en avais rien à foutre, comme si tu avais dégagé ta main pour relever une mèche de ton front, ou jouer avec ta cigarette. Là, voilà !

Comme il aimait effleurer le petit appendice métallisé qui, à peine actionné, donnait, en effet, à l'Aston un véritable coup de fouet ! On sentait la surmultiplication de la vitesse dans tout le buste et le bassin, comme si cette force rajoutée allait propulser votre propre corps en même temps que l'engin qui dépassait, brusquement, les autres voitures. Je pouvais comprendre que ce geste et cette poussée violente rendent mon ami un peu plus euphorique et hâbleur qu'à l'habitude, et je voyais dans ce terme d' « overdrive » — conduire au-dessus, conduire en plus — l'interprétation que Wenceslas voulait donner au moindre de ses actes ou de ses paroles. Il se prétendait en état fréquent, sinon perpétuel, d' « overdrive », ce qui contribuait à le rendre odieux, ou irrésistible. Pour ceux qui, comme moi, le connaissaient assez pour déceler, derrière chacune de ses attitudes, sa part de vulnérabilité et d'inquiétude, Wence provoquait un désir de le contredire, le faire redescendre à une vitesse normale.

— C'est pas très nouveau, ton truc, lui dis-je en criant, alors que l'aiguille du compte-tours indiquait une progression de plus en plus accrue.

Il lâcha le pied, faisant revenir l'Aston à plus de sagesse, comme un cheval nerveux qu'un cavalier expérimenté sait mater dès le premier emballement.

— Qu'est-ce que tu veux dire ?

— Je veux dire que tu ne m'apprends rien. Tu sais, l' « overdrive », j'ai connu ça sur les routes américaines, et on tapait le bitume bien plus fort, crois-moi, bien plus fou, certains soirs.

Il eut un sourire et un imperceptible ricanement.

— Oui oui, mon clampin, bien sûr ! Oui oui, ton Amérique. Ne t'ai-je pas déjà dit que, dans une ville comme Paris, c'est inutile, voire maladroit, d'invoquer en permanence ta petite aventure américaine ? Un peu de subtilité, mon clampin.

— Tu m'emmerdes, j'en parlerai autant que je veux et comme je veux.

— À ta guise, mon coco, à ta guise.

J'étais chatouilleux sur « mon » Amérique. Je savais que Wence avait raison. Cela m'avait rarement porté chance, ou bonheur, d'étaler mes expériences américaines en public. J'avais souvent recueilli du scepticisme, ou de la dérision, voire quelque jalousie. Alors je gardais mon Amérique en moi — convaincu que je saurais la restituer, un jour, sans que cela déclenche un seul rire. Je m'étais fait cette silencieuse promesse. Un jour, quand je m'en sentirais enfin capable, lorsque j'aurais tout digéré et tout compris, je raconterais comment c'était là-bas, comment ça se passait vraiment. Mais je savais qu'il me fallait attendre. J'avais lu ça dans Hemingway, et j'avais bien retenu sa leçon : il fallait d'abord apprendre à écrire une phrase vraie. Une seule. Il ne fallait pas écrire avant.

— De toute manière, reprit Wence, ce n'est pas l' « overdrive » qui est important. C'est le style de vie que cela représente. C'est, comment te dire... Ce geste du doigt sur l' « overdrive » est un acte d'esthétique, une proclamation d'esthétique !

J'éclatai de rire.

— Wence, je veux bien que tu m'informes sur les usages des Parisiens. En échange, épargne-moi tes cuistreries, tu veux ? Raconte-moi la comédie parisienne, d'accord, mais ne la joue pas devant moi quand on est seul.

Il prit un air vexé, ses lèvres trop fines se serrèrent pour ne plus faire qu'une ligne tendue, un fil de soie prêt à se rompre.

— Tu es un petit connard, dit-il sans attendre.

— Tu es une petite pute, répliquai-je.

Il rétrograda encore, faisant rapidement descendre le levier de vitesses, pour atteindre un rythme de croisière, ce qui lui permit, tout en conduisant, de tourner son visage vers le mien et de chercher mon regard, avec cette expression de biche aux abois qu'il savait prendre lorsqu'il sentait qu'on pourrait le blesser et se résolvait à poser sa question mozartienne :

— Tu n'en penses pas un mot, n'est-ce pas ? me demanda-t-il.

— Non, bien sûr.

— Tu m'aimes, n'est-ce pas, tu m'aimes vraiment ?

— Mais oui, Wence, « tout le monde » t'aime.

Je m'en voulus d'avoir parodié son « tout le monde », mais il ne releva pas l'allusion et, d'ailleurs, je ne m'en voulus pas très longtemps. L'Aston quittait l'autoroute pour s'engager dans une belle départementale vide, faite de virages, sous des frondaisons de chênes et d'ormeaux, dont les feuilles commençaient de glisser vers le rouge, l'ocre, l'orange et le jaune. Je ne m'en voulais pas trop car, dès notre première rencontre, j'avais vu qu'il ne me faudrait pas céder un pouce de terrain à Wence. Notre amitié, en cet instant court mais clair, sous les grands arbres de l'Île-de-France, m'apparut plus compliquée que je ne l'avais envisagé. Il était mon aîné, certes, et il avait déjà fait quelques grands pas de plus que moi dans la vie et le métier, mais je refusais un quelconque paternalisme de sa part. J'étais prêt à accepter les humiliations et réprimandes d'un fou alcoolique comme Batta ou d'un misanthrope hargneux comme Willy — mes « censeurs » au journal — parce qu'ils étaient vieux et cassés, et lourds de toute une vie d'échecs et, pourtant, de maîtrise. Mais je n'accepterais rien de Wence.

Nous roulions en silence, il concentrait son attention sur les passages fréquents et exaltants d'une vitesse à une autre, à chaque amorce ou sortie de virage. Je me dis que si nous ne nous étions pas, auparavant, juré fidélité et loyauté, nous pourrions déjà être en train de nous déchirer. Nous étions trop proches en âge et en ambition pour qu'il n'entre pas, presque fatalement, un jour ou l'autre, quelque notion de rivalité, de compétition.

— Les Sorgues ne sont pas n'importe quel couple, reprit Wence, comme s'il ne s'était rien passé. Ils reçoivent des gens d'argent, vois-tu, des gens de pouvoir, des généraux — ça pourrait toujours te servir, je ne sais pas si tu suis mon regard ? Et souventes fois, il vient chez eux des gens qui, dans le même après-midi, iront prendre le café ou le thé ailleurs. Soit à Verderonnes, chez Anne-Marie, soit pour jouer au gin à Marnes, chez Marcel, soit à Vilennes, soit à Milly chez Jean, soit chez l'autre Marcel à Vilennes aussi, soit à Louveciennes chez le petit homme et sa femme.

Alors je t'en prie, même si tu m'as l'air particulièrement subjugué par la baronne, tiens-toi bien, ne joue pas au cow-boy.

Cette ultime recommandation n'avait pu qu'aviver ma volonté d'indépendance à son égard. J'avais fait le contraire, je ne l'avais pas écouté, je m'étais mal tenu, j'avais « joué au cow-boy ». La femme m'avait mouché, et je me retrouvais à présent isolé au milieu de la véranda, sot, défait, avec l'impression que tout le monde me regardait et riait en silence, avec Béatrice de Sorgues me tournant le dos et s'éloignant en faisant doucement danser ses hanches et ses reins.

« Wence avait raison, pensai-je, tu n'es qu'un petit connard. »

Cette idée m'était insupportable, je pensai qu'il me fallait, dans l'heure, retrouver les faveurs de la baronne. À mon âge, me disais-je, on n'a jamais perdu.

11

— Que cherchez-vous, exactement ?

Béatrice de Sorgues posait sa question d'une voix douce, mais avec, dans la douceur, cette nuance de fermeté qu'ont parfois les pédagogues habiles ou les policiers avertis. Il était difficile, il semblait impoli, voire inintelligent, de ne pas répondre. D'autant que l'état de ridicule, d'infériorité, d'humiliation dans lequel m'avaient mis ma récente insolence et sa réponse hautaine, permettait à la baronne de me tenir sous sa coupe.

— Je ne sais pas, répondis-je.

— Ce n'est pas une réponse, dit-elle. Un « je ne sais pas » ne peut pas être pris pour une bonne réponse, en tout cas pas de votre part.

— Pourquoi ?

— Parce que lorsqu'un homme âgé me dit « je ne sais pas », je vois bien qu'il émet une véritable opinion, le résultat sans doute d'assez d'expérience pour aboutir à ce constat qu'il ne sait rien, en effet, ou si peu ! Mais lorsqu'un jeune homme me dit « je ne sais pas », je vois bien qu'il ne fait que s'esquiver, car un jeune homme ne dit jamais « je ne sais pas ». Un jeune homme croit tout savoir.

J'esquissai un sourire.

— Peut-être ne suis-je pas un jeune homme comme vous l'entendez.

Ce fut à son tour de sourire et d'émettre un petit rire.

— Oh, si ! dit-elle. Vous venez encore de m'en donner la preuve par cette réponse, puisque vous avez la dose suffisante de certitude pour entrer dans la catégorie des « jeunes hommes comme je les entends ».

— Vous me perdez, là, madame.

— Appelez-moi Béatrice, et ne me flattez pas outre mesure en jouant au benêt et en feignant de ne pas comprendre et de me faire passer pour plus fine que je ne le suis, ou plus fine que vous. Vous avez très bien suivi mon argument.

J'eus besoin de reprendre mon souffle. L'échange était rapide et enlevé, et il fallait y apporter toute la concentration de son esprit. Ce n'était pas désagréable et surtout cela me rassurait, puisque chaque phrase prononcée me laissait croire que Béatrice oubliait ou, sinon, pardonnait ma précédente approche.

Après qu'elle m'eut tourné le dos, me laissant seul, au milieu de la véranda, j'avais craint le pire. J'avais eu d'abord l'impression d'être regardé par tout le salon. J'avais cru que tout le monde avait entendu ma réflexion et ma grossière proposition. J'avais ensuite eu l'étrange impression d'être observé par quelqu'un que je ne voyais pas. Mes faits et mes gestes, mon immobilité, mon silence.

Son mari, Arnaud, s'était détaché d'un groupe et l'avait prise par la taille. Il lui avait posé un baiser sur la joue, elle avait souri, puis s'était éloignée de lui et avait évolué, allant d'invité en invité, s'arrêtant longuement auprès de Wence. Ils avaient eu un petit conciliabule. J'avais pensé : « Ça y est, elle lui raconte tout, je suis foutu. »

J'avais hésité. Devrais-je quitter cette demeure et repartir pour Paris ? Il fallait reprendre mon sang-froid. En réalité personne n'avait été témoin de notre dialogue, de l'offense que je lui avais faite et de la manière dont elle m'avait remis à ma place. Les invités évoluaient sans me prêter attention, alors que je restais figé dans ma contrition, au milieu de leur manège amical et mondain. Il y avait beaucoup de ces gens « importants » dont m'avait parlé Wence, et tout autant de gens « riches » et ils me contournaient sans me voir. En ce genre d'occasion, les riches ou les importants adressent rarement la parole à un jeune homme inconnu dont ils savent qu'ils n'ont rien à attendre, ni à apprendre. Les riches, pensai-je en les voyant s'agglomérer autour d'un homme rond, âgé, décoré, jovial, d'une femme grande, bijoutée, l'air spirituel, d'un couple bronzé, chaleureux, rieur, les riches sont très polis, bien éduqués, mais ils ne vous consacreront que le temps qu'ils ont décidé que vous méritiez. Et ils l'ont décidé avant l'événement, si bien que, au cours d'un même verre ou d'un lunch debout — puisque telle était la définition de la réception organisée par les Sorgues — lorsqu'ils arrivent, ils ont déjà jaugé et chiffré les minutes qu'ils distribueront à chacun. Comme s'ils avaient fixé une valeur-temps ; on vaut une minute, ou cinq, ou vingt, selon le statut dont on jouit dans cette couche de la société, mais ce statut n'a pas été déterminé de façon rationnelle, officielle, encore moins publique. Ces gens-là savent. Les choses se sont dites, les informations ont circulé. S'ils sont, certes, prêts à accorder une ou plusieurs minutes à un inconnu, il est préférable que celui-ci porte sur lui, imprimé sur ses vêtements, dans ses gestes, son teint, voire ses rides, la marque de reconnaissance des « riches », et cette marque ne s'acquiert nulle part — ou bien il faut que cet inconnu leur ait été présenté par l'hôtesse, en l'occurrence Béatrice de Sorgues, sur ce ton, avec cette intonation, cet appui de la main sur l'avant-bras et cette assurance fugace mais précise dans le regard qui signifie : « Il est des nôtres. »

Mais je n'avais eu droit, en guise d'introduction, et seulement à une ou deux reprises, qu'à un :

— C'est un ami de Wence. Vous savez bien : Wenceslas, oui, c'est cela, Wence ! Il est là-bas, notre brillant Wence. Eh bien, ce jeune homme l'accompagne, il fait ses débuts à Paris, dans le journalisme.

Debout au centre de la véranda, j'en étais là de mes petites réflexions juvéniles. Je ne pouvais encore mesurer leur superficialité, leur banalité expéditive, et je ne comprendrais que plus tard, avec plus d'expérience, à quel point il fallait tempérer, modifier, sérier mes préjugés. L'observateur professionnel que je prétendais devenir ne pouvait se contenter des clichés que je venais d'émettre pour moi-même, puisqu'il y a toutes sortes de riches, et puisque l'évolution de la société et des mœurs a détruit les frontières autrefois claires, bien tracées, entre le monde des « riches » et le monde de ceux qui ont de l'argent — ce qui n'a rien de comparable. Et comment il y a toute sorte d'argent, et comment il fallait un peu plus de jugeote que celle de mes vingt ans pour déterminer quel est l'argent ancien, donc respectable, et quel est l'argent nouveau, donc soupçonnable, et quel est l'argent intermédiaire entre l'ancien et le nouveau, donc flou et susceptible de tromper, mais tolérable. Et comment ceux qui, il y a trente ou vingt ans chez les Sorgues, eussent passé pour des « nouveaux riches » seraient, vingt ou trente ans plus tard, d'ores et déjà, s'ils avaient survécu, intégrés dans le camp des établis, des reconnus.

Wence s'était déplacé vers moi, avec l'expression d'une jubilation intense :

— Alors, tu as vraiment fait le con. La baronne n'en revient pas ! Quel plouc, quand même... Et pourtant, rien ne peut surprendre la baronne...

Je m'étais abstenu de lui répondre. Il avait enchaîné avec plus d'amabilité :

— Tu vas avoir ta seconde chance. Je l'ai demandé à la baronne. Elle te l'accorde. Je lui ai dit que tu valais cela, que tu valais mieux que tes insolences et, comme toujours, elle m'a écouté. Alors regarde, elle va s'asseoir, et je pense qu'elle s'attend à ce que tu viennes faire amende honorable.

— Tu le penses, ou elle te l'a dit ?

— Elle s'y attend, dit Wence, avec la satisfaction que lui donnait sa supériorité sur moi. Prends donc une assiette au buffet, tu y mets trois carottes, une tomate et deux champignons, et tu vas à Canossa, mon vieux, c'est le prix qu'il faut payer si tu veux être encore reçu dans ce monde.

— Je me fous de ce monde, interrompis-je.

— Bien sûr, mon clampin, mais tu ne te fous pas de la baronne. Allez, vas-y.

J'avais suivi son conseil et m'étais assis sur un

fauteuil en rotin, face à la baronne, après lui en avoir demandé l'autorisation. Elle avait levé vers moi ses yeux de menthe et m'avait interrogé sans préambule :

— Que cherchez-vous exactement ?

12

Que cherche exactement ce jeune homme ? Il cherche tout, comme tous les jeunes hommes. Il cherche à obtenir un vrai savoir, une expertise professionnelle. Il cherche à ce que ce savoir lui apporte la reconnaissance de la profession d'abord, bien plus que celle du public. Car pour l'heure, il ne recherche pas la notoriété. Il a compris qu'il fallait, avant tout, gagner le respect, voire l'estime, sinon l'admiration, de ses pairs. Gagner une légitimité. Et il a décidé que, à l'inverse de son aîné et ami Wence, il ne saurait trop briller dans les salons et dans le beau parler. Il a compris qu'il faut bien écouter, autant que bien voir. Le journalisme, puis plus tard la littérature, ce n'est pas seulement la « chose vue » du génial père Hugo, c'est aussi la chose entendue, écoutée. Or, pour bien écouter, il faut savoir se taire.

Jusqu'ici, il est à peu près parvenu à respecter cette attitude pour ses débuts dans le métier. Il s'est tu, quand il devait se taire.

Mais il n'a pas observé les mêmes préceptes face à une femme du monde, dans le monde. C'est la contradiction de notre jeune homme. Son habileté et sa patience, son autodiscipline s'arrêtent avec le travail, là où commence la vie. Car il y a la vie, l'autre vie, au-delà du milieu cruel, certes, mais protecteur de la salle de rédaction. Il y a la vie, et il y a les choses de l'amour, ou plutôt ce qu'il croit être l'amour. Il recherche aussi l'amour, comme tous les jeunes hommes. Et le moins qu'il puisse se dire, s'il parvient à se regarder un instant sans indulgence, est que dans cette recherche d'une relation amoureuse, il est tout simplement nul, une petite catastrophe ! Aussi bien, à la question réitérée de la baronne (« que cherchez-vous ? ») décide-t-il de faire une réponse honnête.

— Je cherche une relation amoureuse. Voilà sans doute ce que je cherche. Mais, madame, je dois avouer que je suis minable quant aux affaires de cœur.

La baronne eut un rire étouffé. Elle croisa, décroisa, puis croisa à nouveau ses jambes. Quelques instants auparavant, j'aurais pu être tenté de voir dans ce mouvement inattendu, ce souple et savant déploiement des genoux, chevilles, et même, au moyen de la fente de la jupe de coton, ce bref aperçu de cuisse ferme, attirante, une nouvelle provocation de la part de cette femme dont je m'étais refusé à croire qu'elle fût sage, rangée et fidèle. Mais j'avais été giflé une bonne fois et n'allais pas me laisser à nouveau prendre au piège. Je dissimulai mes impatiences, souhaitant que n'apparaissent ni rougeur sur mes joues, ni gourmandise sur mes lèvres. J'essayai de la regarder avec des yeux que je souhaitais indifférents, presque humbles. Elle sembla savourer ce moment, puis eut le même rire discret.

— Vous m'amusez. Vous appelez « affaires de cœur » ce qui a plutôt ressemblé à une grande vulgarité verbale. Comment dit-on, maintenant, dans votre génération ? Vous entreprenez de me « draguer » et vous appelez ça une « affaire de cœur ». Pour quelqu'un qui se pique de vouloir dominer les mots et les phrases, je vous trouve mal parti.

Vexé, je maintins mon attitude.

— C'est pourtant ce que j'ai voulu dire, madame. Il faut mettre tout ceci sur le compte de ma grande maladresse dans ces domaines.

Coquette, elle releva :

— Ah bon, ce n'était donc que de la maladresse ?

La vanité de sa question me frappa. Béatrice de Sorgues souhaitait-elle que je lui avoue qu'il ne s'était pas agi de maladresse mais d'un violent désir d'elle, une trop forte attirance pour une personne si convenable, en réalité si aguichante? Béatrice de Sorgues voulait-elle que je lui répète l'envie que j'avais d'elle, que j'avais eue, et que j'avais sans doute encore? Je vis dans cette coquetterie les limites de son vice. N'était-elle qu'une « allumeuse » ? J'en fus déçu et trouvai dans cette déception de quoi apporter plus d'équilibre dans notre rapport de forces.

— Madame, lui dis-je, c'était effectivement une grande maladresse. Et si je vous ai offensée, je vous demande pardon une bonne fois pour toutes, et je quitte votre maison sur-le-champ.

Elle tendit ses mains vers moi, avec une certaine précipitation :

— Mais non, mais non, dit-elle, rassurez-vous, jeune homme, tout va bien. Finissons-en avec cela.

Puis elle reprit son calme, changea de ton :

— Lorsque je vous demandais ce que vous cherchiez exactement, il fallait aussi comprendre que je m'intéressais à vous, à votre carrière, que cherchez-vous à faire de votre vie?

— Ah bon, je n'avais pas compris tout à fait cela.

Elle ajouta :

— Et appelez-moi Béatrice, voulez-vous? C'est la deuxième fois que je vous y engage.

— Merci, Béatrice, dis-je.

— Je vous en prie, fit-elle en souriant.

Dans ce sourire malicieux, ce deuxième sourire que j'avais sans cesse voulu lire derrière celui des bonnes manières, je pus distinguer qu'elle admettait son erreur. À trop vouloir jouer, elle s'était insensiblement démasquée. Je n'avais pas eu tellement tort : il y avait de la provocatrice et de la garce chez elle. Elle savait que je l'avais perçu. Elle en conçut quelque grief à mon égard, et peut-être aussi quelque crainte ou quelque respect et sa rouerie était assez grande pour qu'elle ne sente pas, en outre, que la vision nouvelle que j'avais d'elle allait fatalement atténuer ma fougue et mon désir. Alors elle décida de rompre sur-le-champ ; si elle voulait conserver la main, l'ultime avantage, il fallait conclure l'engagement, comme à l'escrime.

— Eh bien, dit-elle, sur un ton froid, nous nous reparlerons peut-être plus tard. Je me dois à mes invités.

Elle se leva. Les sourires avaient disparu. Elle se fit sérieuse, voire menaçante.

— Je dirai à notre ami Wence que vous n'êtes peut-être pas aussi candide qu'il le croit ou que vous le laissez paraître.

— Dois-je le prendre comme un compliment ?

— Prenez-le comme vous voulez.

Je suis resté assis sur le fauteuil de rotin. L'impression d'être observé par quelqu'un, dissimulé dans la foule des invités, ou quelque part dans le grand salon, ne me quittait pas. Je réfléchissais à la scène que je venais de vivre, et dont je me disais qu'elle était peut-être le début et la fin de ma tentative de conquérir Paris par les femmes. Avais-je perdu ? Avais-je gagné ? il m'apparut que si je cherchais une émotion amoureuse pour remplir le vide de ma vie sentimentale, si je cherchais le commencement d'une passion, ce n'était pas chez une femme comme Béatrice de Sorgues que je pouvais le trouver. Je n'en demeurais pas moins curieux. J'essayais de comprendre ce qui m'avait attiré chez elle. Qu'avais-je donc cru voir en elle, la première fois au parc de Saint-Cloud ? S'il semble acquis que tout homme est marqué par un certain type de femme, rencontrée ou imaginée dans son adolescence, et qu'il cherche toute sa vie à retrouver, avais-je reconnu en elle une ressemblance avec d'autres femmes de mon jeune passé ? Béatrice n'était-elle que la reproduction, à des années de distance, d'une Parisienne aux jambes gainées de bas fumés, qui avait hanté mon enfance en province ; de mon « premier amour », une jeune fille russe qui m'avait fait perdre l'esprit pendant ma quinzième année au lycée ; d'une jeune femme noire qui avait bouleversé mon séjour sur un campus américain ; d'une autre jeune femme, fragile, précoce, aimée l'espace d'un jour sous une tornade, dans un champ de colza, sur les routes de l'Ouest américain ?

Aragon, dans un poème que j'aimais beaucoup, a écrit :

J'aimais déjà les étrangères
Quand j'étais un petit enfant...

L'étrangère... Ces quelques femmes qui avaient fait battre mon cœur et mon corps, au fil des vingt premières années de ma vie, avaient en commun cet exotisme, cette étrangeté, ce charme du fruit difficile, sinon défendu. Le fruit de mes rêves les plus secrets, la clé de ma sexualité et de ma curiosité amoureuse.

Cette curiosité n'était régie par aucune loi rationnelle. Je n'avais aucune lucidité pour comprendre mes amours. Le mieux, peut-être, eût été de ne pas essayer de comprendre. J'éprouvais du goût pour un certain type de femmes, il fallait qu'elles suggèrent un risque, une quasi-impossibilité. La situation se devait d'être périlleuse, exceptionnelle. Il était important que la femme donne le premier signal, afin que je comprenne que ce n'était pas aussi impossible que cela... Alors, je la désirais. Cela se passait par les yeux, d'abord. Il fallait qu'ils fussent anormalement colorés et que j'y puisse voir un mystère, un secret à percer. Un défi et un appel. La peau, de la même manière, devait aviver mes envies, une certaine texture, un certain parfum — il fallait que je sente un sang mélangé courir sous le velours. Ma sensualité se mettait en marche si je devinais avoir éveillé, aussi, un semblant de désir chez l'autre. Alors, il me fallait l' « avoir ». Plutôt qu'aimer, je désirais, et lorsque mon désir avait été satisfait et que je le prenais pour de l'amour — tandis que ce n'était qu'une forme élargie de ce désir — il surgissait une anxiété douloureuse et une peur de perdre cet amour, et bientôt une certitude de le perdre. Voilà, c'était cela ! Plus ces femmes étaient étrangères, plus je savais que notre liaison serait précaire et impossible dans le temps, et plus je m'y adonnais. Cela signifiait-il que mon être tout entier refusait une relation durable ? Je ne voulais pas m'attacher. L' « étrangère » est une solution commode pour qui craint de se lier, pour un jeune homme qui prétend rester « disponible » — c'est-à-dire pour qui a peur d'aimer.

Béatrice de Sorgues possédait certainement cette « étrangeté » qui m'obsédait tant. J'avais cru qu'elle m'avait provoqué, mais elle m'avait aussi attiré par son rôle d'hôtesse dans la société parisienne. J'avais eu un avant-goût de la souplesse de sa conversation, la malignité de ses ressources, sa perversité, sans doute. Je savais, en me penchant sur sa main pour la baiser afin de prendre congé, qu'il ne se passerait, en fin de compte, rien entre elle et moi. L'épisode des seins nus sous la blouse n'avait été qu'un fantasme de gamin. J'avais été grotesque.

Mais, maintenant sa main sous mes lèvres un instant plus long que nécessaire, elle me dit avec une douceur équivoque :

— Nous avons peut-être développé un intéressant rapport tous les deux.

— Je ne sais pas, madame.

— Pas madame ! Béatrice, please.

— Eh bien, Béatrice, je ne sais pas, dis-je.

— Car nous ne nous sommes pas encore tout dit, n'est-ce pas ?

Persuadée, avec ce dernier mot, d'avoir repris le dessus et conservé sur moi cette forme d'emprise qu'elle souhaitait exercer sur tous les hommes, la baronne de Sorgues s'apprêtait à me quitter lorsqu'elle fut rejointe par une inconnue. Je ne l'avais pas remarquée dans le groupe d'invités, mais lorsqu'elle apparut, je compris que c'était elle dont le regard s'était posé sur moi, lorsque j'avais eu, à plusieurs reprises, l'impression d'être observé. Elle semblait surgir de nulle part au milieu de la véranda. Elle était si différente de Béatrice qu'on eût dit une confrontation entre la nuit et la lumière. D'ailleurs, elle s'appelait Lumière.

13

— Je vous présente ma nièce, Lumière de Moralès.

C'était une très jeune fille, un peu forte de taille, aussi grande que Béatrice. Elle était strictement vêtue de bleu marine et de blanc — un chemisier blanc, une jupe plissée bleu marine, des mocassins bleu foncé à talons plats — comme un uniforme. Ses longs cheveux retenus par un large bandeau bleu ciel, son absence de maquillage, la rondeur de ses joues où disparaissaient, comme du pastel qui s'efface, les restes de l'ultime enfance, l'imperceptible duvet blond au-dessus de lèvres bien dessinées, à peine ourlées, un sourire direct et intact, un regard droit et tranquille, innocent peut-être mais ni timide ni dupe, car transparent d'intelligence et de gaieté, lui donnaient, aux côtés de Béatrice de Sorgues, une allure contrastée. En outre, elle faisait terriblement française, l'opposé d'une « étrangère ».

L'évidence de sa simple beauté constituait

comme une insulte faite aux femmes autour d'elle, et à la baronne elle-même. Mais il ne semblait pas que les femmes s'en aperçussent. Elles poursuivaient leurs conversations et l'absorption du contenu de leur assiette — tomates, carottes, thon et crevettes roses. Quant à la baronne, elle dispensait à la jeune Lumière une telle affection protectrice qu'elle ne paraissait pas voir ce qui, pourtant, aveuglait. Lumière agissait tel un révélateur chimique, faisant, par sa seule présence, ressortir l'âge, les rides, le vice, le savoir-faire, le double jeu, la maturité et les contradictions de Béatrice. Mais la baronne n'avait pas l'air de souffrir de cette comparaison. Maternelle et enjouée, prenant le bras de la jeune fille sous le sien, elle m'apprit en quelques phrases qu'elle était la fille de son frère, un industriel divorcé vivant au Brésil. Je compris à demi-mot que le divorce s'était mal passé et que l'ex-femme s'était révélée incapable de garder la fille. L'éducation de Lumière avait été confiée à Béatrice et à son mari.

La jeune fille était pensionnaire aux Jonquilles, dans le Nord, à deux heures de train de Paris. Elle passait ses samedis et dimanches chez sa tante. Entre l'Ouest et le Nord, les choses étaient un peu compliquées. Il fallait prendre un train à la petite gare voisine de Feucherolles, puis changer à Saint-Lazare, puis le métro jusqu'à la gare du Nord, puis un autre train pour la destination finale. Habituellement, on lui évitait une partie de cette corvée en la faisant raccompagner en voiture, au moins jusqu'à la gare du Nord. Habituellement, c'était Wence qui s'en chargeait. Voulais-je le faire à sa place ?

— Voici les clés de l'Aston, me dit Béatrice. J'ai tout arrangé. Wence est occupé à faire un gin avec le général d'Aspérie et le couturier Bavão. Ça promet d'être amusant, ces trois-là ensemble !... Mais ça va durer quelque temps ; alors, vous accompagnez ma nièce ?

Elle attendait dans le hall d'entrée, un sac en toile à motifs écossais posé à ses pieds. Elle arborait le même sourire calme et empreint d'une sorte de sagesse qu'on ne voit pas sur des visages aussi juvéniles. J'ai pensé qu'il était difficile de dire non à une jeune fille nommée Lumière.

14

En ce temps-là, je n'avais pas assez d'argent pour m'acheter une voiture. Pouvoir conduire celle de Wence me procurait un véritable plaisir. Je ne m'étais jamais demandé où et comment mon ami avait pu gagner autant d'argent pour rouler dans un si beau véhicule. Si avancé qu'il fût dans le métier, je savais que ce n'était pas le journalisme qui pouvait lui fournir de quoi s'offrir un tel luxe. Je ne m'étais pas non plus interrogé sur les moyens financiers qui lui permettaient d'habiter un trois-pièces au rez-de-chaussée donnant sur une cour d'un hôtel particulier du XVIIIe siècle, rue du Faubourg-Saint-Honoré. À vrai dire, ces questions ne me préoccupaient pas beaucoup. Et lorsque je l'avais, une seule fois, interrogé sur cet aspect de sa vie, Wence m'avait répondu :

— J'ai des amis. J'ai de la ressource.

Aussi bien ne fus-je qu'à moitié surpris lorsque Lumière me révéla l'identité du véritable propriétaire de l'Aston-Martin rouge et noir — l'objet symbolique du « maintenant ». J'appris beaucoup d'autres petites choses pendant que j'accompagnais la jeune fille vers la gare du Nord, mais j'appris surtout qu'elle n'était pas une jeune fille ordinaire. Je n'avais pas plutôt enclenché les vitesses et engagé la voiture sur la départementale qui nous mènerait vers la bretelle de l'autoroute de l'Ouest, qu'elle me dit sur ce ton posé, harmonieux, cette voix assurée qui était la sienne :

— Soyez gentil, s'il vous plaît, ne me faites pas le coup de l' « overdrive ».

— Ah bon, lui dis-je, Wence vous a déjà fait la démonstration ?

— Bien sûr, à chaque fois qu'il me sert de chauffeur. À chaque fois, j'y ai droit. C'est un peu lassant, mais on peut tout pardonner à Wence, n'est-ce pas ?

— C'est drôle, votre tante Béatrice emploie la même expression à son sujet : on peut tout lui pardonner.

— C'est d'elle que je la tiens, me dit la jeune fille. Je pense que ma tante a d'excellentes raisons de s'exprimer ainsi. Ce sont ses raisons, et il vaut mieux ne pas les approfondir. D'ailleurs, Wence était tellement tombé amoureux de ce geste que ma tante lui a laissé la voiture, une bonne fois pour toutes.

J'étais interloqué.

— Je ne comprends pas, dis-je.

Elle rit.

— Mais si, dit-elle, c'est très simple. Un dimanche, elle lui a prêté sa voiture, cette Aston-Martin dans laquelle nous sommes, afin qu'il m'amène à la gare. J'imagine que la voiture a tellement plu à Wence, que ma tante la lui a laissée, pour quelques jours. Et puis Wence ne la lui a jamais rendue. Mais cette voiture ne lui appartient pas. S'il vous a laissé croire le contraire, il vous a menti. Comme pour tant d'autres choses auxquelles il tient et qui lui échapperont un jour.

J'étais de plus en plus intéressé.

— Je vous trouve sévère.

— Vous pensez la même chose que moi, mais comme il est votre ami, vous refusez d'admettre certaines vérités sur ce qu'il est. D'ailleurs, c'est très curieux, ce qui se passe entre vous deux : vous êtes amis sans aucun doute, mais vous vous surveillez en permanence et vous avez, dans le fond, d'énormes divergences dans vos caractères.

Je conduisais prudemment, non seulement parce que je maîtrisais à peine un véhicule que je connaissais mal, mais aussi parce que les propos de Lumière me laissaient pantois. Quoi ? Le lait sortait à peine de son nez, et elle distribuait comme un oracle opinions et jugements ! J'avais du mal à ne pas lui rire au visage mais il était difficile de réfuter ce qu'elle venait de dire, car elle voyait juste.

Comment pouvait-elle nous juger ainsi ? D'où lui venait cette connaissance ? Elle m'expliqua qu'elle avait eu tout loisir de nous observer même si je ne l'avais pas remarquée : elle avait passé une heure, dans le coin de la grande maison de sa tante, à contempler le « manège ». Tout de même, pensai-je, même si elle nous a observés, nous avons passé trop peu de temps, et nous avons eu trop peu d'échanges, pour qu'un témoin extérieur aboutisse à des conclusions aussi affinées sur nos relations. Elle ajouta qu'elle avait réfléchi à des propos antérieurs tenus par sa tante. La baronne parlait souvent de Wence, et Wence souvent de moi. L'explication ne me suffisait pas. Elle conclut sur le même ton égal, avec une nuance de joie rentrée :

— Et puis que voulez-vous, je vais vous dire, je suis un peu devin. Je devine les choses. Je vous regarde, je vois votre façon de conduire, je la compare avec celle de Wence — votre façon de parler. Je la mesure avec d'autres, je devine. Je crois bien vous deviner. Vous voulez tout, mais vous ne savez pas ce que vous voulez, ni dans quel ordre. Vous êtes en perpétuel état d'inquiétude et d'insatisfaction et à la fois prêt à toutes les audaces, toutes les conquêtes. Vous êtes un curieux mélange. Vous n'avez peur de rien ; vous n'avez certainement pas peur de la vie. Mais vous avez peur de donner. Vous êtes hanté par le désir de comprendre et d'apprendre et, malgré votre orgueil, vous acceptez de demeurer un apprenti et un débutant. Vous êtes à un moment merveilleux de votre vie. Et pourtant quelque chose vous torture en secret. C'est que vous n'avez pas votre destin en main.

J'avais écouté en silence, de plus en plus stupéfait, cette très jeune fille administrer ses bribes de psychologie, que j'aurais déjà interrompues si elles étaient venues de toute autre qu'elle. Mais Lumière vous disait ces choses sans pédantisme, avec une tranquillité angélique, et de l'autorité certes, mais sans cette arrogance qui va parfois de pair, chez les êtres jeunes, avec ce qu'il est convenu d'appeler une excessive précocité. De tels propos n'étaient pas de son âge, et néanmoins on sentait qu'elle ne répétait pas des termes qu'elle avait entendus. Quel âge pouvait-elle avoir ? Seize, dix-sept ans ? Où avait-elle conçu ces mots justes, ces phrases claires ? Quelle influence avait-elle reçue pour que, à l'âge où l'on se connaît à peine, où le corps et l'âme sont en perpétuels tourments, où la plus grande difficulté réside dans l'expression, Lumière soit capable d'une telle clairvoyance, d'une telle maîtrise de son langage ? Elle ne se comportait pas comme ce que l'on appelait un petit prodige ou une surdouée — mais il y avait quelque chose de génial dans sa façon de vous parler. Je ne m'étais pas cru aussi transparent. Peut-être ne l'étais-je pas. Peut-être était-ce elle qui voyait les choses. Les mots étaient tombés sans qu'elle m'eût fait un seul « numéro de cirque ». Ils étaient tombés de sa jolie et vierge bouche, et j'avais été forcé de déduire qu'il fallait, face à une telle exception, oublier qu'elle était très jeune, oublier la jupe plissée de pensionnaire et la forte présence d'acné sur les ailes du nez, et agir comme si j'avais affaire à un adulte, ou à un vieux sage. Mieux : comme si, de nous deux, l'enfant c'était moi, et pas elle.

Nous avions atteint cette partie de Paris qui, au-dessus des quais, longeait la Seine sur la rive droite, pour mener, sous des platanes, le long des casiers des bouquinistes, jusqu'à la place du Châtelet, d'où j'emprunterais le boulevard de Sébastopol, afin de monter vers la gare du Nord. Comme on était dimanche, il y avait peu de circulation sur les pavés, et comme il faisait beau, les passants étaient nombreux aux étalages des marchands de livres, d'oiseaux en cage, cartes postales et journaux anciens. Il y avait à cette heure-là, en cette époque, en cet automne sans trace de pollution, un air de province, une ambiance douce et familière, et l'on pouvait encore croiser des « hirondelles », ces agents de police à vélo, et aussi des enfants porteurs de jouets simples et bon marché, que leurs parents venaient d'acheter aux Tuileries toutes proches : crécelle, cerf-volant, trottinette en bois peint.

Je m'étais retourné vers Lumière pour tenter de

lui répondre, mais je m'aperçus qu'elle avait fermé les yeux. Son beau visage dont les rondeurs adolescentes disparaîtraient vite pour laisser place à un ovale parfait, ses pommettes hautes mais point trop marquées, ses lèvres à demi closes en un sourire reposé, ses cheveux blonds et ordonnés sous le bandeau, avec une seule méchette voletant sur un front pur de toute ride, cette image de madone, dans son chemisier blanc sous le blazer du même bleu que la jupe, passaient irrégulièrement sous l'effet du soleil finissant, à travers les feuilles de platanes, de l'ombre à la clarté. Je regardais ces variations de reflets en me demandant si Lumière dormait, si elle n'était pas en train de récupérer l'effort « divinatoire » qu'elle venait de déployer face à moi, et s'il n'y avait pas, en somme, à mes côtés, sur le fauteuil de cuir rouge de l'Aston-Martin, un personnage unique, précieux. Si précieux qu'il me vint une brusque crainte irraisonnée. Je la vis soudain en danger de mort. J'eus cette vision absurde, instinctive : un être pareil n'est pas fait pour une longue vie. Cette pensée me quitta aussi vite qu'elle était survenue. Cependant, par réflexe, je mis la voiture en petite vitesse, et c'est à vingt à l'heure que nous atteignîmes la gare du Nord et que je me garai le plus soigneusement possible le long du trottoir, de l'autre côté du bâtiment aux toitures métalliques noir et vert foncé, près de la terrasse de la Brasserie du Nord.

— Réveillez-vous, dis-je, nous sommes arrivés.

Lumière ouvrit les yeux.

— Je ne dormais pas, dit-elle. Je pensais à ma mère.

— Ah.

Pendant que Lumière avait préparé son sac de voyage, plus tôt, dans le hall d'entrée de la demeure des Sorgues, la baronne avait tout juste eu le temps de chuchoter qu'il y avait eu un « mauvais divorce » et que c'était l'état « lamentable » de la mère qui avait déterminé leur choix. Mais pas plus. Aussi, n'insistai-je pas.

— Aurez-vous le temps de m'offrir un café liégeois ? demanda Lumière.

— Pourquoi pas, votre train part dans un peu moins d'une heure.

Elle sourit :

— Eh bien, c'est très bien, dit-elle. Je ne prends de café liégeois que lorsque je me sens très, très heureuse.

Lumière de Moralès dégustait son café liégeois à petits coups de langue sur la longue cuillère avec quoi elle avait, dans le grand verre, touillé glace, boisson et crème Chantilly, comme font les enfants. La voir ainsi penchée sur sa consommation, absorbée dans la satisfaction de sa gourmandise, vous rassurait quelque peu. Après tout, elle n'était pas différente de vous et moi. Elle succombait aux mêmes envies primaires, elle s'y adonnait avec les mêmes gestes.

— Ça fait plaisir, dis-je, non sans une certaine maladresse, de voir que vous n'êtes pas véritablement un petit monstre.

— Pourquoi ? C'est l'impression que je vous ai donnée ?

— Non, pas du tout, mais on ne rencontre pas tous les jours une fille aussi jeune que vous l'êtes et qui s'exprime comme vous le faites.

Elle abandonna un instant la glace, posant la cuillère sur la soucoupe.

— Savoir s'exprimer, dit-elle, est à la portée de la première venue, pourvu qu'on ait lu les bons livres à temps. Ce qui m'importe, en revanche, c'est de vérifier si je ne me suis pas trompée à votre sujet. Car ça, vous ne me l'avez pas encore dit !

— Eh bien, franchement, répondis-je, c'était plutôt bien vu dans l'ensemble. Vous n'êtes pas très loin du vrai...

Elle eut un rire.

— Ah, fit-elle avec satisfaction, ah ! je le savais. Voyez-vous, c'est pour cela que je me suis sentie très heureuse.

Il y avait du café et de la crème au coin de ses lèvres, une moustache qui lui donnait un visage de bébé. On eût été tenté d'essuyer délicatement cette tache tant le petit détail l'avait soudain rendue fragile, l'avait fait revenir à son âge véritable — mais en même temps, on était retenu par ce que l'on savait désormais de sa trop grande, son anormale maturité.

— Je me suis sentie heureuse, continua-t-elle, parce que, plus qu'avec d'autres, je ne suis pas passée loin de la vérité. Et je déteste me tromper dans mes jugements.

— Ça vous arrive souvent, dis-je, d'émettre un diagnostic à la face d'un inconnu ?

Elle se prit à rire, à nouveau, avec cette note de joie, cette sorte de minuscule béatitude dans un rire venu de la gorge que j'avais déjà remarquée.

— Oui, figurez-vous ! Je fais ça presque tous les week-ends à Feucherolles, au moins une fois pendant le week-end. Et ma tante ne cesse de me le reprocher. Mais je n'y peux rien, c'est tellement intéressant de voir ce qui différencie les gens à l'intérieur des limites de leurs similitudes.

J'eus, cette fois-ci, une sorte d'exaspération à l'écoute de sa phrase, car j'imaginais Lumière balançant ses aphorismes devant les adultes, les riches amis de la baronne, et je croyais les entendre : « Ah ! Savez-vous ce que vient encore de dire la petite Lumière ? Mais c'est qu'elle est étonnante, cette jeune fille ! »

Mon Dieu, pensai-je, voici qu'elle recommence. Je voulus la couper net :

— Dites-moi ça plus clairement, mademoiselle. Parce que là, pour une fois, vous versez dans le charabia.

Mon ironie ne parut guère l'émouvoir. La méchanceté ou le sarcasme glissaient sur elle. Elle hocha la tête en signe d'approbation.

— Je vous demande pardon, et j'espère que vous ne me prenez pas pour une Trissotine. Mais je me référais à ce qu'a écrit Montaigne. C'est lui qui dit, mieux que nous le ferons jamais, que nous sommes tous soumis aux mêmes grandes lois, aux mêmes limites — les limites du temps qui va de la naissance à la mort.

— Oui, bon, d'accord, dis-je, un peu énervé, mais si ce n'était pas du Montaigne, ce serait un affligeant truisme !

Elle enregistra mon hostilité temporaire, mais ne démontrait aucun désir de lutter. Sa douceur était désarmante, ainsi que sa placidité.

— Vous n'allez pas tout de même me faire passer pour une bécasse. Vous savez très bien qu'il l'a dit avant et mieux que tout le monde.

— Oui, oui, dis-je, toujours exaspéré. Et alors, et ensuite ?

Lumière eut un regard vers la grosse horloge qui trônait de l'autre côté de la place, au centre des bâtiments de la gare du Nord.

— Je vais m'en aller, fit-elle. Sinon je vais rater mon train.

— Très bien, en route, dis-je en me levant.

Quelques minutes plus tard, sur le quai, la jeune pensionnaire des Jonquilles me tendait sa main.

— Au revoir, dit-elle. Si cela ne vous importune pas, j'aimerais vous écrire pour achever de vous développer mon argument. Voulez-vous que nous correspondions ?

— Si vous voulez. Mais peut-être vous reverrai-je chez votre tante ?

— Certes. Si vous osez y revenir...

Était-elle au courant de la ridicule proposition que j'avais faite à la baronne ? Savait-elle mon humiliation ? Elle continua :

— C'est tellement mieux de s'écrire. Une lettre, c'est plus fort que tout. C'est tellement réconfortant d'écrire une lettre, et d'attendre une réponse.

Sa poignée de main était vigoureuse, musclée, et faisait surgir à nouveau cette impression d'un corps un peu fort, un peu épais, qu'atténuait en partie la couleur bleu marine de l'uniforme. Elle eut un dernier sourire avant de monter dans le compartiment.

— Je vous remercie de m'avoir accompagnée jusqu'ici, dit-elle, et je dois vous faire un compliment. Vous avez évité de me poser les deux questions que me posent obligatoirement tous ceux que je rencontre chez ma tante et qui se disent épatés par mes dons.

— Quelles questions ?

— Vous ne m'avez pas demandé mon âge. Et vous ne m'avez pas demandé non plus pourquoi mes parents m'avaient affublée d'un prénom aussi importable.

Puis Lumière grimpa sur la marche qui menait à l'intérieur du compartiment et disparut momentanément de mon champ de vision. Je décidai de m'en aller tout de suite, avant même que le train ne s'ébranle. Je ne sais quel sentiment de prudence, de timidité, ou quelle crainte irraisonnée, m'empêchait d'attendre de voir s'encadrer, dans la fenêtre du compartiment, le visage de l'étrange jeune fille au regard droit, paisible, ouvert. Pourtant, en me dirigeant vers la sortie, je sentis mon dos se raidir instinctivement, car je croyais que de loin, déjà, là-bas, de la fenêtre du train, Lumière m'observait et continuait de me juger. J'aurais voulu me retourner pour m'en assurer, mais je ne le fis pas. Je m'aperçus, mais trop tard, que je ne lui avais pas confié mon adresse.

DEUXIÈME PARTIE

L'apprentissage

15

Pour apprendre le métier, il fallait accepter de « faire la planque ».

Planquer voulait dire attendre, de préférence sans se faire remarquer, face à un domicile privé, un ministère, une ambassade, un hôpital, un cercle de jeu, un bordel, un gymnase, un théâtre, que sais-je encore, pour voir sortir celui dont vos chefs vous avaient dit : « Il ne faut pas le lâcher. » Cela signifiait donc attendre, et attendre, et encore attendre, et ne rien faire d'autre, et surtout ne pas quitter son poste. Et lorsque l'objet de votre planque montrait le bout de son nez, alors il fallait décider et agir vite. On y va et on l'interroge, ou bien on le suit pour voir où il va.

Si vous aviez de la chance, vous planquiez en compagnie d'un photographe. C'était délicat, parce que, à deux, on court beaucoup plus de risques de se faire repérer par ceux que l'on planque ou par leurs proches — mais c'était moins ennuyeux que de rester seul, pendant des heures, et souvent, lorsqu'un photographe nous accompagnait, on planquait dans une voiture. Cependant, le journal *L'Étoile* ne disposait pas d'un parc automobile très important, et la plupart du temps, Batta m'envoyait planquer seul, dans la rue, sous un porche d'immeuble ; dans un bistrot, s'il était bien situé ; sur un banc, s'il se trouvait dans une rue très passante ; à la sortie d'une station de métro, ou à l'arrêt d'une file de taxis ou d'autobus, ou devant un bureau de tabac. Mais cela se passait essentiellement sous des porches.

On restait droit, debout dans son imper, le dos collé au mur ou à la grille d'entrée de l'immeuble, et il fallait faire bonne figure à tous ceux qui entraient ou sortaient de l'immeuble, faire semblant d'être là depuis seulement quelque temps, consulter sa montre, maugréer comme si la personne que vous attendiez était en retard ; lire un journal et rester indifférent au regard des familiers du quartier et du voisinage ; ou bien jouer une autre comédie, sourire et dire bonjour ; ou bien se faire passer pour un flic, si le bourgeois moyen devenait trop insistant. Ce n'était pas la plus mauvaise des solutions. On restait sur ses jambes pendant des heures, et l'on se pénétrait de la vérité de la phrase prononcée par Batta, lorsqu'il vous avait reçu, pour la première fois, dans son bureau de chef des faits divers et des informations générales :

— Le métier, ça consiste avant tout à savoir attendre. Si tu ne sais pas attendre, si tu ne supportes pas ça, alors vaut mieux tout de suite changer de crémerie.

Il n'avait pas ajouté ce que, en peu de jours ou de semaines, j'avais appris sans l'aide de personne. À trop attendre — aussi bien quand on planque que, simplement, lorsqu'on se trouve au siège du journal et qu'il ne se passe rien — on se rend au bistrot le plus proche et on picole. Batta ne m'en avait pas parlé puisqu'il représentait lui-même un cas pathétique d'éthylisme. J'avais rapidement pu mesurer le nombre élevé d'ivrognes ou, à tout le moins, de siroteurs patentés qui encombraient le service dirigé par Batta. Cela ne me dérangeait pas, parce que certains d'entre eux racontaient des histoires du métier, des blagues, lâchaient des anecdotes, des conseils ou des tuyaux, et aussi parce que je me disais, en les écoutant et en les observant : tu ne seras jamais comme eux, tu dois t'inspirer de leur savoir et te séparer de leurs vices. Cela ne veut pas dire qu'il ne faille pas boire avec eux. Au contraire, tu peux et tu dois partager leurs rites et leurs coutumes, et rien ne t'interdit de prendre une bonne cuite, une vraie muflée, mais tout t'interdit de t'y habituer et d'en faire une routine. Car avant tout, il faut te bien porter, il faut d'abord garder son corps. Et si tu écris ivre, alors il faut que tu sois à jeun pour te relire.

J'avais lu ces deux derniers préceptes dans une « Lettre à un jeune écrivain » d'André Gide, publiée deux ans plus tôt dans *La NRF*. J'étais tombé dessus presque par hasard. J'avais souligné puis découpé ce texte, beau, court et méconnu. Je me le relisais à haute voix, certains soirs avant de m'endormir, quand le moral était trop bas, quand j'estimais que ma vie n'allait pas dans la direction que j'avais rêvée.

Pour les anciens, donc, la meilleure planque c'était tout de même celle que vous pouviez faire, installé dans un bistrot, puisqu'elle combinait l'exercice du métier et l'exercice de la picole. Mais il est vrai que les anciens picoleurs ne planquaient plus guère, cette tâche ingrate étant réservée aux débutants dont je faisais partie.

On stationnait sur ses jambes, mains dans les poches, assailli par la tentation de la cigarette ou par la faim — mais un bon planqueur devait prévoir qu'il aurait faim à un moment ou un autre de sa planque, et il ne partait pas, si Batta lui en avait donné l'ordre, sans avoir fait un arrêt au bistrot d'en bas, le Quatre Vents, au pied du journal, pour y commander deux grands sandwiches. C'étaient des jambon-beurre, avec de la baguette, que le patron vous enveloppait dans le même papier dont étaient faites les nappes à carreaux rouges et blancs de son établissement. Le jambon-beurre, nourriture de base de l'homme en attente. On le dévorait à grandes bouchées, les yeux braqués sur l'autre côté de la rue ou de la place, sans le mâcher ou presque, et cela vous calait l'estomac pour quelques heures. Après, si vous en aviez le loisir, il valait mieux, tout de même, aller boire un grand verre ballon de côtes-du-rhône au premier comptoir venu, et le faire suivre d'un kaoua, si vous ne désiriez pas trop vous bousiller les intestins. Il est vrai qu'à l'époque on nous aurait donné, pour tout repas, des briques et du roseau ou du foin, nous les aurions avalés sans souci. Nous étions jeunes, et le goût du jambon-beurre de ces années-là a disparu en même temps que notre jeunesse, et en même temps que le type de bistrots dans lesquels on le servait. Moi, ce que j'aimais particulièrement, dans les sandwiches du Quatre Vents, c'est que la patronne, qui les confectionnait, laissait tout le gras du jambon. Et comme vous mangiez le sandwich sans le regarder, puisqu'il valait mieux ne pas quitter votre planque des yeux, votre dent rencontrait soudain la bordure plus épaisse, près de la couenne, plus gélatineuse, et vous hésitiez à la recracher, mais, finalement, vous l'absorbiez, et c'était la seule partie du sandwich que vous mâchiez avec lenteur et circonspection afin de vous assurer qu'elle descendrait bien dans la gorge. Voilà pourquoi, après coup, il était indispensable de boire un peu de vin ou de café, ou les deux. Ça remettait les choses en place, en tout cas jusqu'à la prochaine planque.

16

Ce jour-là, je planquais une vieille dame, la mère d'un assassin, dans le quartier des Gobelins, au coin d'une sorte de patte-d'oie formée par le bout de la rue Claude-Bernard, la rue Mouffetard, la rue Monge, la rue Censier, avec l'église Saint-Médard au milieu de tout cela. Il pleuvait.

J'étais adossé à la porte d'entrée d'un immeuble début de siècle, et le porche était suffisamment large pour que je puisse éviter d'être éclaboussé par l'eau qui tombait avec une violence régulière sur le trottoir gris. Il était près de midi. Venues de la rue Mouffetard toute proche, des femmes portant des sacs à provisions se dispersaient dans les voies adjacentes, et j'étais absorbé par la surveillance de toutes ces silhouettes se pressant sous la pluie, parce que j'espérais que l'une d'elles fût celle de la vieille dame dont j'avais récemment obtenu la photo, lorsque je m'étais dit que cela me ferait un bon papier. Et surtout, un papier différent des autres.

Ils étaient tous partis assister à la reconstitution du crime commis par Monsieur Frédo, et moi, j'avais décidé de faire parler la maman du même Monsieur Frédo.

Je n'avais pas oublié l'une des nombreuses leçons administrées par Batta. Dans un de ses moments de colère, lorsque ses yeux semblaient lancer des rayons de haine à l'égard de tous les minables que nous étions et qui n'avaient pas « senti la bête », Batta avait hurlé :

— Et les mamans ? Vous y pensez, parfois, aux mamans ?

Il prononçait « manman », à la parisienne, avec cet accent des faubourgs un peu gras, jamais vulgaire, parfois empreint d'une certaine aristocratie — cet authentique accent parigot, qui se perdrait plus tard, à mesure que les gens de radio et de télévision imposeraient à toute une nation leur ton uniforme, sans relief ni origine — accent déformé par l'indignation que lui procurait notre incapacité à trouver « le bon angle ».

— Connaissez-vous seulement, bande de connards, ignares débutants, cette vérité que tout le monde a une manman, même les criminels ? Cherchez la manman, il y a toujours quelque chose à lui prendre !

Lorsque Monsieur Frédo avait avoué le double meurtre de deux amoureux dans le parc Montsouris, les faits-diversiers s'étaient rués sur le personnage. Ça avait été le crime de la saison. On avait tout écumé, tout raconté : le petit bistrot étroit qu'il fréquentait ; les trois prostituées qu'il avait mises au travail sur le trottoir de la place de Clichy ; ses costumes prince-de-galles à veston croisé et larges épaulettes ; ses manteaux épais avec une martingale dans le dos ; son allure de gommeux bellâtre, moustachu et conquérant, qui avait tant fait pâmer les serveuses du restaurant qu'il fréquentait tous les jours, consommant à la même heure la même fricassée de volaille arrosée du même petit vin d'Anjou ; son imbécile arrogance et la maladresse avec laquelle il avait laissé trop d'indices compromettants, et comment les flics l'avaient repéré au bout d'une enquête d'à peine trois semaines. Belle copie. Belle enquête. Beau crime. Belle histoire. Beau voyou à qui on promettait déjà une belle fin sous la lame de la guillotine : la tête du maquereau mythomane, Monsieur Frédo, roulerait un matin dans la sciure, sans aucun doute.

Curieusement, personne n'avait « cherché la manman ». Le jour de la reconstitution, dans le parc Montsouris, lorsque j'avais vu s'éloigner de la salle de rédaction de *L'Étoile* une partie des forces vives de la brigade des chasseurs de Batta, j'avais pensé à la « manman », d'autant que j'avais, trois jours auparavant, obtenu sa photo et son identité grâce à l'un des inspecteurs chargés du dossier. Alors, je m'étais mis en planque.

Ça m'amusait de savoir que tout le monde se

trouvait au parc Montsouris : les photographes, les voitures de presse, la préfecture de police et ses représentants, le juge d'instruction, la Criminelle, les confrères, les concurrents. Et moi, j'étais là, tout seul, en plein Gobelins, face à la pluie, ayant pris la décision de laisser tomber le cirque de la « reconstit » pour tenter de dénicher la dernière « histoire humaine » concernant ce Monsieur Frédo sur qui on avait tout dit, tout écrit. Et j'attendais, à la fois concentré sur les silhouettes des passants et passantes, déjà préoccupé par ce que je devrais dire à la vieille lorsqu'elle sortirait de chez elle — ou lorsqu'elle y pénétrerait — mais en même temps, comme c'était souvent le cas lorsque je me retrouvais en planque, mon esprit vagabondait vers d'autres gens, d'autres choses, d'autres images. Je pensais à Wence, à Lumière, à Lucille, mais pas nécessairement dans cet ordre.

17

Je pensais d'abord à Lucille Larsac, la jeune et belle comédienne que j'avais rencontrée quelques mois plus tôt, au café des Acacias, et avec laquelle je venais de passer une étrange nuit.

En sortant du journal, la veille, j'étais tombé sur Wence. Il m'attendait au volant de son Aston, le regard allumé derrière ses lunettes cerclées de fer. Il était dix-neuf heures.

— Allez, je t'emmène faire la Ronde, m'avait-il dit.

J'avais protesté. Je préférais aller voir, pour la quatrième fois consécutive, au cinéma Biarritz, rue Quentin-Bauchart, un documentaire d'Irving Penn, *Jazz à Newport.* Ce film dégageait un charme qui m'attirait de façon inexplicable. Il y avait des levers de soleil rouge sur l'Atlantique ; la voix d'Anita O'Day, avec un grand chapeau blanc sur ses cheveux ; une atmosphère d'été, de paresse ; l'improvisation dans le récital de Louis Armstrong ou de Jimmy Giuffrey, de Thelonius

Monk ou de Gerry Mulligan ; le lancinant générique qui s'appelait « Le train et la rivière » ; tout ceci dans une sorte d'immobilisation du temps, dans la plénitude de l'été sur la côte Est, dans une Amérique relâchée, des instants qui me rendaient, je ne savais pourquoi, mélancolique et nostalgique — alors que le film décrivait un festival de jazz auquel je n'avais jamais assisté. Mais j'avais l'impression de me trouver au milieu de ces images, comme si déjà, à une année près ou un peu plus, je regrettais mes amours américaines de là-bas, je regrettais ce qui n'appartenait qu'à moi, mes découvertes, mes innocences.

— Ça va, tu l'as assez vu ton film, suis-moi, insista Wence.

Nous avions passé une partie de la soirée à Saint-Germain-des-Prés, entre la Pizza, la Discothèque, la Malène et le Village, et nous avions, en chemin, embarqué Jean-François Chemla dans notre balade nocturne.

Chemla connaissait la Ronde aussi bien que Wence, mais il ne la pratiquait pas de la même manière. Là où Wence voyait, dans sa quête incessante de ragots et courants de modes, dans son va-et-vient de bistrots en terrasses, de boîtes de nuit en brasseries, une manière de glaner de quoi, par la suite, briller en société afin, comme il me l'expliquait doctement, de faire « carrière par la bande », Chemla ne trouvait dans la même Ronde que plaisir et amusement. Il était autant du Sud et du soleil que Wence de l'Est et de la pluie. Sa vision de la vie semblait se résumer en une cueillette quotidienne de jouissances, tandis que celle de Wence s'apparentait plus à une course, un combat. Course vers quoi ? Combat contre qui ? On pouvait lire, sur le visage de Wence, derrière son visage d'angelot et ses mimiques de séducteur, une fragilité, une angoisse, une solitude, alors que si les yeux bruns de Chemla contenaient aussi leur dose d'inquiétude, il compensait par un goût et un sens de la vie, un don du rire, une chaleur fraternelle qui vous donnaient d'emblée l'envie de devenir son ami.

Chemla fut avec Wence l'un des premiers amis de cette époque, et je ne peux dissocier son nom et sa silhouette de mes années de début dans le métier, à Paris. Il était grand, il avait des cheveux noirs, des mains de prestidigitateur, des doigts habiles à battre les cartes, manier les cigarettes, pianoter sur n'importe quel instrument de musique. Il avait un teint un peu pâle et une peau veloutée, et malgré l'extrême juvénilité de son visage et de sa démarche, il portait aussi sur lui cet air émancipé, presque blasé, des méditerranéens qui ont très tôt exercé leur sexualité et sont passés dans le monde des « hommes ». Il avait vécu à Oran jusqu'à ce que toute sa famille traverse la mer pour s'installer à Paris — une famille au sein de laquelle il avait reçu l'influence de nombreux parents, cousins, tantes et oncles, tous pourvus d'une intelligence raffinée, d'une culture encyclopédique ; certains étaient des philosophes, d'autres des psychiatres, d'autres des pédagogues, et ils lui avaient transmis l'amour des poèmes, la manie des citations, le respect de la littérature, et une sagesse qui inhibait parfois sa propre prose et sa propre ambition de création. Il considérait que tout avait déjà été dit et écrit bien avant lui, et bien mieux que lui, et dans cette constatation ma foi banale, dans ce contraste d'orgueil et de modestie qui fondait son caractère, on trouvait l'explication de ses essais vite abandonnés dans la chanson, la comédie, le sketch satirique, ou même l'écriture littéraire, et il avait préféré se réfugier dans le journalisme, parce qu'il y voyait un champ libre pour exercer son goût immodéré de l'ironie, son génie de la fable. C'était un extraordinaire conteur d'histoires, vraies et fausses — il avait une propension au dilettantisme et à la dispersion. Son infatigable humour dissimulait sans doute quelque tendance à la dépression, mais il ne la trahissait pas encore, car il avait comme moi, tout juste vingt ans, et ces vingt ans servaient d'antidote et de masque à ce qui deviendrait, plus tard, sa nature profonde : un nihilisme hors du commun.

Il aimait le cashmere et le drap anglais, les cravates en soie et les chaussettes de chez Hilditch. Il avait une faim sans fin pour les jolies filles, une attirance pour les voyous, monde interlope et le noctambulisme, et il était doté d'une mémoire inhabituelle. Il était capable de vous réciter l'œuvre poétique d'Aragon, de Lautréamont, de Verlaine, mais il pouvait également chanter le répertoire entier de Charles Trenet et n'ignorait aucune des rengaines d'autrefois et d'aujourd'hui, les plus insanes comme les plus jolies. Il avait fait ma conquête et j'avais sans doute fait la sienne, un soir, dans un restaurant à couscous du faubourg Montmartre, lorsqu'il avait successivement imité Ouvrard, Yves Montand, Georges Ulmer, Pierre Dudan, René-Louis Laforgue, et il avait terminé de concert avec moi, qui avais toujours eu la même indulgence fascinée pour la chansonnette, sur le très méconnu « Cha cha cha de la secrétaire » :

qui fait tic-tic à tic-tic à tic avec ses doigts.

Et le non moins obscur et prodigieusement imbécile :

Nous étions trois garçons trois filles
dans un petit you-you de bois

et lorsque j'avais su terminer cette chanson dont aucun des convives de ce dîner ne connaissait, bien sûr, le contenu :

et nous allions à Manille
tout en passant par Cuba
Ah ah ah — ah ah ah
en passant par Cuba,

Chemla m'avait embrassé à la latine, à la macho, avec de lourdes et répétées frappes du plat de la main dans le creux de mon dos, en me disant :

— Je reconnais bien là un esprit aussi profond et éclectique que le mien. Nous sommes faits pour nous entendre.

Je me trouvais souvent lent et pataud face à mes deux amis, lui, Jean-François, personnage vif, amuseur, et en même temps érudit, sophistiqué, et Wence, irritant dans sa quête de gloire et d'influence mais attirant par son verbe, sa recherche de reconnaissance et sa capacité de renifler l'air du « maintenant », mais je faisais tout pour dissimuler le sentiment d'infériorité qu'ils provoquaient chez moi. Je n'analysais pas les raisons pour lesquelles ces deux êtres, qui m'apparaissaient tellement plus avancés dans leur expérience parisienne, pouvaient me compter parmi leurs amis. Mais je ne voyais pas qu'ils croyaient, de leur côté, trouver chez moi une foi en l'avenir, une conviction, une persévérance. Peut-être aussi un bon sens, ce « sens commun » que les Américains et les Anglo-Saxons m'avaient appris et que m'avait légué mon père. J'étais autant habité qu'eux par l'angoisse, mais elle n'apparaissait pas à leurs yeux. Je me savais fragile, ils me voyaient costaud.

Par quelque biais qu'on abordât Wence, Chemla ou moi-même, nos trois vérités, on en revenait toujours à la figure du père — ou à son absence. Wence ne parlait jamais de sa famille et je ne découvris que bien plus tard l'état de délabrement physique et moral dans lequel avait vécu et était mort son père, abandonné des siens, dans un asile de sans-logis de la banlieue de Nancy. Quant à Jean-François, il souffrait d'avoir vu trop tôt disparaître un père à la personnalité d'exception, un homme dont l'intelligence, l'entregent avaient gagné la confiance d'autres hommes qui s'étaient fixé pour objectif de dominer un jour la République... J'avais déjà observé, lorsque je les avais invités séparément au déjeuner du dimanche chez mes parents, l'espèce de jubilation qui s'emparait d'eux devant le spectacle de toute ma famille réunie, leur respect admiratif pour le couple que formaient mes parents. Et la délectation avec laquelle ils écoutaient et interrogeaient mon père qui manifestait, de son côté, un réel plaisir, flatté qu'il était de frotter sa cervelle à celles de ces deux « brillants sujets ».

— Ils sont très bien, ces garçons, m'avait-il dit.

Il avait ajouté :

— Ils sont en verre, tous les deux. Ils devront prendre garde à ce que rien en eux ne se brise.

J'avais désiré présenter ces deux amis à ma mère

et à mon père, non pour recevoir une approbation que mon indépendance bien acquise désormais (je gagnais ma vie) ne me forçait plus à rechercher, mais simplement parce que le jugement de mes parents comptait et compterait encore longtemps pour moi. J'eusse été malheureux s'ils n'avaient pas approuvé ceux que j'avais choisis comme camarades et complices de mes premiers pas dans la profession. Et j'avais bien senti, sans qu'ils l'expriment, la pointe d'envie qui avait surgi chez Wence, comme chez Chemla. Ils m'enviaient cet équilibre fondamental que signifiait la présence dans ma vie d'une référence, un recours possible, une image vivante d'autorité et de sagacité — le père ! Et c'était peut-être pour cela, croyais-je, qu'ils m'avaient admis et qu'ils aimaient m'entraîner dans leur Ronde. Pour me dévergonder, me déniaiser, me mettre à l'essai, ou tout cela à la fois.

Entre autres qualités, Chemla possédait la faculté de deviner, d'un seul éclat de son regard perçant, les moindres humeurs de ceux qui l'entouraient. Il était une heure du matin, à l'Épi Club, et Chemla se pencha vers moi pour dire :

— Lucille Larsac est pour toi, si tu la veux.

— Crois-tu ?

— Si je te le dis, c'est que je l'ai vu et que c'est vrai. Elle n'attend que cela.

Après avoir traversé plus de dix fois le carrefour Saint-Germain, nous avions fini par remonter le boulevard du Montparnasse, pour aller boire le dernier verre à l'Épi Club, qui était la boîte du moment. Wence en connaissait déjà les barmen ; il embrassait la fille du vestiaire, celle de l'entrée ; il tutoyait la plupart des occupants des tables basses qui, autour de la piste ronde de danse, buvaient du whisky en fumant des cigarettes et en parlant fort.

L'attraction de la soirée était la présence, à la table principale, d'un Sud-Américain célèbre pour ses mariages successifs avec des Nord-Américaines riches et âgées, et qui semblait, à chaque phrase qu'il prononçait, déclencher autour de lui un concert de rires et de compliments. Il était de taille moyenne, râblé, musclé, un vrai hidalgo, avec ses cheveux calamistrés, ses belles lèvres sensuelles, son menton volontaire, ses yeux rieurs, cette expression de suffisance virile propre à certains hommes, ce regard qui porte sur les femmes et ne trompe ni celui qui le porte, ni celle qui le reçoit. Il était devenu une sorte de légende vivante au sein de ce qu'on appelait le Café Société et qui ne s'appelait pas encore le Jet Set, peut-être parce qu'il réunissait, à lui seul, tous les attributs qui définirent, à un certain moment de la vie de cette minuscule caste internationale, un type d'homme : le « playboy », avant que le mot ne soit repris par la presse et déformé. C'était une sorte de symbole : joueur de polo, vaguement diplomate, habile intermédiaire et négociateur entre marchands d'armes ou concessionnaires de gisements pétrolifères, danseur émérite, arbitre des élégances ; ayant ramassé assez de fortune pour, entre deux mariages avec des vieilles, s'offrir le luxe d'épouser une beauté, en général venue de l'univers des mannequins — mais les « mannequins cabine », s'il vous plaît ; aimable chevalier servant de ces dames, photographié à l'occasion de tous les rendez-vous du Gotha, de Chantilly à Monte-Carlo, de São Paulo à Saint-Moritz. Mais surtout — surtout ! — entouré d'une espèce d'auréole de taureau sexuel, capable de satisfaire autant de dames que la journée comptait d'heures, ou même de contenter la même et seule dame pendant la même somme d'heures — une journée... Oui, Ruby était un étalon, un vrai, un « stud », selon l'expression d'outre-Atlantique, un « bon », selon celle du vieux continent, et l'écho de ses prouesses, de sa constance, de la longueur de son effort, de la sollicitude avec laquelle il recherchait d'abord à donner le plaisir plutôt qu'à le recevoir, enfin et par-dessus tout, de son entière disponibilité, avait fait le tour du monde occidental, ou plutôt d'une petite sphère fortunée, se limitant à quelques centaines de gens — mais ces quelques centaines de gens fabriquaient de la rumeur, laquelle, relayée par les gens d'influence et d'opinion, devenait une légende.

Ruby ne pesait d'aucun poids dans la vie de l'époque et lorsqu'il disparaîtrait, il serait vite oublié, son image se pulvériserait dans la poussière du temps — mais il ne serait pas remplacé. L'écho de sa voix ne se prolongerait que dans la mémoire de quelques noceurs nostalgiques, quelques spécialistes de la dérision qui en feraient, avec le recul, la caricature d'une race en voie d'extinction, dans ces années dites « glorieuses » où le monde était assez prospère pour s'offrir le spectacle de tels spécimens sans qu'ils donnent au peuple l'envie de les flinguer, sans qu'ils provoquent la haine de ceux qui n'auront jamais accès à cet argent-là, cette oisiveté-là. Rien de ce qu'il disait n'avait d'importance. Il eût été difficile de lui prêter une seule réflexion intéressante sur les milieux qu'il avait pu traverser et, pourtant, il avait été le témoin privilégié de toutes les beautés de la planète. Mais à l'intérieur de ces petits cercles, souvent composés d'oisifs, de crétins ou de dandys sans objectif, mais aussi de faiseurs et défaiseurs de modes, il était une force et un modèle, un sujet d'admiration sans bornes. On se répétait les mots de Ruby, qu'ils aient eu ou pas de la qualité ou de l'originalité. Il suffisait qu'il prononçât, avec son irrésistible accent sud-américain, mâtiné d'une imitation de l'accent snob anglo-saxon, avec cette musique qu'on entendait seulement à Gstaad, au cap d'Antibes ou dans l'île de Skorpios, dans ce sabir qui saute les conjugaisons, atrophie les verbes, infantilise le phrasé, il suffisait donc qu'il prononçât n'importe quelle fadaise pour qu'elle soit immédiatement adaptée, répercutée et renvoyée d'un cercle à l'autre, comme le fin du fin, le chic du chic, puisque c'était Ruby qui l'avait dite.

— Formidable ce type, disait Ruby à propos d'un de ses amis. Champion du monde !

Il avait prononcé ces trois derniers mots en grimaçant un peu, sur un ton presque dégoûté, avec cet écœurement au bout de la langue que seuls savent exprimer les grands désabusés en fin de soirée, quand l'alcool de grain leur a définitivement empâté la bouche et a donné à leur timbre cette « night-club voice », cette voix beurrée et grave de boîte de nuit à quoi l'on reconnaît les habitués de la Calavados ou de l'Éléphant Blanc : « CHAMPIONDUMONDE ! » — et d'un seul coup, les sycophantes et parasites qui l'entouraient trouvaient que tout était « champion du monde ». Aussi bien la cravate du propriétaire de la boîte — une cravate à fleurs rouge et jaune, vulgaire mais très « champion du monde » — que la fille qui dansait sur la piste. Et je les avais entendus, sur leur registre inimitable, parler de cette fille que je venais tout juste de reconnaître :

— T'as vu la fille là-bas comme elle danse, quoâ ! Elle est champion du monde, la petite !

— Tu connais pas ? C'est une actrice qui débute. Elle s'appelle Lucille Larsac.

— Ah bon ? Ben je vais te dire, hein, pour moi, tu vois, cette fille-là, elle est champion du monde.

Et de s'esbaudir, et de se retourner vers Ruby pour capter son regard condescendant et s'assurer que le roi des baiseurs, le maître de cet univers, avait bien entendu comme ses courtisans imitaient sa plus récente trouvaille verbale : CHAMPIONDUMONDE !

Il est vrai que Lucille dansait très bien. Elle avait un jeune acteur pour cavalier, grand et légèrement désossé, aux cheveux abondants, au nez protubérant et qui démontrait comme elle un don pour le rythme, un goût pour les figures inspirées du jitterbug ou du swing ou, simplement, des mouvements de base de la comédie musicale des grandes années, celle de Fred Astaire et Ginger Rogers. Lorsqu'ils avaient pris possession de la piste, les autres danseurs s'étaient bientôt retirés, car Lucille et son partenaire, par provocation autant que par plaisir, donnaient vite à leur danse l'allure d'un véritable spectacle. C'était beau à voir, souple et amusant, inventif, sensuel sans être provocant, infatigable, plein de gaieté, et l'on pouvait imaginer qu'ils se défoulaient ainsi sur la piste, chaque soir — puisqu'on les voyait presque tous les soirs à l'Épi, et si ce n'était pas à l'Épi, ce serait chez La Grosse et plus tard chez Castel — se défoulaient, donc, de la frustration de leur vie quotidienne — leur vie d'acteurs : l'attente, les rendez-vous et les auditions, les espoirs et les fausses promesses ; une vie d'impatience et de coups frappés à la porte de cette notoriété qu'ils n'avaient pas encore tout à fait pu ouvrir. Lucille éclatait de santé, elle pétillait, renversait sa tête et ses cheveux brun-roux en arrière, consciente des regards des hommes et des femmes, possédant l'instant, se déplaçant sur la piste avec adresse, voracité, humour. Le jeune homme la suivait et lui donnait une digne réplique, mais c'était elle qui dominait.

Je les ai regardés tous les deux, lui, jeune acrobate au sourire éternel, elle, ballerine libérée explosant de joie et de talent naturel, et je n'ai pas su que je me souviendrais un jour de ce moment, et de ce numéro qu'ils venaient de nous offrir, comme celui de l'insouciance de nos débuts, lorsque j'enregistrais les mouvements de la vie sans leur chercher un sens. Simultanément, ce moment que j'aurais dû savourer sans réserve devint un moment de doute et de détestation de soi.

— Qu'est-ce que tu as ? me demanda Wence. Tu as l'air malade d'un seul coup. Tu en fais, une gueule !

— Non, dis-je. Je n'ai rien.

Je mentais. Cela m'avait brutalement assailli. En même temps que j'admirais Lucille, j'entendais les imbécillités du play-boy et de ses courtisans ; en même temps que je recevais le regard de Lucille vers moi et la confidence de mon ami Chemla (« Elle est pour toi, si tu veux »), je fus victime d'une soudaine appréhension, sans motif précis, comme si une voix inattendue était venue me dire :

— Que fais-tu là ?

Que fais-tu là, à cet âge de ta vie, dans cet endroit clos, enfumé, vide, lourdement poisseux, plein de bruit, théâtre de gesticulations et de masques, au milieu de quelques pantins mondains, entouré de deux êtres que tu estimes mais qui te semblent brusquement des étrangers ?

Les presses tournent, en ce même instant, dans plusieurs sous-sols de Paris, et des hommes et des femmes ont achevé de rédiger, imprimer et ordonnancer ce qui, demain, fera la nourriture de la ville. Ailleurs, dans des salles de montage, d'autres hommes, plus jeunes, reviennent, ciseaux entre leurs doigts gantés de blanc, pour la centième fois, sur un millimètre de pellicule afin de modifier l'image d'une séquence de leur film. Ailleurs encore, d'autres gens sont réunis pour s'accorder sur le texte final d'une protestation sur l'aggravation et la multiplication de la torture en Algérie. Ailleurs, dans le salon de l'appartement de ses parents — car il vit encore chez eux, comme beaucoup d'entre nous — ce jeune écrivain à la mèche de cheveux noirs tombant sur le front rédige méthodiquement son nouveau manuscrit. Le premier lui a déjà valu les bravos époustouflés d'un mandarin de la classe dirigeante des Lettres, mais cela ne lui a pas suffi et il s'est déjà attaqué à son prochain livre — il a fondé sa revue, avec d'autres jeunes gens aussi brillants que lui — et ils avancent, ils avancent, et que fais-tu pendant ce temps ? Tu te dis en sursis, tu te sais en sursis, et tu devrais dévorer, produire, faire, bouger, construire ; tu devrais t'intégrer aux clans qui se forment, aux réseaux qui se tissent, te trouver des modèles, te choisir une idéologie peut-être, ou, à défaut, un groupe, en tous les cas, une ligne de conduite. Au lieu de quoi, tu traînailles et tu vasouilles, tu vadrouilles et tu baguenaudes. Et tu pourrais faire tienne la confession de ton maître Apollinaire :

J'ai vécu comme un fou
et j'ai perdu mon temps.

Ce qui n'est même pas le cas, car tu n'es pas fou, tu es même trop raisonnable — si seulement tu avais réellement « vécu comme un fou », alors que tu ne fais que perdre ton temps. Eh bien oui, ça c'est vrai, tu le perds. Que fais-tu là et combien d'heures vas-tu encore consacrer à ce vide ? Tu prends des notes, répondras-tu à la voix qui t'admoneste. Tu engranges des images et des impressions, tu absorbes, telle l'éponge, pour plus tard bien restituer l'écume de ces jours, l'écume de ces nuits. C'est cela ? D'accord, je veux bien, l'explication est bonne, et l'excuse aussi — mais je t'en prie, arrête là — car ça y est, les notes sont prises, tu as compris, il n'y a pas besoin de répéter plus d'une fois l'expérience. Ça y est, tu as vu, tu as vécu, va-t'en.

18

Je me suis retrouvé dehors, adossé au mur jouxtant la porte d'entrée de l'Épi, paroi de bois cloutée au milieu de laquelle avait été découpée une lucarne qui permettait de séparer les visiteurs inopportuns des initiés. Le boulevard du Montparnasse était vide. Je cherchais des yeux un taxi en maraude, en respirant l'air frais qui me délivrait du sentiment qui m'avait poussé à abandonner mes amis.

— Vous voulez bien me reconduire chez moi ?

Lucille Larsac se présentait devant moi, agitant sous mon nez un porte-clés chargé de gris-gris en argent, médailles, animaux miniatures, cœurs et reproductions de signes astrologiques, et autres petits objets inutiles dont le tintinnabulement sonnait de manière aigrelette dans le vide de la nuit.

— Si vous voulez, ai-je dit.

Elle possédait une minuscule voiture de marque italienne à l'espace arrière encombré de sacs pleins de vêtements, fourrures, chapeaux, journaux, magazines et scénarios sous couvertures cartonnées.

— J'habite porte d'Auteuil, dit-elle. C'est loin, mais ce n'est pas loin à cette heure-ci. Partons. Je ne supportais plus ce porc.

Elle avait gardé ses cheveux défaits, leur roux lustré et fin à peine différencié de la couleur de sa veste de daim et d'un châle marron dont elle s'enveloppait les épaules. Elle portait une jupe noire, des bottes de même couleur qui montaient le long de ses longues jambes. Elle avait un profil distingué et spirituel, avec un nez au bout délicatement relevé, comme un point d'interrogation, des yeux brillants et dont l'éclat était souligné par une très, presque trop violente application de charbon noir autour et sur les cils. La fougue avec laquelle Lucille avait dansé quelques instants auparavant avait fait place à une sorte de fureur indignée, où perçaient constamment l'humour et le sens de la caricature.

— Non mais, vous l'avez vu, ce porc ? Ce pourceau ? Mais quel porc, cet homme ! Quel goret !

J'acquiesçai prudemment de la tête, ne sachant encore très bien qui était le sujet de sa vindicte.

— Quel connard, ce type ! Pardonnez-moi, j'essaie de ne jamais utiliser des mots grossiers mais franchement il ne mérite rien d'autre. Quels porcs, tous ces types ! Quelle prétention ! Et il s'imagine qu'il peut toutes les cueillir, toutes les femmes, comme ça, d'un simple claquement de doigts, le porc !

Avant de monter dans sa voiture, Lucille m'avait dit :

— Nous nous connaissons tous les deux, je vous ai rencontré il y a quelques mois avec Da Silva, le photographe, aux Acacias. Je sais qui vous êtes, et je ne me serais pas permis de vous proposer de me reconduire si je n'avais pas su, par vos amis, que vous êtes quelqu'un de bien.

— Ah bon, qu'est-ce qu'ils vous ont dit exactement, mes amis ?

Elle s'était installée à mes côtés, après m'avoir confié la clé de contact de son étroit véhicule.

— Ils m'ont déclaré que vous étiez le meilleur d'entre eux.

J'avais éclaté de rire. Cela m'avait tout de même fait chaud au cœur, même si j'imaginais que Wence l'avait fait avec dérision et des sous-entendus, tandis que Chemla avait peut-être voulu être sincère. Mais qu'avaient voulu réellement dire mes amis ? Je savais bien que je n'étais pas « le meilleur » professionnellement — du moins pensais-je, sans jamais l'exprimer à haute voix, pour l'instant ! Mon objectif était tout d'abord d'apprendre. Un jour, plus tard, j'essaierais de devenir « le meilleur » : oui ! « Le meilleur de ma génération ». Mais je ne voyais pas poindre ce jour de sitôt et je gardais secrète cette arrogante et pompeuse formule. Alors, mes amis n'avaient-ils pas plutôt voulu suggérer que j'étais le plus vertueux, le plus convenable, le plus normal, celui sur qui l'on pouvait compter pour ramener les jeunes femmes à la maison ? Ou bien, chacun d'eux, conscient de cette fragilité de verre dont avait parlé mon père à leur propos, avait-il voulu exprimer que j'étais celui à qui la vie avait offert la meilleure chance ? Ou bien enfin, avec leur goût immodéré de ne rien prendre au sérieux, avaient-ils voulu signifier que j'étais le plus banal, le plus prévisible d'entre eux ? Je me préoccupais tellement de l'opinion d'autrui, j'étais si peu sûr de moi, que je ne pouvais croire qu'ils avaient peut-être, simplement, exprimé leurs propres incertitudes.

— Ils ont osé vous dire quelque chose comme ça, avais-je répondu. Eh bien, ils ont beaucoup plus picolé que je ne le croyais.

Elle s'était retournée vers moi, soudain sérieuse, presque grave :

— Non, ils étaient sobres. Ne vous dépréciez pas, voulez-vous ? J'ai appris cela très jeune, il ne faut pas se déprécier, même par fausse modestie, même par pudeur. Allez, on démarre ? Take me home !

C'est alors, à peine avions-nous traversé le carrefour Raspail-Montparnasse et longé la terrasse du Select, devant laquelle un loufiat en tablier balayait déjà saletés et mégots sous les tables vides, pour nous engager vers la place de la gare, que Lucille avait entamé sa délirante diatribe contre le « porc ».

— Un porc, vous dis-je, répétait-elle. Si vous aviez vu comment, entouré de ses truies et de ses porcinets, il me reluquait avec ce sourire avantageux, comme s'il était sûr de pouvoir me posséder au moindre clignement de son œil de porc. Le porc ! Ils ont voulu, lorsque j'ai eu fini de danser, que je m'asseye à leur table. J'ai dit non et je suis allée, avec mon partenaire, rejoindre vos amis. Vous veniez de vous lever, pour sortir. Je vous avais vu partir comme ça, pfffttt !

— Oui, dis-je, j'ai eu comme un dégoût de moi, de cet endroit, un dégoût de tout.

— Ça vous arrive à vous aussi ? demanda-t-elle.

— Oui.

— Bon, bref. Nous nous asseyons aux côtés de Jean-François Chemla et de Wence, et voici que ce porc, depuis sa table royale, me délègue un de ses courtisans, qui parle avec le même accent horrible, im-po-ssible : « Mademoiselle, s'il vous plaît, Ruby très heureux serait vous avoir sa table. » Avec son haleine de cigare sur mon front, penché vers moi, je pouvais voir les couches de gomina dégouliner sur ses cheveux. Je dis non. Il repart. Le porc m'envoie un autre de ses sbires. Incroyable, non ? Même haleine, même discours, même cigare !

Elle jouait la scène, assise à mes côtés, dans la petite Fiat qui déboulait vers Duroc, en direction des Invalides. Lucille Larsac semblait emportée par son talent, son besoin de faire rire, son sens de la parodie, sa volonté d'imiter chacun des protagonistes du manège au cours duquel les membres de la cour du célèbre play-boy s'étaient relayés pour obtenir de « la fille champion du monde » qu'elle accepte l'invitation de leur idole. Et l'appellation « porc » revenait de façon systématique, pour scander les phrases, rythmer le déroulement de ce moment qui l'avait tant irritée.

— Savez-vous, me disait-elle, interrompant un instant sa description, que tous ces hommes se ressemblent ? Tous des porcs ! Savez-vous que certains d'entre eux appartiennent à une société secrète, un club de treize hommes, le CDGB ?

— Non, dis-je... Treize hommes, un club secret ? On dirait du Balzac...

— Ah ! hurla-t-elle avec un ton de dédain infini. Si seulement c'était du Balzac ! Mon pauvre ami, nous sommes bien loin de *La Fille aux yeux d'or.* Savez-vous seulement ce qui se cache derrière ces initiales ?

— Je n'ose le deviner, dis-je.

Elle secoua la tête de gauche à droite, pour chasser ce qu'elle connaissait déjà de la décrépitude de ce Paris nocturne qui semblait susciter un tel mépris de sa part, mais au sein duquel pourtant elle venait danser et se montrer, soir après soir.

— Eh bien, je vous le donne en mille, dit Lucille. Il s'agit du Club des Grosses Bites. Pardonnez l'expression, elle n'est pas de moi. Voilà ce qui les unit, les soude, les exalte. Et je ne vais pas vous répéter ce que l'on raconte sur le déroulement de leurs réunions, auxquelles bien entendu, ils invitent toujours une ou deux jeunes femmes...

Elle battit l'air de ses mains, pour couper court à cette anecdote et revenir à l'essentiel :

— Je reprends : j'ai dit non, et quand j'ai compris qu'ils allaient tous venir me voir les uns après les autres pour m'inviter à la table du porc, je me suis levée, je suis allée à sa hauteur, et je lui ai dit : « Monsieur, je préférerais crever plutôt que de venir partager votre auge. »

Elle partit alors dans un rire en cascade, imitant l'air effaré du Sud-Américain, roulant les yeux, écartant ses lèvres, les sourcils soulevés en une interrogation qui se voulait souriante mais en réalité était plutôt stupide, ahurie.

— « Auge ? Auge ? Ma qué ? Kés kés cé ké vous vous voulé dire ? What's it mean ? What ? » Eh bien, je n'ai pas voulu lui expliquer le mot, ni pourquoi il me l'avait inspiré. J'ai tourné les talons, j'ai pris mon sac, dit au revoir à vos amis et à mon partenaire, et j'ai fait ma sortie. Belle sortie, non ? Comme au théâtre. Pas mal, non ?

— Pas mal, dis-je.

Cette chute ne lui suffisant pas, elle eut un dernier sursaut pour mettre un point d'orgue à la reconstitution de la scène. Elle sembla se concentrer sur elle-même avant d'exploser en un ultime :

— Quel porc ! Le porc !

Et comme elle voulait accompagner ce cri de toute la force de son corps, ses bras et son buste, de toute sa nature de comédienne qui ne joue pas la comédie mais la joue tout de même, elle fit un mouvement brutal et désordonné qui m'ôta un instant le contrôle du volant. Nous allions vite. Il fallait redresser la direction puis freiner, ce que je fis en une manœuvre brusque et maladroite. La voiture pivota sur elle-même et le visage de Lucille vint heurter le pare-brise. La jeune fille poussa un cri, portant les mains à son nez.

— Oh ! la la ! je saigne, je crois que je me suis cassé quelque chose.

— Nom de Dieu, dis-je.

J'arrêtai la voiture le long du trottoir, à la hauteur de la rue de Sèvres et du boulevard du Montparnasse.

— Montrez-moi ça.

Elle s'était calmée et tournait son visage vers moi, les larmes aux yeux, les lèvres serrées pour contenir sa plainte. Le nez saignait faiblement. Elle avait l'air de souffrir, mais elle eut l'aplomb de rire, en même temps, d'un petit rire rauque et brisé, le rire de la vérité.

— Vous vous rendez compte de l'état dans lequel je me suis mise, dit-elle.

— C'est ma faute.

— Pas du tout, c'est la mienne. Ne perdons pas de temps. Je préférerais qu'on aille tout de suite montrer ça à un médecin, vous ne croyez pas ?

— Si, bien sûr.

C'était une fille étrange, attachante, qui prenait possession de votre vie et de votre univers, un mélange de fantasque et de fragile, et, simultanément, un sens de l'autorité, un sang-froid à toute épreuve, une maturité soudaine qui venait contraster avec la comédie qui l'avait habitée et l'avait conduite, par excès de théâtre, à l'imprudence et à l'accident imbécile. J'ai tourné dans la rue de Sèvres. Nous avons roulé en silence, à petite allure. Lucille avait enfoui son visage dans un mouchoir de mousseline vert clair. Nous sommes bientôt arrivés à la hauteur de l'hôpital Laennec. Service des urgences. Interne de garde. Odeurs d'éther et d'alcool. Lumières, coton, radio, rien de grave... Gros hématome, pansement qui barre le haut du visage d'une aile à l'autre du nez et lui donne une allure de hockeyeur sur glace au sortir d'un duel ; rires nerveux ; courte scène de séduction auprès de l'interne amusé et des infirmières ravies ; Lucille repart en secouant ses cheveux ; j'admire en la suivant sa silhouette bravache traversant les couloirs glauques de Laennec, les talons de ses bottes martelant le sol en lino, puis les pavés luisants de la cour où ne passent plus, à cette petite heure de la nuit, qu'une ambulance vide et deux cuistots vêtus de redingotes bleu marine.

Elle avait beau, avec ses grands yeux trop fardés dans lesquels passaient aussi aisément la langueur que la gaieté, avec son corps de danseuse de cabaret, ses cheveux riches et fous, sa voix tour à tour grave et enjouée, ce mariage de sophistication et de charme qui avait déjà fait d'elle dans un certain milieu de Paris, avant même qu'un seul des films dans lesquels elle avait tourné, soit distribué, une petite célébrité, elle avait beau parler comme Marlene et sourire comme Garbo, être plus femme que les filles de son âge, elle habitait chez ses parents, comme tant de garçons et filles de cette génération qui ne touchaient pas encore de revenus suffisants pour vivre en toute liberté.

— Vous habitez chez vos parents ?

C'était une des phrases clés, une des phrases gags que nous nous plaisions à prononcer à l'époque, lorsque nous nous intéressions à une fille. Après deux ou trois verres, deux ou trois danses, à cet instant où l'on devine que peut-être on va pouvoir aller plus loin, mais où, pour ne pas essuyer une rebuffade, on préfère avoir recours à l'humour volontairement bête qu'à une proposition trop évidente. La façon dont répondaient les filles vous permettait de déterminer qu'on n'avait aucune chance, ou au contraire que c'était « jouable ». Il y avait toutes sortes de réponses :

— Non, et vous ?

Ou alors :

— Oui, pourquoi ?

Ou bien, la plus fréquente :

— Vous ne connaissez rien de plus original ?

Mais aucune jeune femme ne m'avait, jusqu'ici, dit les mots de Lucille Larsac, lorsque je la déposai au pied de l'immeuble, à l'angle de la rue Boileau et du boulevard Exelmans :

— J'habite chez mes parents, mais vous pouvez passer la nuit avec moi, si vous en avez envie.

19

Sa chambre, au sixième étage d'un immeuble blanc et laid, était séparée du reste de l'appartement familial par une mince cloison. On y accédait par une entrée distincte, en empruntant le couloir de service, et, soudain pris de prudence, on marchait à pas feutrés et l'on chuchotait, comme des gamins ou des collégiens en train de faire quelque chose de répréhensible.

À l'intérieur de la chambre, il y avait une haute porte, qui donnait vraisemblablement sur les autres pièces, cuisine, salon et salle à manger de l'appartement familial, mais elle l'avait fait condamner et avait plaqué une armoire de vêtements contre la paroi. Elle était donc, comme elle le précisait avec humour, « techniquement indépendante », mais « techniquement seulement ».

Lucille s'était démaquillée, déshabillée devant moi, sans ostentation et sans gêne. J'avais suivi ses gestes en silence, le cœur agité. Elle s'était glissée dans le lit et avait remonté le drap très haut. On ne voyait plus que son front, ses yeux et l'épais pansement blanchâtre qui lui barrait une partie du visage.

— Je dois avoir une tête impossible avec ce truc, chuchota-t-elle, la voix encore plus rauque que d'habitude. Je comprendrais fort bien que cela vous ôte toute tentation charnelle.

Elle avait ri avec discrétion, puis son ton s'était fait gamin. Elle jouait encore.

— Venez quand même contre moi, juste pour ne pas me laisser seule.

Je l'avais rejointe. Habile, sensuelle, elle avait naturellement enlacé mon corps. Elle avait la peau douce. J'ai pris sa tête entre mes mains, elle m'a dit, la voix basse et poudreuse :

— Quel effet cela fait de faire l'amour à la soi-disant plus jolie fille de Paris — une fille sans nez, défigurée ?

Cela ne produisait pas l'effet qu'elle craignait. Cela rendait Lucille plus mystérieuse encore, plus émouvante. Le pansement donnait à ses yeux une dimension et une force accrues, et ainsi isolé, son regard vous enveloppait et vous subjuguait, mais je n'ai pas éprouvé le besoin de le dire. Soudain, sans trop de préliminaires, nous avons senti le même désir nous dominer, elle n'a plus parlé. Elle a poussé un gémissement lent et fragile, comme sous le coup d'une douleur longtemps retenue et enfin relâchée, j'ai eu l'impression que son plaisir était venu presque trop vite, et j'ai vu apparaître une trace de tristesse dans ses yeux. Et lorsque j'ai connu moi-même le plaisir, elle a étouffé un autre cri, plus enfantin. Puis, elle s'est dégagée. En tendant la main vers un petit guéridon au bord du lit, elle a saisi un verre d'eau, un tube de comprimés dont elle a extrait une capsule, qu'elle a avalée :

— Comme ça, pas d'angoisse.

Elle avait prononcé ces mots sans se retourner. Puis elle s'est rapprochée à nouveau de moi, et elle a posé sa tête sur ma poitrine, dans son seul véritable geste d'abandon.

— Dormez, vous aussi, a-t-elle dit, la voix de plus en plus lointaine.

Le somnifère ne devait pas être très fort, et elle avait sans doute été réveillée dans la nuit, car le lendemain matin, lorsque, alerté très tôt par l'urgence d'arriver au journal pour préparer la planque à laquelle j'avais décidé de m'astreindre, je me suis habillé sans faire de bruit, j'ai aperçu une lettre, pliée en deux, qu'elle avait dû écrire dans la nuit. Elle était ostensiblement posée à même la chaise sur laquelle reposaient mes vêtements. Le message à mon intention était rédigé sur une feuille de papier à en-tête de l'hôtel de La Trémoille. Il était court, écrit large, avec les mots espacés. Il disait :

Surtout, si je dors, ne tentez pas de me réveiller.
Surtout, enfin, ne tentez pas de m'aimer.
Je change d'amant tous les trois jours.

C'était à tout cela que je pensais, en faisant la planque le lendemain matin sous un porche, tandis qu'une pluie fine et persistante tombait sur les rues Claude-Bernard et Monge et l'avenue des Gobelins, en attendant la mère de l'assassin, la « manman » de Monsieur Frédo.

J'y pensais sans regret, sans illusion, sans complaisance. Je n'avais pas eu besoin de l'avertissement écrit de Lucille pour éviter de tomber amoureux d'elle. Je conservais le souvenir de sa voix voilée et de sa peau douce, son rire brisé, son visage étrangement déformé, masqué par le pansement, la brièveté de notre échange sexuel, et il se mêlait à mes pensées et impressions quelque chose d'amer et de fatigué, comme si j'avais, en cette courte nuit, fait le tour de la jeune femme, comme si je savais que, quel que serait le nombre de fois que je pourrais la revoir, et coucher avec elle, peut-être, elle ne m'apprendrait rien de plus que ce que j'avais déjà compris. Non, je n'étais pas amoureux de Lucille. On pouvait aimer sans aimer, c'était le principe de notre âge et de notre époque, mais je pensais encore un peu à elle, sous la pluie, le matin, à l'heure où les vieilles dames reviennent du marché. Je ne pouvais entièrement effacer son image.

La pluie a diminué. La vieille dame n'arrivait toujours pas. J'ai regardé ma montre. Une heure et demie, déjà, que j'attendais. Je me suis alors demandé combien d' « amants de trois jours » avaient, comme moi, grimpé les six étages de service en chuchotant et en étouffant quelques rires pour se retrouver, essoufflés et anxieux, devant la porte de Lucille, cherchant la clé dans son sac. Ou bien les avait-elle aimés ailleurs, chez eux, ou alors dans des chambres d'hôtels de luxe (que signifiait ce papier à lettres marqué aux armes de La Trémoille ?). Et combien d'entre eux avaient retenu ce cri de petite fille inquiète, court et surprenant, qu'elle poussait au moment de l'orgasme. Combien avaient été, comme moi, captivés par la douceur extrême de sa peau. Combien avaient, en s'endormant, contemplé sur les murs de la chambre les portraits en noir et blanc de Katharine Hepburn et de Kay Kendall, les deux actrices auxquelles Lucille croyait le plus ressembler. Combien de ces « amants de trois jours » avaient remarqué, posé sur l'armoire qui servait de rempart entre son univers « techniquement indépendant » et celui de sa famille, un petit lapin en peluche, aux oreilles et au nez patinés par les années d'enfance. Et combien d'entre eux, comme moi, avaient, au moment de partir, pris l'objet pour le déposer sur le lit, aux côtés de la jeune femme endormie en guise de réponse muette à son message écrit :

« Tu ne veux pas que je t'aime, mais je me ferai du souci pour toi. Tu m'écris que tu couches avec tout le monde. Cela veut dire que tu es très seule. Voici ton lapin en peluche. Il ne te sera d'aucune consolation, mais sache que c'est moi qui l'ai posé auprès de toi. »

Et puis, j'ai cessé de m'interroger, et je me suis détaché de son image, détaché de Lucille. Insensiblement, un autre visage est venu se superposer au sien, comme dans un glissement de cartes sur un tapis, quand on les brouille, lorsque les figures se confondent et se succèdent, et bientôt l'image de Lumière s'est imprimée dans ma mémoire.

20

La pluie s'est enfin arrêtée de tomber. J'aperçois, marchant à petits pas, longeant le trottoir de l'autre côté de l'avenue, un grand cabas dans chaque main, une vieille dame courbée par l'effort et je reconnais instantanément la mère de Monsieur Frédo.

Je n'ai pas besoin de vérifier la photo que je porte dans la poche de mon imperméable. C'est bien elle ! D'ailleurs, elle ressemble à l'assassin. Elle a ses fortes mâchoires, ses yeux en amande, son air épais, son allure massive. À mesure qu'elle se rapproche, je sais que c'est elle et que ma planque a enfin trouvé sa justification. Je sors de dessous le porche, traverse l'avenue en courant et me porte à la rencontre de la vieille.

— Dites donc, madame, ça doit être bien lourd vos commissions. Vous voulez un petit coup de main ? Vous allez loin comme ça ?

Elle relève la tête vers moi. Ai-je prononcé les mots qu'il fallait ?

— Je veux bien, jeune homme, me répond-elle, vous êtes bien poli.

Je m'empresse autour d'elle. Elle semble trouver mon geste naturel.

— Attendez, attendez, lui dis-je, donnez-moi donc tout cela.

— Oh, ce n'est pas loin, allez. Mais ça me soulagera quand même. Il y a bien deux étages à monter et j'ai fait mes courses pour toute ma semaine.

Sa voix est monocorde, dépourvue de tristesse. Elle se redresse, maintenant que je l'ai soulagée de son fardeau, elle paraît moins âgée. Les yeux semblent plus aux aguets. La pluie a trempé ses cheveux gris-noir et ses vêtements, et elle presse le pas, me précédant, pour aboutir à l'entrée de son immeuble, à côté de la Brasserie Marty. Nous traversons un hall et allons jusqu'à une cour intérieure, que nous oublions pour nous engager dans une autre cour, plus étroite, au sol plus négligé que la première. Elle pousse une porte vitrée, et je monte avec elle deux étages jusqu'au palier de son domicile. Elle se retourne vers moi. Son ton est faible, aimable :

— Eh bien merci, mon jeune monsieur, vous m'avez économisé une fatigue.

J'ai posé les deux cabas à mes pieds. L'humidité de la toile fait une tache sur un petit paillasson rectangulaire de couleur ocre. Jusqu'ici, mon plan s'est déroulé à la perfection, et je n'ai pas ressenti une hésitation ou une appréhension. Maintenant, la comédie va devenir plus délicate. Que lui dire ? Que faire pour recueillir de quoi écrire ma « belle histoire humaine » ? Je cherche mes mots. Elle sourit aigrement.

— Alors, dit-elle, vous savez plus quoi faire maintenant, hein ? Vous vouliez mon argent, c'est ça ? Vous voulez me cambrioler ? J'aurais peut-être pas dû vous faire confiance.

— Mais non, madame, dis-je. Vous vous trompez, je suis honnête.

Elle rit et je vois apparaître une grimace de satisfaction. Elle me toise.

— Eh bien, vous êtes un journaliste, c'est ça ? Vous êtes venu pour m'interviouver, c'est ça ? Si vous croyez que je vous avais pas vu venir avec vos gros sabots, ah ! ah ! On voyait bien que vous étiez pas du quartier.

— Ben oui, dis-je, vous avez tout compris, madame.

La mère de Monsieur Frédo retrouve une certaine bienveillance. On la croirait heureuse, satisfaite que son instinct ne l'ait pas trompée.

— Ben, j'vais vous dire, monsieur. Je m'attendais quand même à ce que quelqu'un vienne me voir un jour. Je me suis dit aussi qu'à part la police, c'était pas bien normal que les journalistes soient pas venus me voir. Allez, entrez donc, ça me dérange pas de vous causer. À dire le vrai, mon jeune monsieur, j'attendais ça depuis un petit bout de temps.

Lorsque nous fûmes assis, l'un en face de l'autre, elle dans un maigre fauteuil recouvert d'un linge blanc, moi sur un tabouret à trois pattes métalliques, au milieu d'une pièce sans couleur ni personnalité, aux désagréables odeurs de cuisine, et dont l'unique fenêtre donnait sur la petite cour mal nettoyée, j'ai extrait mon carnet de notes de la poche de mon imperméable et l'ai agité devant ses yeux pour recueillir son approbation. Elle a fait « oui » de la tête et j'ai commencé par la question qui me paraissait la plus facile :

— Quand avez-vous vu votre fils pour la dernière fois ?

— Monsieur Frédo ? demande-t-elle.

— Mais oui, dis-je, votre fils...

— Oh ben, vous savez, moi, je fais comme les journaux, hein. Je l'appelle Monsieur Frédo maintenant. C'est comme si c'était une autre personne, voyez-vous. C'est plus mon fils, hein. C'est Monsieur Frédo dont ils parlent.

Elle parlait sans contrainte. Elle disposait de peu de vocabulaire mais l'on sentait une recherche du mot juste. Il y avait une forte trace d'accent grasseyant et populaire dans le ton et dans le recours au « hein », au « bien », au « quen donc », déformation du « tiens donc », un tic verbal que j'avais remarqué chez certains commis dans les rues les plus marchandes du cœur de

Paris. La « manman » de l'assassin eût été une vieille dame banale, fermée sur elle-même, solitaire et tranquillement désespérée, si elle n'avait précisément enfanté le « monstre » de l'année journalistique, si bien que la moindre de ses réflexions, le plus benêt de ses propos et la plus étroite de ses opinions prenaient, lorsque je les notais, une autre allure, un autre sens. Intercalée dans les images de l'enfance d'un petit garçon fugueur et cruel (« Ah ça, pour pas aimer ses camarades, il les aimait pas ») venait se greffer la propre histoire de cette femme sans mari (« Il est parti vite et nulle part, et c'était ben pas plus mal, bon vent, on l'a jamais revu, le Marcel »), qui avait fait des ménages toute sa vie dans le quartier des Gobelins et qui n'avait jamais contrôlé les allées et venues de son rejeton. Il avait devancé l'appel sous les drapeaux et s'était engagé volontaire ; il avait fait l'Indochine ; il lui envoyait des cartes postales de là-bas ; au retour, il lui avait offert un kimono et plusieurs sachets de thé.

— C'était pas très généreux, faut bien le dire, hein, mais peut-être qu'il gardait ses plus beaux cadeaux pour ses petites amies.

— Parce qu'il en avait beaucoup ?

— Ah ça, pour en avoir, il en avait ! Des dizaines ! C'est qu'il est beau, Monsieur Frédo, vous savez, c'est un bien bel homme. La moustache, c'est au retour d'Indochine qu'il l'avait fait pousser, il était devenu bien plus beau que son père, hein.

Je prenais note, furieusement. Chaque mot, chaque image, chaque petit détail sur le passé de l'assassin me semblait contenir de quoi faire un papier épatant.

— Mais, demandai-je, comment saviez-vous qu'il avait autant de petites amies puisque vous dites qu'il ne venait vous voir que très rarement ?

— Ah mais c'est qu'il venait tout de même, mais il restait pas longtemps. Quand il venait, j'étais bien obligée de constater qu'il était toujours accompagné d'une fille. Mais elle montait pas, elle restait dehors, en bas dans la cour. Moi, je les voyais par la fenêtre, les filles, c'était jamais les mêmes. Elles étaient toutes très belles, et puis habillées, très bien, mais plutôt voyantes quand même, hein, plutôt comme des poules, hein, pas des dames. Je n'avais pas besoin de dessin pour comprendre ce qu'il avait fait avec elles, et ce qu'il faisait d'elles. Mais j'ai jamais osé lui poser des questions.

— Mais alors que venait-il faire chez vous ?

Elle me regarda avec étonnement, presque avec irritation.

— Ben, dit-elle en haussant la voix, j'étais sa mère tout de même, hein ! Il venait prendre de mes nouvelles. Et puis il me donnait un peu d'argent, mais un peu, jamais beaucoup.

En griffonnant avec passion les propos tenus

par la vieille, j'imaginais, comme dans un deuxième compartiment de mon esprit, la silhouette avantageuse du maquereau dans son costume croisé (« toujours bien coupé, bien large ») attribuant parcimonieusement quelques billets à la vieille qui surveillait par la fenêtre une des prostituées de Monsieur Frédo en train d'attendre dans la cour, sur ses talons hauts, dans sa redingote à col en fourrure de renard. J'avais déjà envie d'écrire cette scène. Mais je me freinais, je me disais : « Tu n'auras pas besoin de broder et d'en rajouter. Tout ce qu'elle dit est suffisamment bon comme ça. » Et je m'en voulais presque, en l'écoutant dévider, avec de plus en plus de détails, le fil de sa petite vie sans éclat, ponctuée seulement par les apparitions sporadiques du fils, je m'en voulais de former, toujours dans ce deuxième compartiment de ma tête, les titres qu'en ferait sans nul doute Batta à mon retour. Je les lisais déjà : « Je ne l'appelle plus mon fils, je l'appelle Monsieur Frédo. » Ou encore : « Exclusif : la mère de Monsieur Frédo raconte : “ Il n'a jamais aimé personne. ” » Et cela me mettait dans un état d'exaltation rentrée — car à chacune des nouvelles formules ou images que je recueillais, je m'obligeais à ne pas réagir devant une aussi belle matière, ce que je jugeais comme de la si bonne copie, afin de ne pas briser le récit de la vieille dame. Il ne fallait pas lui montrer ma satisfaction, ma jubilation. J'adoptais un visage froid, un ton factuel dans mes questions, et je m'évertuais à me distancer de mon sujet, tout en lui manifestant mon intérêt pour ce qu'elle pouvait dire. C'était un exercice que je ne cesserais de peaufiner, au fur et à mesure de mes autres enquêtes, rencontres, reportages. Je comprenais autant que j'apprenais, sur le tas, que l'enquêteur se doit à la fois d'être neutre, posé, non engagé, mais qu'il faut aussi transmettre à son sujet, derrière l'apparente objectivité de son questionnement, un peu de chaleur et de solidarité, sinon c'est perdu.

Le sujet vous échappera s'il sent que vous n'éprouvez pas pour lui une dose de compassion, de curiosité, d'admiration, d'affection, voire d'amour — qui l'emporte momentanément sur votre devoir de neutralité et sur l'obligation de poursuivre votre tâche. Le sujet vous lâchera sa vie, sa vérité, son paquet d'émotions ou de pensées, pourvu que vous suscitiez chez lui le déclic qui lui fera, un instant, croire que vous vous êtes départi de votre attitude professionnelle pour vous impliquer dans cette vie, précisément, dans cette vérité. Si vous ne lui avez rien donné, il ne vous abandonnera rien. Un hindou a dit : « Tout ce qui n'est pas donné est perdu. »

Et vous le faites. Vous finissez par céder, vous ne restez jamais tout à fait indifférent. Ce qui, à un moment de votre travail, peut débuter comme une comédie, un simulacre, devient une réalité. Et dès lors, vous vous dédoublez. Vous êtes le détective privé, le médecin, le prêtre, le journaliste — celui qui interroge, consulte, confesse, investigue — mais vous êtes aussi un être humain, faillible, vulnérable, gai, triste, heureux, angoissé, vous êtes prêt à être séduit et convaincu, diverti et retourné. C'est dangereux. C'est inadmissible selon les normes non écrites de la profession, mais c'est fréquemment inévitable. Peut-être même est-ce souhaitable, car ces exercices-là n'ont pas d'intérêt s'ils ne vous transforment pas un peu le cœur et le caractère, et s'ils ne vous révèlent pas quelque chose sur vous-même, autant que sur celui que vous avez interrogé.

Vous n'êtes pas un juge. Vous n'êtes pas une éponge. Vous n'êtes pas un flic. Vous n'êtes pas un voyeur. Vous n'êtes pas un voleur. Vous n'êtes pas un vampire. Vous n'êtes pas un comptable. Vous n'êtes pas une boîte enregistreuse. Vous êtes tout cela à la fois, certes, mais vous êtes aussi un misérable petit homme. Et vous ne valez ni plus, ni moins, ni mieux, ni pire, que l'autre en face de vous, avec sa vie mise à nue, son drame ou son triomphe, sa faiblesse ou sa puissance, sa déchéance ou sa gloire.

J'avais déjà vu opérer quelques-uns de mes aînés en reportage, lorsque je les avais accompagnés au cours de mes premières semaines de stage à *L'Étoile*, mais aujourd'hui, je découvrais tout seul, en première ligne, la délicate et unique vocation du reporter enquêteur, du moins telle que je l'entendais, telle que je la souhaitais. Il me faudrait des années avant de parvenir à équilibrer et concilier le devoir de rester sur sa réserve pour engranger les faits et les mots, les secrets et les mensonges, avec l'autre devoir, le simple devoir d'humanité et d'humilité, mais déjà ce jour-là, devant la « manman » de Monsieur Frédo, auteur d'un horrible crime à l'arme blanche sur deux jeunes gens dans un parc la nuit, j'enregistrais ces premières contradictions, ces premières évidences.

Un metteur en scène, qui faisait ses débuts à la même période que moi, me dirait plus tard, lorsqu'il aurait atteint ce stade où, après avoir beaucoup créé, fabriqué et produit, on parvient à donner un sens à son chemin :

— Toute l'œuvre future d'un cinéaste peut se déchiffrer dans la première bobine de son premier film.

Toute l'œuvre d'un écrivain se trouve-t-elle dans le premier chapitre de son premier livre ? Je me suis toujours méfié de ces aphorismes, et peut-être le cinéaste cédait-il trop à son péché favori, le péché français de la formule et de la rationalisation. J'ai longtemps été amusé par la phrase de ce jeune homme, jusqu'au jour où un autre cinéaste, plus âgé et moins rationnel, me l'a démolie en proposant une nouvelle maxime :

— La seule théorie valable sur le cinéma est qu'on ne peut pas le mettre en théorie.

Je n'étais pas à même de théoriser quoi que ce fût, face à la vieille dame du carrefour Monge-Gobelins. Peut-être néanmoins ai-je, ce jour-là, à la faveur de cette rencontre, établi sans le savoir les fondements de mon comportement à venir. Je n'avais pas trouvé cette femme très sympathique, au début ; l'ayant planquée, comme un chasseur, je l'avais, lorsqu'elle était apparue, traitée comme du gibier. Je lui faisais payer la pluie et l'attente sous le porche. J'avais cru déceler, en outre, une ressemblance physique avec son fils, l'ignoble Monsieur Frédo, et dans un premier temps j'avais enregistré ses propos avec une sorte de recul, avec une avidité professionnelle, glacée. Peu à peu, cependant, le temps s'écoulant dans cette petite pièce impersonnelle, dans le domicile minuscule de cette vieille anonyme qui demeurait incapable de comprendre la folie qui avait pu, en une nuit, s'emparer de son Monsieur Frédo (« je ne comprends pas, je ne comprends pas » furent les seuls mots prononcés sur le crime lui-même), ce que j'avais pris chez elle pour de l'aigreur et de la vulgarité, une certaine rudesse, un manque de sensibilité, se transformait à mes yeux en une modeste et douloureuse pudeur. Il lui était arrivé, après tout, un événement incompréhensible. Je lisais soudain dans ce regard autre chose, qui m'avait jusqu'ici échappé : la blessure, l'insulte que vous fait la vie à travers le geste dément d'un enfant, quelqu'un que vous avez aimé et que vous aimez encore peut-être. Avec son parler rugueux, ses mots faussement expéditifs, elle tentait de se défendre contre l'horreur du crime commis par ce fils et de refouler sa solitude, sa détresse, et cette forme de chagrin que les gens humbles ou fiers refusent d'exprimer devant un inconnu.

Alors j'ai éprouvé moi-même, sinon de la honte devant la besogne que j'étais sur le point d'achever, du moins comme le sentiment gêné et gênant d'avoir déchiré un voile, violé un territoire interdit, et quelque chose, brusquement, m'a dicté d'interrompre mes questions. De toute façon, j'en avais assez. J'ai refermé mon carnet et je me suis levé.

— Alors maintenant, m'a-t-elle dit, tout ça, tout ce que je viens de vous dire, on va le lire dans le journal ?

— Peut-être pas tout ça, madame, ai-je répondu.

Sa remarque m'a fait revenir à une préoccupation plus immédiate. La perspective de la parution de l'article que j'allais rédiger m'a fait penser à l'illustration du papier. Une photo ! Bien sûr, Batta exigerait une photo de la « manman », et il faudrait alors revenir ici, en compagnie de Paulo sans doute, et obtenir un cliché de la vieille... La faire poser, l'en prier peut-être... J'imaginais déjà Batta hurlant à mon visage :

— Comment ? Tu me ramènes un papier qui vaut de l'or et tu n'es même pas foutu d'amener la photo qui va avec ? Mais on ne publie pas sans photo, mon pauvre vieux !

Revenir chez la vieille me paraissait au-delà de mes forces. Je n'avais plus envie de retourner dans le petit appartement qui sentait la friture. La mauvaise conscience qui m'avait gagné m'a poussé à expédier le problème et, donc, à faire preuve d'encore plus de culot, ce qui est fréquent dans ce genre de cas.

— Vous n'auriez pas une photo récente de vous, par hasard ? ai-je demandé.

Elle s'est levée, comme si elle s'était attendue à ma requête. Elle s'est dirigée vers une petite commode en bois laqué. Sur la commode, il y avait une boîte à couture, pleine d'aiguilles à tricoter, de passementerie, boutons et pelotes de laine, et une enveloppe de papier fin et fané, entamée, rognée aux extrémités, aussi vétuste que tout ce qui l'entourait, objets, papier peint, pauvres meubles.

— Figurez-vous que j'en ai une, photo, mais elle est pas bien récente, hein, mais ça vous intéressera peut-être bien, parce que Monsieur Frédo est dessus avec moi, hein.

J'ai senti l'instinct du chasseur revenir avec violence. Un sursaut d'excitation a repris possession de mes scrupules. La photo constituait un véritable document. On voyait la « manman », assise sur le cheval de bois d'un manège à l'arrêt, avec à ses côtés, à califourchon, faisant face à l'appareil du photographe, le beau Monsieur Frédo, plus jeune et sans moustache, mais déjà l'œil qui frise et la lèvre qui sourit pour séduire et mentir. Était-il en permission ? Il portait l'uniforme de la Marine nationale, avec le colleret proprement étalé sur les deux côtés de ses pectoraux avantageux, et comme il n'aimait sans doute guère se coiffer du ridicule béret plat avec le pompon au milieu, il était tête nue, les cheveux savamment arrangés, une mèche huilée, vrillée en un accroche-cœur au milieu de son front bovin. J'aurais voulu en savoir plus sur la date et le lieu de la photo, mais il me sembla que je ne devais pas forcer la chance. La vieille m'avait tendu le cliché pour que je l'examine et j'en tenais un bout entre le pouce et l'index, mais elle s'accrochait à l'autre bout, et je sentais qu'elle tirait imperceptiblement dessus, comme pour dire : « Je lui donne ou je lui donne pas ? »

Puis elle a lâché prise, et j'ai prestement mis le document dans la poche intérieure de mon veston, sous l'imperméable. J'ai senti que je me comportais comme un voyou, mais Jean Viermar me l'avait prédit, un jour. C'était un copain de

Chemla. Plus âgé que nous, il avait fait les quatre cents coups, trafic d'armes et opium, toutes sortes de combines, un monde souterrain et interlope, il gagnotait sa vie en faisant des écritures pour un journal du soir. Viermar m'avait dit : « Tu auras beau vouloir te comporter comme un prince et tu vivras une vie de prince, car nous sommes des privilégiés, et les reporters vivent comme des princes, et ça ne durera pas très longtemps, alors profites-en — tu auras beau être un prince, il te faudra aussi être un voyou. Un bon journaliste est toujours un peu un voyou. » J'ai repensé brièvement à Viermar, avec sa gueule à la Bogart, sa cicatrice sur la lèvre, sa voix cassée par des nuits blanches et toutes sortes d'aventures dont nous ne savions si sa mythomanie ne les augmentait pas, mais qui portait avec lui un passé romanesque et sulfureux. J'ai repensé à son mot sur la voyouterie de mon métier lorsque j'ai bien tenu le document en main et l'ai glissé dans la poche intérieure de mon veston, afin d'être sûr que la vieille dame ne pourrait, en aucune façon, récupérer la photo.

— Je vous la renverrai, lui ai-je promis, après usage. Par cycliste. Oui, oui, c'est cela, un cycliste vous la rapportera dès ce soir !

— Ben j'espère bien, a-t-elle fait. J'y tiens quand même un peu, hein.

J'ai voulu partir, mais elle m'a retenu en agrippant mon avant-bras de sa main. J'ai vu revenir sur ses lèvres cette sorte de sourire amer qu'elle avait eu lorsqu'elle avait feint de me prendre pour un cambrioleur.

— Alors maintenant que je vous ai bien parlé, et que vous avez bien pris toutes vos petites notes et tout votre petit interviouve, et que vous avez en plus de ça obtenu la photo, vous me donnez quoi, en échange, hein ?

J'ai hésité. Je n'avais pas plus de cinquante francs sur moi. J'ai pensé que ce serait l'injurier que de les lui proposer, mais je ne savais comment répondre à cette question à laquelle je ne m'étais pas préparé.

— Qu'est-ce que je peux bien vous donner, madame ? ai-je dit, en guise de parade.

Sans sourire cette fois, elle m'a regardé et elle n'a pas répliqué. Elle a paru réfléchir, en baissant les yeux. Elle s'est rapprochée de moi. J'ai découvert qu'elle était plutôt de haute taille. Ses cheveux et vêtements avaient séché mais ils étaient restés un peu fripés, comme son visage qui n'avait jamais été aussi proche du mien, une tête parcheminée et usée, avec des rides de lassitude, de résignation, avec toute une existence simple et sinistre au bord des lèvres et dans un regard tour à tour malveillant puis pathétique, une existence à la fin de quoi avaient surgi l'absurde, et la tragédie.

— Serrez-moi dans vos bras, m'a-t-elle dit.

J'ai eu peur. Que voulait-elle ?

— C'est pas que vous vous ressemblez tous les

deux, a-t-elle continué, mais vous êtes un beau garçon vous aussi à votre façon, et vous êtes presque aussi grand que lui, hein ? Vous êtes plus malingre et plus jeune, mais vous lui ressemblez un peu, croyez-moi. Serrez-moi fort, une fois, monsieur, s'il vous plaît. C'est ce qu'il faisait toujours avant de s'en aller.

Je me suis plié au souhait de la vieille dame. Elle a tremblé entre mes bras, c'était la première fois qu'elle manifestait une émotion véritable. Elle a tremblé longtemps et j'ai cru entendre une sorte de sanglot intérieur, muet. Je suis resté à la tenir sans parler, sans la serrer trop vigoureusement parce que j'avais du mal à faire le geste, mais en imprimant quand même une crispation dans mes mains et mes bras. Et puis j'ai fini par serrer plus fort, parce que je me suis dit : « Tu peux bien quand même lui jouer cette comédie-là », et j'ai pensé aussi : « Tout ça, tu ne l'écriras jamais dans ton article. » C'est elle qui a fini par briser notre embrassade. Elle a reculé et puis, passant devant moi, elle a ouvert la porte qui donnait sur l'escalier.

— Bon, ben maintenant, je vous laisse, a-t-elle dit. J'ai mes courses à ranger, c'est pas le tout, ça.

— Au revoir, madame, ai-je dit. Merci beaucoup pour tout.

J'ai dévalé les marches en courant. J'ai traversé la première, puis la deuxième cour à vive allure. Avant de pénétrer sous le hall, le deuxième qui donnait sur l'avenue, j'ai entendu les notes balbutiantes d'un piano qui venaient d'une fenêtre haut perchée. Ça m'a immobilisé quelques instants dans ma fuite. Les notes revenaient, hésitantes, trébuchantes, puis on entendait qu'une autre main avait pris le relais et jouait le passage d'une façon experte, organisée, quoique didactique. Était-ce du Schubert ou du Diabelli ? Le piano dégageait un son maladroit, désarmant de naïveté. Il devait s'agir d'un enfant qui prenait une leçon. J'ai senti une tristesse me gagner, et je me suis demandé si j'étais vraiment fait pour ce métier-là, si je n'étais pas trop « sentimental ». Je suis sorti dans l'avenue.

21

Tu n'écriras jamais tout cela dans ton article, me suis-je dit une nouvelle fois, tandis que je marchais à reculons sur le rebord du trottoir de l'avenue des Gobelins afin de voir arriver le premier taxi descendant de la rue Monge en direction de la porte d'Italie. Je me répétais cette phrase pour mieux m'en convaincre. L'idée d'utiliser cet instant de ma rencontre avec la mère de Monsieur Frédo, l'instant où elle m'avait demandé de l'embrasser à la place de son fils, me dérangeait profondément. J'avais le sentiment que je devais à la vieille dame de passer ce geste, cette requête (« Serrez-moi fort, une fois »), sous silence. Et cependant, je me disais aussi que je serais un imbécile de ne pas m'en servir. Je pensais à Wence, à Chemla, à Batta. J'étais persuadé qu'ils m'auraient tous dit :

— Mais enfin, tu es fou. Évidemment qu'il faut le raconter ! D'abord, c'est arrivé, tu n'as rien inventé, tu n'as pas bidonné. Elle n'était pas obligée de te demander ça, la vieille, tu ne fais rien de malhonnête, tu ne fais que ton boulot.

Mais je me refusais à solliciter leur avis ou leur conseil. C'était à moi à faire mon choix, tout seul.

Je savais que je disposais largement de quoi rédiger un bon papier. Il pourrait même être formidable, mon article, pourvu que je travaille correctement, que j'écrive simple et clair comme me l'avait toujours conseillé Willy, Guillaume de Beauliteau, mon maître en rigueur et sobriété — et je savais que je pourrais fort bien me dispenser de la scène finale, et en même temps je m'interrogeais. J'avais vu, entendu, vécu cette chose. Il suffisait de la restituer, ni plus ni moins. Peut-être n'étais-je pas assez sûr de moi, de la fermeté de mon écriture, de ma capacité à reproduire authentiquement une telle scène. Je craignais que cela devienne excessif, que le lecteur croie que j'enjolivais, que j'en rajoutais... Et puis, et encore, et surtout, je pensais à la vieille dame, et bien qu'elle n'eût formulé aucune restriction sur notre entretien, je persistais à croire que j'avais une dette envers elle. Tu réfléchis trop, me suis-je dit, ça suffit ! Un taxi s'est arrêté à ma hauteur, et j'ai sauté à l'arrière.

Finalement, lorsque je me suis retrouvé assis derrière la grosse machine à écrire Royal noire aux touches rondes, scellée au bureau de la salle de rédaction, et que j'ai commencé à taper dessus pour construire mon récit, l'évidence m'a sauté aux yeux : il fallait dire la vérité. Sinon, on n'aurait rien compris à cette vieille dame, et l'on n'aurait pu ni la plaindre ni l'aimer. Mais j'ai atténué, j'ai retenu les mots et les effets, gommé adjectifs et sensations, j'ai tout fait pour ne pas tomber dans le mélodrame, éviter de trop mettre la vie en scène. J'ai passé trois jours à écrire, réécrire, déchirer, redéchirer.

Quand j'ai présenté la copie à Willy, afin qu'il la peigne au moyen de son infaillible Montblanc, il l'a longuement lue en silence, puis me l'a rendue en bougonnant :

— Ça va, y a rien à toucher, c'est bon.

Ça a fait un bruit fou, ce papier. J'ai eu droit aux félicitations de tout le journal, et même au-delà. Mais je n'ai pu m'empêcher de m'en vouloir en silence, de considérer que je n'avais pas été assez courageux pour faire l'impasse, et oublier le geste de la vieille dame réclamant un peu d'affection et de réconfort, un peu d'amour, de la part d'un jeune homme dont elle pensait qu'il ressemblait à son fils... La seule personne à qui j'ai secrètement souhaité me confier, en cet instant qui me valait compliments de mes amis, acceptation de mes pairs, respect de mes rivaux, était une jeune fille que je n'avais vue qu'une seule fois. C'était Lumière.

22

J'en avais un peu plus appris sur l'étrange jeune fille trop mûre, douée de voyance.

— Alors, Lumière ? m'avait dit Wence lorsque je l'avais retrouvé, au soir de ce dimanche au cours duquel j'avais conduit la nièce de Béatrice de Sorgues jusqu'à la gare du Nord.

— Alors quoi ? avais-je répondu.

Il m'avait contemplé avec son regard de myope, charmeur et duplice, les petites paillettes noires et noisette virevoltant derrière le verre de ses lunettes d'instituteur.

— Attention, attention ! On ne touche pas à Lumière.

— Qui t'a parlé d'y toucher ? avais-je protesté. C'est une gamine !

Il avait pincé ses jolies lèvres, trop jolies et trop fines.

— C'est une gamine, mais c'est aussi un mystère. Et tout le monde a toujours envie de toucher au mystère.

— Explique-moi un peu plus, s'il te plaît.

Wence savourait ce genre de situation : être celui qui sait, l'initié, celui qui détient plus d'informations que son interlocuteur et qui, donc, le domine. Pour lui, la maîtrise d'un savoir était synonyme de pouvoir. En ce sens, Wence appartenait bien à son temps, et peut-être même était-il en avance sur ce temps. Sa frénésie à faire la Ronde pour glaner les mille graines du « maintenant » ne s'expliquait pas autrement. L'accès qu'il avait obtenu dans les cercles les plus divers de Paris lui valait déjà une notoriété qui ne dépassait pas les cercles, mais qu'il jugeait indispensable à son ascension sociale.

— On appelle ça faire sa carrière par la bande, avait-il coutume de répéter.

Cette notoriété-là ne lui suffisait pas. Il en visait une autre plus ardue, plus aléatoire, plus longue à obtenir, celle que procurent vos œuvres ou vos exploits, vos écrits, livres, films, tableaux ou chansons — celle qui vient du plus grand nombre, l'inconnu, la masse, le public. Ça, c'était la vraie gloire ! Il voulait les deux à la fois, appartenir à cette coterie polymorphe qui faisait et défaisait les réputations entre les murs de Paris, être reconnu quand il poussait la porte de l'Épi, du Village, l'Ami Louis ou de chez Lipp, et croire entendre chuchoter : « C'est Wence ! C'est Wenceslas Dubois, enfin, vous connaissez bien Wence, on ne parle que de lui », mais il désirait atteindre l'autre reconnaissance — dans la rue, les passants anonymes se retournent et disent : « Tu as vu ? C'est le célèbre écrivain, Wenceslas Dubois. »

Il me le disait constamment, avec la même insistance légère et gaie, faussement désinvolte, sur ce ton chuchoté et rapide, toujours au bord du bégaiement, qu'il avait emprunté à une romancière déjà célèbre, elle. Un débit auquel venaient s'ajouter une pointe de son accent lorrain et un tic, irritant quand il revenait trop souvent mais attirant lorsqu'il parvenait à le contrôler, qui consistait à marquer une fraction de pause dans les doubles consonnes d'un mot, si bien qu'au lieu de dire : « Attention », Wence prononçait : « At-tention. » Et « ad-dition », et « ef-fectivement », et « suran-né », etc.

Il vous disait à propos de la gloire, l'autre, celle qui ne s'obtient pas plus dans les bistrots que dans les salons :

— Je serai Chateaubriand ou rien.

On se serait désopilé devant une telle présomption, si l'on n'y avait pas vu une marque de grande jeunesse. Lorsque Wence faisait de telles déclarations devant Chemla, moi, ou d'autres, il se trouvait toujours l'un d'entre nous pour dire :

— Eh bien d'accord, mais arrête de sortir et de te disperser et mets-toi sérieusement au travail.

Nous pensions en effet, sinon qu'il serait Chateaubriand, du moins qu'il était le plus doué d'entre nous. Il protestait, piqué au vif, offensé, sa voix prenant des sonorités de flûte qui dérape :

— Mais je m'y suis mis, je m'y suis mis ! Je suis en plein milieu de mon manuscrit !

Je l'avais défié et il m'avait dit :

— Viens donc chez moi, et tu verras. Tu verras ma table de travail et mon manuscrit, d'ailleurs, tu n'es jamais venu chez moi ?

Je n'avais pas encore franchi la porte du rez-de-chaussée sur cour qu'occupait Wence, dans un hôtel particulier datant du XVIIIe, en plein Faubourg Saint-Honoré, côté impair, le côté noble, à deux pas des ambassades et de l'Élysée. Aussi cela m'intriguait, car je ne comprenais pas comment mon ami pouvait s'offrir un tel train de vie. Je commençais à flairer toutes sortes de trucages, sinon d'impostures, et je m'étais souvenu des mots sévères prononcés par la jeune Lumière. C'était elle qui m'avait appris que la flamboyante Aston-Martin, la DB4GT, six cylindres, moteur trois litres six, conduite par Wence, ne lui appartenait pas et n'était qu'un « emprunt », généreusement accordé par la baronne, Mme de Sorgues. Je subodorais que, de la même façon, Wence devait occuper le pied-à-terre du Faubourg Saint-Honoré selon les termes d'un arrangement — mais avec qui, et quelle sorte d'arrangement ?

On entrait de plain-pied dans un joli salon, raffiné, qui ressemblait à un intérieur décoré par ou pour une femme. Il y avait des rideaux en tulle, de la moquette blanche, des tissus bleu ciel sur les poufs et les canapés, des miniatures aux murs, deux grosses lampes chinoises avec des abat-jour bleu sombre, posées non sans recherche aux deux extrémités du salon.

Cette pièce-là était vaste, les hautes fenêtres ouvrant sur une cour en cercle, harmonieuse, calme, dont le gravier léger et blanc semblait entretenu avec soin au râteau. On pouvait admirer, de la fenêtre, la porte principale de l'hôtel avec consoles et mascarons, escaliers et ferrureries. Ce rez-de-chaussée, que Wence appelait avec désinvolture « mon pied-à-terre », avait dû autrefois servir de dépendance pour les domestiques et avoisinait les locaux du gardien. Wence ajoutait, pour que l'on comprenne :

— C'est lui qui assure le ménage.

La visite fut rapide. Il y avait une cuisinette, une salle de bains de petite proportion avec une baignoire-sabot, de beaux carreaux anciens noirs et blancs au sol, et deux autres petites pièces — l'une, une alcôve, contenait un lit étroit pour une personne, recouvert de coussins ; l'autre était tout entière occupée par une grande table encombrée de rames de papier, de feuilles blanches réparties en deux paquets.

— Tu vois, c'est là que je travaille mon manuscrit, me dit Wence en montrant la table d'un large geste du bras.

Il m'obligea à un demi-tour en me faisant pivoter par les épaules vers le salon. À peine avais-je eu le temps de distinguer, dans la chambre à coucher, deux valises grandes ouvertes, pleines de linge en désordre. Et dans le « lieu de travail », que Wence m'avait habilement, en se tenant entre la table et moi, empêché de beaucoup observer, j'avais pu remarquer que le paquet de feuilles vierges était plus volumineux que l'autre, sur lequel étaient posés en vrac crayons et stylos, et qui avait tout l'air d'un manuscrit, avec ratures, rajouts en marge, et cette écriture large et cassée — aucune lettre reliée l'une à l'autre — si facilement reconnaissable de Wence. Ma curiosité était-elle satisfaite ? Wence souriait, sûr de lui.

— Tu vois, je suis déjà assez avancé, ajouta-t-il en me repoussant vers le salon. Maintenant, il faudra cesser de me querel-ler sur la poursuite de mon œuvre, si tu veux bien.

Je choisis de ne pas répondre. Nous nous assîmes dans le salon, haut de plafond, où je commençai de noter toutes sortes de détails. Je n'étais même plus conscient de ce qui était devenu chez moi une seconde nature : noter les détails.

Les consignes et conseils des anciens du journal, ainsi que mes premières armes dans le métier, m'avaient accoutumé à jeter, sur tout endroit où je pénétrais pour la première fois, un regard circulaire, comme le radar qui émet son faisceau d'ondes et repère, ainsi, assez de points pour former un ensemble. Il fallait sans cesse scruter. J'avais compris cela assez tôt, dès que mon ami Paulo m'avait dit, lors de ma première incursion dans le monde inconnu du fait divers : « Note, note, prends des notes », et j'avais adopté cette méthode avec d'autant plus de souplesse et de facilité que je m'étais aperçu qu'elle faisait, sans doute, partie de mes instincts les plus profonds. Fouiller, noter, fureter, examiner, inspecter, sonder — tout était venu de ma curiosité congénitale, ce besoin, ce désir, voire ce don, m'avait fait naturellement, fatalement, aller vers le journalisme. Les yeux voyagent de droite à gauche, de haut en bas, de gauche à droite ; on enregistre tout ; on engrange ; on accumule ; on amasse ; il se peut que de ce tas émerge, avec quelque chance et quelque jugeote, un début d'hypothèse, sinon de synthèse. Et la méthode que vous appliquez aux lieux et aux objets, vous devez la soumettre à votre observation des femmes et des hommes. Les yeux, les mains, les gestes, la façon dont ils déplacent leur corps, dont ils le masquent, et comment ils passent leurs doigts dans leurs cheveux, et comment elles croisent leurs bras ou leurs jambes, et comment elles laissent entrouverte leur bouche... Et comment les yeux vous évitent ou comment ils vous cherchent... Rien ne doit vous échapper, tout est signe, tout parle, et vous devez noter, fouiller, scruter ! Et je le faisais désormais, systématiquement. Je le faisais à l'époque plus par instinct et mimétisme, par avidité et soif d'apprendre, que par calcul ou expérience. J'y trouvais un constant plaisir, une sorte de jouissance, une intensité que je croyais pouvoir dissimuler aux autres, mais qui ne trompait pas les animaux de la même race que la mienne. Ainsi Wence, qui m'en avait fait le compliment dès les premiers jours de l'enquête effectuée en commun à travers les bases américaines, dans l'Amérique française :

— Ah, tu vois tout, toi, m'avait-il dit sur un ton dans lequel je n'avais pu séparer l'envie de la bienveillance. Tu vas t'épuiser la vue à force de mater !

Et de me dire, maintenant, assis face à moi, dans le salon de son prétendu pied-à-terre, mais sur un registre plus agacé :

— Bon ça va, ça y est, t'as tout vu, t'as tout relevé ? Il ne te manque plus rien ? Tu peux pas arrêter un peu ? Tu crois pas que c'est insupportable et hautement impoli, cette façon de tout passer en revue, tout fouil-lasser avec tes yeux ?

Je n'avais pas tout vu — mais j'avais noté des livres entassés en piles, des albums épais, posés à même la moquette ; des cadavres de bouteilles de whisky soigneusement rangés sous l'évier de la cuisinette ; une paire de boucles d'oreilles dorées à moitié dissimulée derrière un cendrier sur un guéridon près d'une des grosses lampes chinoises ; un placard entrouvert, dans le petit sas entre la salle de bains et la chambre à coucher, laissant apercevoir des cintres de métal, vides de tout vêtement, et, au sol, des bottines noires à lacets ; un tas de courrier, enveloppes de formats divers, non décachetées, sur le rebord du protège-radiateur ; et quelques autres menues anomalies renforçant ma conviction que rien de ce qui était ici, à part les valises, n'appartenait à mon ami. Je mis provisoirement de côté mes doutes et interrogations, car Wence avait entrepris de me parler d'un sujet qui me tenait plus à cœur : la jeune fille nommée Lumière.

— Ses parents se sont aperçus très vite qu'elle était dotée d'un quotient d'intelligence très, très élevé — mais son quotient de clairvoyance, pour ne pas dire de voyance, l'était encore plus. Ça, ils l'ont compris dans un deuxième temps. D'abord, à peine a-t-elle été en âge de parler — et elle a parlé plus tôt que la plupart des enfants —, elle s'est mise à émettre des jugements sur leurs amis, leurs relations, leurs propres agissements. Bon, ça encore, c'était étonnant mais concevable : ils avaient mis au monde une surdouée. Parce que ce qu'elle leur disait avait un sens, c'était toujours très fondé, assez mûr, sensé. Ce n'étaient pas des mots d'enfant. C'était informatif, intuitif et logique à la fois. Mais ce qui était encore plus frappant, plus dérangeant, c'est qu'ensuite, lorsqu'elle a commencé à lire, et elle a lu très tôt, vers l'âge de trois, quatre ans, elle a, par ailleurs, pris l'habitude d'annoncer des événements, de prédire et de prévoir des faits, des changements de vie, des tournants.

— Mais quoi, demandai-je, par exemple ?

— Je ne sais pas, moi, répondit Wence, je n'étais pas là. Ils vivaient au Brésil, à l'époque. Elle leur disait quelque chose du genre : « Grand-Maman ne va pas bien du tout. » Et quelques jours plus tard, ils recevaient une lettre de Paris, de la baronne, indiquant à son frère que leur mère avait été victime d'une attaque cérébrale — puisque je te rappelle que la baronne est la tante de Lumière.

— Oui, je sais. Mais la mère de Lumière ? Parle-moi d'elle. Où est-elle ? Que s'est-il passé pour que Lumière se trouve confiée à sa tante ?

Wence leva les yeux au ciel.

— Mais c'est qu'il veut tout savoir, décidément, dit-il, sur ce ton parodique, presque efféminé, qu'il lui arrivait de prendre. Mais quel appétit ! Mais qu'est-ce qu'elle t'a donc fait ? Tu n'as passé qu'une ou deux heures avec elle !

Je lui fis un signe de la main, impatient, pour balayer ses remarques et tenter d'accélérer le flux de son information. Wence avait raison : je n'avais vu la jeune fille qu'une fois, pendant notre trajet en voiture, puis la consommation du café liégeois à la Brasserie du Nord, mais son image, ses paroles et cet air tour à tour innocent et chargé de toute la sagesse du monde n'avaient, depuis lors, cessé de revenir dans mes pensées.

— Eh bien, mon cher, reprit Wence, après avoir joui en silence de la supériorité que lui conférait sa connaissance des antécédents de l'étrange Lumière, sa mère est un jour devenue cinglée. Cinoque, braque, tu vois, faisant des choses imprévisibles.

— Mais quoi ?

— Oh, je ne sais pas, moi. Elle disparaissait quelques jours. Le mari la cherchait partout dans la ville. Lumière lui disait : « Maman va revenir », et elle ajoutait : « Mais son comportement n'est pas rassurant du tout. » Je te rappelle qu'à l'époque la petite fille n'était pas âgée de plus de dix ans.

— C'est toujours au Brésil ?

— Oui, dit-il. La mère revenait, en effet, mais elle s'était fait couper les cheveux. Elle était pieds nus. Elle disait qu'elle avait dormi sur la plage et qu'elle avait dansé toute la nuit avec des touristes ou avec des nègres. Le mari a pris peur. Lumière lui a dit : « Maman est en train de perdre la raison. » Il l'a crue. Il était habitué aux prophéties et aux éclairs de clairvoyance absolus de sa fille.

— C'est pour ça qu'ils l'avaient appelée Lumière ?

— Non, répondit Wence, comment veux-tu qu'ils aient vu tout ça à la naissance de la petite ?

La baronne raconte que s'ils l'ont baptisée ainsi, c'est beaucoup plus simple, c'est que, en effet, à sa naissance, elle était rayonnante, lumineuse, avec des yeux grands ouverts comme un adulte et un drôle de sourire béat sur ses lèvres. Alors l'un des parents, c'était peut-être la mère, a dit : « Cette enfant s'appellera Lumière », et c'est aussi bête que cela !

Je voulais en savoir plus.

— Bon, repris-je, et alors ?

— Alors ? Rien, fit Wence. Enfin, rien qui n'ait été prévu par Lumière. Elle avait bien vu les choses : la mère a fait des séjours en clinique. Elle a fait le tour des grands spécialistes. Elle n'avait pas toujours ce « comportement inquiétant » dont avait parlé sa petite fille, on l'a laissée ressortir. On l'a confiée à nouveau au mari. Mais elle faisait très vite n'importe quoi ; elle cassait des tables dans les restaurants ; elle se promenait à poil, la nuit, sur le Champ-de-Mars — car ils étaient rentrés du Brésil —, elle n'avait plus d'emploi du temps, plus d'organisation de vie, plus rien d'autre que sa folie sporadique, difficilement cernable ou explicable. Le mari a voulu tout faire pour éloigner Lumière de cette destruction quotidienne. Il l'a confiée à sa sœur, la baronne. On a mis la petite en pension. Il est parti en croisière avec sa femme pour faire un tour du monde. Apparemment, elle allait mieux. Mais rien n'y a fait. Elle a rechuté, rechuté. Lumière avait douze ans. Elle avait commencé de lire systématiquement toute la littérature mondiale, en commençant par les Grecs, les Latins, et puis le XVIe, le XVIIe, le XVIIIe, les essayistes. Des professeurs se sont intéressés à elle. C'était devenu un vrai petit génie, une manière d'encyclopédie, avec, en outre, sa faculté qui s'accroissait, avec les années, d'extralucidité. Si la baronne avait voulu, elle en aurait fait un vrai singe savant, une petite attraction mondaine, une bête de cirque. Mais je dois dire ceci : elle a tous les défauts du monde, la baronne, mais sur Lumière, elle est parfaite. Elle a su la protéger, et c'est pourquoi, au bout d'un moment, elle a choisi de la laisser aux Jonquilles, pendant toute la semaine, pour ne pas l'exposer au reste du monde.

Je commençais à comprendre, mais ma curiosité n'était pas encore satisfaite.

— Et les parents ? Que deviennent-ils ?

— La mère a recouvré la raison, un jour. Une vraie rémission. Un retour à la normalité. Elle a voulu divorcer. Épouser son psychiatre. Le mari a baissé les bras, soulagé, peut-être — mais il a obtenu que Lumière demeure à la garde de sa sœur. D'ailleurs, la mère n'a jamais réclamé la petite, qui devenait une jeune fille. Elle vit en Angleterre, et le père est retourné au Brésil. Tout ça, c'est du gâchis, c'est un gâchis faramineux.

— Mais Lumière, demandai-je, elle avait bien

son mot à dire, que je sache — elle n'a pas voulu vivre aux côtés de son père ?

Wence eut un petit rire.

— Non. Il vient la voir régulièrement, il fait le voyage tous les trimestres. Elle lui a dit : « À toi seul, tu ne peux pas me prendre en charge. C'est trop difficile pour un homme comme toi. » Quant à sa mère, elle a dit d'elle : « Si je revois ma mère, elle me transmettra sa folie. Préservez-moi d'elle. » Les Sorgues prennent ses jugements et ses décisions au sérieux. Ils respectent son ordre des choses. Romanesque, n'est-ce pas ? Romanesque, mon clampin !

Je me tus et réfléchis longuement. Wence m'observait. Il ajouta :

— Donc, voilà, nous avons affaire à un personnage supérieur mais fragile. Elle a tout juste seize ans. C'est une sorte d'ange, une espèce de médium. Une petite princesse d'un autre monde. C'est peut-être la sœur du Petit Prince de Saint-Ex — sauf qu'elle n'a pas besoin de nous demander : « Dessine-moi un mouton », c'est plutôt à nous de lui faire cette requête. Alors, bien sûr, on n'y touche pas !

Il répéta avec force :

— On ne touche pas à Lumière.

— Qui te fait croire qu'on veuille y toucher ?

— Rien, mon petit vieux, rien — mais je te redis : Lumière, pas touche !

Ce ton protecteur m'était insupportable.

— Et c'est toi qui fais office de gardien ?

— Non, répondit-il, mais la baronne m'a toujours demandé, chaque dimanche à Feucherolles, de garder un œil sur elle. Et puis tu comprends, l'écrivain qui est en moi sait bien que Lumière, le jour où elle se mettra à écrire, nous produira du diamant à l'état brut — mieux que du Radiguet, mieux que du Rimbaud. Ça se surveille, crois-moi, un trésor pareil, ça se ménage.

Je ne pus m'empêcher de sourire de la fatuité de l'expression « l'écrivain qui est en moi ». Mais je pardonnai à Wence, selon la formule si souvent énoncée. J'avais compris que, par-delà sa comédie, son avidité à suivre, épouser ou devancer les modes, Wence avait reconnu en Lumière, comme moi, une exception et une pureté, quelqu'un qui n'appartenait à aucun des mondes qu'il tentait de conquérir, un îlot imprenable de sagesse et de poésie. Pour lui, qui ne reculait devant aucune parodie, aucun geste de courtisan, aucune manœuvre d'intrigant, aucune médisance, la jeune fille représentait le contraire de sa frénésie ambitieuse, et lui servait, peut-être, de repère — lui qui semblait n'en avoir jamais eu. De mon côté, Lumière m'intéressait de plus en plus. Wence venait de m'apprendre qu'elle avait « tout juste seize ans ». Cette jeunesse freinait naturellement l'attraction que j'aurais pu éprouver pour sa beauté, la plénitude française de son visage, puisque j'étais à cet âge où l'inexpérience vous pousse vers celles qui possèdent de la maturité en amour. Ainsi la baronne m'avait-elle fait fantasmer, et c'était grâce à elle que j'avais pu rencontrer Lumière. La « francité » de Lumière, nouvelle pour moi qui n'avais jusqu'ici cru aimer que des « étrangères », ne me déplaisait pas. Mais Wence l'avait dit : « On ne touche pas à Lumière. » Pourtant, revenait souvent ce souvenir du visage limpide, la peau pure, le teint immaculé. Ses cheveux doux au regard et qui devaient être plus doux encore au toucher; cette tenue de pensionnaire sage, bon genre, cette jupe plissée bleu marine dont la façon suggérait une croupe un peu forte, la cambrure très marquée de cette jeune fille dont le corps était celui d'une femme. Et j'avais beau respecter la litanie de Wence, je jugeais qu'il n'aurait pas fallu beaucoup d'efforts pour qu'on ait envie de « toucher à Lumière », et que l'attrait charnel intervienne dans la préoccupation que j'avais d'elle. Je repoussai ces esquisses de désir et me retrouvai en unisson avec mon ami — partageant le même instinct :

— Tu as raison, lui dis-je, Lumière doit être sauvegardée de tout et de tous. Promettons-nous que nous ne la livrerons jamais à ce que tu appelles « tout le monde ».

Il me regarda avec une certaine intensité, perdant l'expression cajoleuse qui traînait au fond de ses yeux et trahissait son désir de plaire. Il y avait un autre éclat, ce soir-là, plus obscur et plus dur.

— C'est promis, dit-il d'un ton plat. Nous allons boire à cette promesse.

Il se leva, partit en direction de la cuisinette et en revint rapidement, une bouteille de whisky, du Black and White — c'était le plus couru, à l'époque —, à la main, un verre dans l'autre.

— Un seul verre ? dis-je.

— Oui, fit Wence, ici, chez moi, quand je suis seul, je bois direct à la bouteille, je me charge.

— Ah, dis-je, me souvenant du spectacle pitoyable qu'il m'avait donné, un soir, dans notre reportage commun en province, dans une boîte perdue, où il avait bu à outrance et s'était fait humilier par un paysan brutal et pervers.

Il me versa une rasade, fit tinter le ventre de la bouteille qu'il tenait entre ses mains contre mon verre et dit, d'un ton faussement solennel :

— Buvons à la jeune fille surdouée que nous ne toucherons jamais ni l'un ni l'autre, et que nous ne — comment as-tu dit, « livrerons », c'est ça ? — et que nous ne livrerons jamais à la médiocrité, à la corruption du Paris qui chante et qui danse et qui pétille et qui frétille. Ça te va comme toast ?

— Ça me va, dis-je.

Wence porta la bouteille à ses lèvres et but longuement au goulot, debout, les jambes écartées, la tête levée vers le plafond. J'avalai une partie de mon verre. Il reposa la bouteille au sol, s'assit sur le canapé, le visage écarlate, l'effet de l'alcool surgissant avec violence dans ses yeux et sa voix :

— C'est quand même marrant, dit-il. Tu ne vois cette fille qu'une fois et tu n'arrêtes pas de m'interroger sur elle — et elle, le week-end dernier, chez la baronne, elle a pas mal parlé de toi.

— Ah bon, dis-je, feignant de n'être pas intéressé. Qu'est-ce qu'elle disait ?

Il grimaça. Je voyais son corps, assis sur le canapé, se pencher lentement, imperceptiblement vers le sol, vers la bouteille qu'il n'avait pas rebouchée, posée comme un aimant. Il finit par la saisir et avala quelques doses supplémentaires, moins avidement que la première fois, de façon plus fractionnée, comme les bébés, lorsqu'ils chipotent avec leur biberon.

— Écoute, me dit-il d'une voix qui devenait pâteuse. Je ne te comprends pas bien. Tu te fais inviter chez les Sorgues. Tu fais une cour vulgaire à la baronne. Elle passe l'éponge, mais elle laisse entendre que, après tout, peut-être, pourquoi pas ? Et d'un seul coup, tu te passionnes pour la nièce. Et tu n'as même pas essayé d'envoyer des fleurs à la baronne, pour t'excuser, et tu ne t'es pas repointé, c'est totalement incohérent, tout ça. Faudrait savoir...

Il eut un regard vers sa montre. Il était vingt heures. Nous avions parlé dans la pénombre du salon. Les lumières étaient éteintes. Dehors, dans la cour ordonnée, les petits lampadaires disposés avec équilibre autour de l'hôtel particulier donnaient aux graviers une teinte qui virait du gris à l'orange. C'était l'heure à laquelle, habituellement, Wence s'embarquait dans sa quête à travers Paris. S'y apprêtait-il ainsi, en ingurgitant chaque fois un quart de bouteille d'alcool ?

— Tu ne sors pas ce soir ? lui dis-je.

— Pas tout de suite, non.

— Pas de Ronde ?

— Pas tout de suite, non, je te dis, fit-il avec exaspération. Mais je ne te retiens plus. Allez, salut, mon clampin.

Je ne sais à qui il avait emprunté cette expression. Elle était essentiellement utilisée dans certains milieux de la rive gauche ; peut-être provenait-elle du Flore, de cette zone des banquettes à côté de la caisse, juste à gauche en entrant, qui était un des arrêts favoris de Wence dans sa Ronde. Il y retrouvait quelques « rewriters », des types brillants, de vrais intellectuels, engagés dans les querelles de l'époque, et pas seulement des querelles de chapelle, mais aussi leur opposition à la guerre d'Algérie. Ils appartenaient à l'entourage du couple Sartre-Beauvoir. Wence n'était pas des leurs, il n'avait aucune idéologie, aucune soif pour le combat politique, aucun crédit réel auprès de ces gens, mais il gagnait comme eux sa vie dans les hebdomadaires fabriqués rive droite, en réécrivant (on disait rewriter) les textes les plus anodins sur la vie, les amours et les tragédies des princes et princesses de ce monde. On ajoutait à ce rewriting une once d'humour, de style et d'insolence, afin de démontrer que l'on n'était pas dupe de cette besogne facile, bien payée, mais peu valorisante et dépourvue de toute utilité ou toute signification au sein de la société ou de la cité. Les rewriters compensaient ce vide de sens par leur activité assidue au sein de revues exprimant l'idéologie dominante du moment, le « politiquement correct » de l'époque. Wence se contentait de vivre en marge de leur univers, jouant un rôle d'amuseur autant que de parasite, grappillant quelques bribes d'idées, quelques formules, un langage codé, rien de plus : « Salut, mon clampin. »

Au moyen de l'argot des fumeurs de Boyard de la banquette gauche du Flore, il me congédia donc, l'œil trouble, la bouche alourdie. Je partis dans la nuit, franchis la cour pour déboucher sur le Faubourg Saint-Honoré, vide ou presque. Je traversai la rue. J'avais trop souvent, récemment, fait la planque, pour ne pas être tenté d'attendre dans l'encoignure d'un mur voisin et planquer mon propre ami afin de découvrir ce qu'il allait faire, ce soir-là, après s'être autant « chargé » de whisky de façon aussi brusque, destructrice et peut-être désespérée. Mais je n'eus pas besoin de céder à cette vilaine intention : venue de la place Beauvau, une grosse Jaguar vert foncé se rangea devant la résidence. La baronne en sortit, vêtue sombrement, pantalon et redingote, sa silhouette plus haute qu'à l'accoutumée — elle portait des bottines —, un sac de voyage de cuir noir à la main, ses cheveux retenus par un foulard de soie noire. Elle était accompagnée d'un homme que je ne pus reconnaître. Il avait l'air jeune et costaud, baraqué, aussi massif que Wence était frêle. Ils ont pénétré dans la cour sans prononcer une parole, et la porte cochère s'est refermée. Tout cela s'est passé vite, dans une série de gestes qui semblaient familiers, habituels, déjà souvent accomplis.

Mon besoin de savoir s'est abruptement arrêté là. Je n'étais pas en mission professionnelle. Quelque chose dans les manières de ce couple, leur facile et rapide déplacement, quelque chose dans les yeux de mon ami lorsque je l'avais quitté, m'a ôté toute velléité de satisfaire plus avant ma curiosité. J'ai tourné les talons. Plus tôt dans la soirée, Wence avait eu un mot :

— Tout le monde a toujours envie de toucher au mystère.

Mais il parlait de Lumière. Et ce mystère-là, celui dont je venais de voir une partie du déroulement, je n'avais pas envie d'y accéder. Au fond de tout, je le respectais et l'admirais. Ma curiosité, à cause de cet amour et de ce respect, venait de trouver ses limites.

Quelques jours plus tard, je recevais une lettre de Lumière.

23

C'était une lettre d'aspect original, écrite — j'allais dire calligraphiée — au moyen de plusieurs plumes — ou bien plutôt avait-elle utilisé des pinceaux ? — et de plusieurs couleurs. Si vous l'éloigniez de vos yeux, un peu plus que la distance normale de lecture, cela ressemblait à un parchemin oriental, un paysage multicolore composé de traits et sinuosités harmonieux.

Le corps central du texte était rédigé à l'encre bleu sombre, presque noire, les passages entre parenthèses étaient traités à l'encre rouge, et l'accroche de chaque nouveau paragraphe, c'est-à-dire les quelques premiers mots de la première phrase, en orange. Enfin, il y avait du vert par endroits, mais ce n'était pas un hasard — le vert, de teinte plutôt jade, intervenait uniquement lorsque Lumière amorçait une citation et ouvrait des guillemets. Il ressortait de ce bel et curieux objet une impression d'habileté et de fraîcheur, un manque d'effort, même s'il était évident que son auteur n'avait pas pu passer moins de quelques heures pour fabriquer une telle lettre. À la simple vue de ce petit travail, avant même d'en avoir amorcé la lecture, j'éprouvai un sentiment de bonheur et de gaieté, comme devant l'œuvre d'un artiste inconnu.

La fragilité des choses, les périls qui nous menacent tous les jours me poussent à vous envoyer ce courrier.

On vous attendait l'autre dimanche chez ma tante. Vous n'étiez pas là. Votre ami Wence a laissé entendre que vous étiez parti en banlieue, pour recueillir des éléments aux fins d'une enquête sur un phénomène que l'on dit nouveau, et que les sortes de journaux dans lesquels vous faites vos débuts ont baptisé les « Blousons noirs ». Si le noir va à la délinquance, il sied aussi au deuil, et je pense que vous aurez vu dans le choix de cette couleur que la mort est recherchée par ces jeunes gens égarés. « Ne te demande pas pourquoi l'enfant brise, casse et souille, cherche quel mot il a voulu prononcer à la place de ses actes », écrit un pédagogue anglais dont je n'ai pas retenu le nom. Ne m'en veuillez pas d'ailleurs (à propos) si je cite parfois sans retrouver mes sources. Mon esprit est ainsi fait qu'il a plus la mémoire des idées que celle de l'identité de leurs auteurs. (Je ne suis pas Pic de La Mirandole.)

Donc, sans nouvelles de vous — et je soupçonne que l'on ne vous reverra plus à Feucherolles — mais fidèle à ma suggestion de correspondre avec vous, il m'a été un jeu d'obtenir votre adresse par votre ami Wence. Sans qu'il se rende compte, cependant, que je cherchais à le faire. J'ai été habile, facile ! Non que je sois rouée, hypocrite ou manipulatrice — mais je décèle entre Wence et vous trop d'effluves contraires. (Votre amitié entre en collision avec une jalousie réciproque, et la crainte aussi réciproque que vous avez l'un de l'autre.) Je ne veux pas alimenter une vindicte quelconque, et n'ai pas souhaité que Wence connaisse mon intention de vous écrire. Il est excessivement exclusif vis-à-vis de moi, qu'il tend à considérer comme « une protégée » — et vis-à-vis de vous, qu'il envie et qu'il aime —, et ce n'est pas la peine de susciter des difficultés là où ne devrait régner que la simplicité.

Simplicité, limpidité, quand parviendrez-vous à ce stade ? Vous êtes si confus, encore, tous les deux, si embarrassés dans vos ambitions et vos secrets, vos inhibitions et vos fanfaronnades. Mais vous avez de la chance, car vous avez toute une vie devant vous, afin de parfaire votre outil et d'accéder au simple, au limpide.

Limpidité. C'est le plus beau mot, peut-être, de la langue française. Êtes-vous d'accord là-dessus avec moi ? Connaissez-vous plus limpide que Ronsard, La Fontaine, Villon ? Oui, peut-être : plus limpide encore, ce serait trois lignes d'un haïkaï japonais :

Brume sur les prairies
Silence sur les eaux
Le soir tombe.

Mais est-ce aussi limpide que du Verlaine ?

Et le vent doux rit de l'humble bassin
Et la lueur du soleil qu'atténue
L'ombre des bas tilleuls de l'avenue
Nous parvient bleue et mourant à dessein.

Aussi limpides l'un que l'autre ? Non, ou plutôt si. Ils se rejoignent. Tout se rejoint, n'est-ce pas ? Gérard de Nerval a écrit : « Tout vit, tout agit, tout se correspond. »

Et puisque tout se correspond, permettez que je vous explique une des raisons de cette lettre. Elle est toute bête : vous me plaisez.

Vous me plaisez parce que la seule fois où nous nous sommes rencontrés, vous ne m'avez pas traitée comme un petit monstre. Vous m'avez posé des questions normales et non incrédules, celles des adultes apeurés quand je les rencontre. Vous ne vous êtes pas extasié sur mes malheureux petits pouvoirs, cette dose supplémentaire qui m'a été donnée par une force inconnue, et qui me permet de voir et juger, à seize ans, ce qu'un vieillard commence tout juste à connaître à la fin de son existence. Mais qui me permet aussi, ce qui est plus périlleux, d'entrevoir l'avenir, prévoir un destin. Je suis comme ça, je le sais et je n'en souffre pas, et je ne vais pas pleurnicher en clamant : « Traitez-moi comme toutes les autres jeunes filles de la terre » (enfin, sinon de la terre, du moins de la pension des Jonquilles ou du département de Seine-et-Oise), mais si je n'en souffre pas, il ne me déplaît pas non plus, par intervalles, de laisser reposer ce fatras. Surdouée ? Voyante ? Médium ? J'ai tout entendu, cachée derrière les portes des salons des psychiatres, des pédiatres, des salles à manger pleines de gens mûrs, ébahis et effrayés, j'ai eu droit à tous leurs regards, du plus béatement subjugué au plus violemment hostile. Mon anormalité, je vis avec — tant que je dois vivre. Mais vous étiez, lorsque vous conduisiez maladroitement la belle voiture dangereuse que Wence prétend posséder, vous étiez tellement calme et normal, vous sembliez si bien accepter mon habituel et parfois agaçant (j'en suis consciente) flot de jugements et d'aphorismes, que vous m'avez plu.

Oh ! Je voyais bien que ce calme dissimulait un étonnement rentré, une grande interrogation, peut-être une stupéfaction, mais vous gardiez cela pour vous, vous saviez maîtriser vos silences et c'est pour cela que j'ai souri pendant notre court voyage en commun. Mes parents, lorsque ma mère n'était pas encore folle et mon père pas encore désespéré, avaient coutume de dire que j'étais venue au monde avec le sourire, que cette particularité humaine, cette expression de contentement ou de sérénité innée, n'abandonnait jamais mon visage. Et comme ils associaient le sourire à la lumière, ils me nommèrent ainsi. La plupart des gens, mes parents en premier et ma tante également, se sont longtemps attendus à ce que ces pouvoirs, ces dons, disparaissent en même temps que l'enfance, au tournant de la puberté. Il paraît que c'est la règle générale. Le génie s'éteint avec l'enfance. (Encore faudrait-il savoir si j'ai du génie, ou plutôt si je suis anormale.) Et l'adolescent, devenant jeune homme ou jeune fille, aux prises avec sa révolution interne, retrouve la banalité. Mais cela ne se passe pas tout le temps ainsi, n'est-ce pas Mozart ? Ainsi, dans mon cas, j'ai grandi, je suis devenue une jeune fille ; j'ai un corps et ce corps a des sens, il en est traversé, et il les appelle encore très faiblement. Mais le reste, ce qui m'a été donné à la naissance, n'a pas changé. Mon esprit n'a pas cessé de s'ouvrir et de se développer, de s'élargir, et je suis demeurée ce que l'on définit comme une exception. Cette exception est aussi, j'insiste, une jeune fille française et qui subit les lois du corps de la femme. Cela a contribué parfois à amoindrir ce fameux sourire dont je parlais tout à l'heure. Je ne peux pas complètement éviter la mélancolie propre à mon âge, ni une forme maladroite de romantisme. Alors, contrairement à ce que tout le monde croit, le sourire me quitte. Il me quitte aussi souvent que les lapins se cachent dans l'herbe, aussi souvent que le vent fait trembler les cimes des sapins, aussi souvent que les truites sautent dans l'ombre des rivières. Eh bien, avec vous, cela ne m'a pas fait défaut. Lorsque le train a quitté la gare du Nord, j'ai pensé que j'avais sans doute dû déjà vous rencontrer quelque part dans une autre vie, et je crois que je vous rencontrerai à nouveau, au cours d'une autre étape de votre vie actuelle — même si l'enveloppe dans laquelle se cache mon esprit devait, entre-temps, changer. Nous y voilà, en effet.

Je ne veux paraître ni grave ni mélodramatique, je ne suis prophète d'aucun malheur. Je sais seulement, et cette chose m'a été dictée, et je ne peux la négliger, je sais que ce qui reste de l'année en cours est chargé d'un grand péril pour moi. Vous êtes trop perspicace, malgré votre tendance naturelle à vouloir aller vite (mais c'est de votre âge : « La vitesse est la musique des jeunes hommes »), pour ne pas avoir remarqué l'apparition fréquente du mot « péril » dans mon courrier. Oui, il existe un péril, et je le sais plus encore que je ne le sens. Il y a la possibilité de briser ma ligne, déjà fragile. Je ne connais pas le jour, ni l'heure, mais cela se passera cette année, ou bien cela ne se passera pas. Cela ne dépend pas de moi. La probabilité se présentera d'ici quelque temps et si le péril se matérialisait, et s'il l'emportait sur moi, si je devais disparaître, je tiens à vous écrire au moins une fois, pour vous assurer que, de toutes les façons, je vous rencontrerai à nouveau — mais sous une autre forme. Quant à la probabilité dont je parle, le théorème est évident : si un nombre précis d'éléments matériels et météorologiques entre en contact avec un nombre imprécis de coïncidences et d'erreurs, le rendez-vous se produira, et mon séjour sur terre aura été court.

Je sais que le temps n'est rien. Je sais que « tout n'est rien » (dixit le Chinois) et je n'entretiens aucune anxiété devant la perspective de la probabilité, qui peut n'être, après tout, que très infime.

Nous voici revenus au sourire : j'aimerais que le mien devienne le vôtre. Il me semble que vous ne souriez pas assez. Je n'ai pas vocation à vous donner des leçons, mais observez votre ami Wence : malgré la myriade de contradictions qui l'encombrent, il sourit souvent. Il avance dans sa vie avec une malice et une ironie qui servent de remède à ses douleurs, peut-être ses vices — ses frustrations, son manque de références et de racines, bref, toutes les contraintes dont vous avez la chance de ne pas souffrir. Seriez-vous trop sérieux ?

Comme je vous le disais, j'ai bien compris que vous ne reviendrez pas à Feucherolles. Nous aurions pu, pourtant, y converser sous la véranda. Nous reprendrions notre argument sur Montaigne, dont je persiste à croire qu'il dit les choses avec plénitude et simplicité, comme seuls les Français savent le faire. C'est notre fonds commun, au même titre que La Fontaine. Après quoi, nous aurions pu nous promener dans la forêt toute proche. Il suffit d'adopter un certain rythme de marche — j'aurais pu vous l'enseigner — pour que, de chaque fourré, les oiseaux débusqués viennent pépier autour de vous. L'éphémère bruissement et crépitement du croisement de leurs ailes dans l'air fait une musique réjouissante, comme la palpitation du temps qui s'en va. Mais oui, le temps qui fuit peut s'interpréter de façon réjouie. L'aléatoire et le fragile, le fugitif n'ont pas besoin d'être pris avec tristesse, mais dans la bienfaisante bonne humeur. Et c'est l'autre raison — la principale d'ailleurs — pour laquelle je me suis permis de vous faire ce courrier : conservez, je vous prie, en toute circonstance, votre bonne humeur.

Amicalement à vous.

Lumière.

24

J'avais ressenti une sorte de gaieté en ouvrant le parchemin de Lumière. Après sa lecture, ou plutôt ses lectures puisque je m'y repris à plusieurs fois, pour essayer de déchiffrer ce qui était pourtant clair, je fus sujet à des émotions contradictoires. Je fus d'abord alarmé par l'annonce répétitive de ce qu'elle appelait « la probabilité ». Quoi ? Que faisait-elle ? M'annonçait-elle sa mort prochaine, et avais-je donc eu raison, dès notre première rencontre, d'envisager Lumière comme un être en danger permanent ?

Que me disait-elle ? Devais-je alerter sa tante, m'en ouvrir à Wence ?

Il fallait être prudent sur la vérité cachée derrière cette lettre, car Lumière réclamait qu'on la considérât comme une vraie jeune fille. Je l'imaginai à sa table de travail, penchée sur le papier, le jeu de pinceaux et d'encres de couleur répartis autour d'elle et se délectant à écrire ces mots limpides : « Vous me plaisez », en le faisant peut-être avec ce sourire dont elle disait qu'il devait me servir de règle de vie. Comment était-elle vêtue ? Avait-elle conservé ce large bandeau bleu qui retenait ses cheveux ? Elle ne portait sans doute pas sa tenue dominicale, chemisier blanc et jupe plissée bleu marine, mais j'imaginais ses formes rondes sous une blouse de pensionnaire, et cet immaculé de sa peau sur les joues et le front, cet air poétique et presque enfantin mais de plus en plus féminin qui flottait autour d'elle. Aussi, à l'envisager rédigeant son message, je me prenais très subtilement, très doucement, à la désirer.

Enfin, j'avais l'impression d'avoir sous les yeux un beau devoir de classe, écrit par un élève particulièrement « en avance », comme auraient dit les professeurs, autrefois, au lycée — tellement en avance que cela faisait un peu peur. Mais cela vous donnait malgré tout envie de revoir la jeune fille. Je savais bien que je ne reviendrais pas à Feucherolles, parce que j'avais eu honte, après coup, de ma ridicule prestation devant Béatrice de Sorgues. J'avais développé à l'égard de cette femme une aversion aussi irrationnelle que l'attraction dont j'avais été brièvement victime. Il me faudrait faire fi de tout cela, si je voulais marcher sous les arbres aux côtés de la jeune nièce.

25

Quelque temps plus tard, tout s'accéléra, comme une boîte de vitesses devenue folle, qui passerait sans intermédiaire de la première à la cinquième surmultipliée, sautant les étapes, emballant le moteur, le véhicule et son passager, c'est-à-dire moi-même. Du coup, mes préoccupations amicales, mondaines ou vaguement sentimentales furent pour un temps occultées et balayées par cette frénésie professionnelle. J'en oubliai presque Lumière.

L'Étoile avait plié boutique. Pas assez de ventes au numéro, pas assez de publicité, le « bouillon ». On débauchait à tout va, et le propriétaire, plutôt que de revendre, avait dans un mouvement d'orgueil blessé décidé de saborder le journal. C'était un petit désastre, mais à l'époque, le travail ne manquait pas. Époque dorée, époque révolue : à partir de l'instant où vous étiez « entré dans le circuit », trouver du travail ne posait pas de problème. Il suffisait de vouloir. Il suffisait de se lever une heure plus tôt que les copains, et de démontrer son savoir-faire. J'avais à peine eu le temps de pleurer sur la mort de *L'Étoile*, la fin d'une équipe et d'une atmosphère, de personnages hétéroclites et mythiques qui m'avaient beaucoup appris, même s'ils m'avaient beaucoup bridé, beaucoup bizuté. On s'était à peine dit au revoir.

Le lendemain ou presque, j'avais sauté sur une occasion de remplacement pour trois mois dans la salle de rédaction d'une station de radio. Ça s'était bien passé. J'étais resté plus d'un an, bien au-delà de la durée prévue. J'y avais fait tous les ménages : les « petits trucs » comme les « gros coups », et j'avais assimilé une essentielle et fondamentale pratique : la capacité de raconter, décrire un événement, en phrases construites et claires, de vive voix et en direct, sans l'avoir rédigé au préalable. Cette arme me servirait ma vie durant, mais je ne le savais pas encore. J'avais tout connu : les nuits blanches quand on fait les bulletins du matin ; les départs en catastrophe pour un incendie ; un kidnapping ; un déraillement ; l'arrivée d'un chef d'État ; la sortie de prison d'un grand criminel ; la naissance d'une fille de prince ; le mariage d'un aga ; le viol d'une touriste hollandaise dans un camp de toile en Camargue ; l'inculpation d'un vieil intouchable de la politique, cacique du Parlement compromis dans une affaire de « ballets bleus » ; une conférence de presse du Général ; un débarquement de Marines à Beyrouth ; Piaf à l'Olympia ; Zanuck ; Gréco ; Cocteau ; le brouhaha des jours et des gens.

Et puis, la pression du temps, l'urgence de l'heure à laquelle on doit fournir son matériel ; la gorge serrée au moment de prendre l'antenne ; les rivalités entre jeunes et vieux ; entre les reporters « assis » et les reporters « debout ». Jusqu'où pouvaient aller ces rivalités, jusqu'à ce qu'un assis, que j'avais traité de ranci, sabote délibérément dans mon dos la bande de mon magnétophone portatif, mon Nagra. Je m'étais retrouvé, n'ayant pas pris la précaution de vérifier mes outils une dernière fois avant usage — ce qui était une erreur —, avec une bobine ayant tourné à vide, l'interview perdue, jamais enregistrée, le document raté, bref, le bide, la honte du retour dans les studios, les mains vides, grillé par les concurrents de l'autre côté de la rue. J'avais mis quelque temps à découvrir l'auteur de cette saloperie, et m'étais retenu pour ne pas lui serrer le cou entre mes mains. Je me souviens de l'esclandre dans la salle de rédaction à moitié éclairée, le soir ; du regard narquois et distant des vieux crocodiles suffisamment lâches pour ne pas intervenir dans la querelle, et suffisamment vicieux pour savourer ce moment — et du propre regard du coupable, les yeux fuyants, la bouche tordue, répétant : « C'est rien, petit, j'avais juste voulu te donner une leçon. »

Donner une leçon, la belle excuse ! Quelle leçon ? Et comment ? Il y a plusieurs façons de donner des leçons aux débutants. Les jeunes sont toujours prêts à les recevoir. Il vaut mieux qu'elles soient administrées avec d'autres ingrédients que la rancœur, la bassesse, l'amertume que procurent les comparaisons de l'âge, l'assouvissement des frustrations, des espoirs déçus, des illusions brisées. Et aussi, cette imbécile supériorité qui transparaît derrière des phrases du type : « Tu n'y connais rien ; tu peux pas savoir ; attends un peu, quand t'auras mon âge, tu verras » ; ou même la simple et universelle peur de voir une portion de son territoire envahie par cet animal haïssable : la jeunesse !

Il n'y a pas de différence entre une salle de rédaction et un atelier d'usine ; les bureaux d'une banque et les couloirs d'une maison d'édition ; les coulisses d'un théâtre et les vestiaires d'un stade ; une salle de garde et un plateau de tournage de cinéma ; un centre de formation de mécanos et la salle de tri d'une poste centrale ; la cantine des infirmières et le siège d'un syndicat ; le cabinet d'un archevêque et les antichambres d'un ministre ; le carreau d'une mine et l'aire d'arrivage des poids lourds des Halles. C'est toujours le même combat entre les nouveaux et les anciens ; la même haine entre ceux qui arrivent et ceux qui occupent la place ; entre la candeur et la rouerie ; la grâce et l'effort. C'est toujours la même revanche de ceux à qui rien n'a été donné envers ceux qui paraissent avoir tout reçu. C'est toujours le même instinct pour le conflit, l'agressivité, l'offensive ; le même scorpion face à la même grenouille ; les mêmes inexplicables et parfois salutaires inimitiés ; les mêmes irrationnelles et parfois destructrices ambitions. C'est toujours la même lutte, le même choc des hommes et des femmes entre eux et entre elles. La même comédie. La même vanité. La même cour d'école.

Aussi, lorsque vous rencontrez un aîné, un maître qui accepte de vous choisir et vous instruire comme un disciple, lorsque vous percevez ces affinités électives qui font le suc de l'existence, lorsque, sans arrière-pensée, celui qui sait s'ouvre à vous et offre sans l'ombre d'une contrepartie l'essence de son savoir et de son expérience, le fruit de son jugement, ne manquez pas le rendez-vous, jeune homme ! Si vous le manquiez, il serait mal venu de vous en prendre à la malchance ou à l'inattention, et vous n'auriez point alors d'autre ennemi à blâmer que vous-même, avant de rejoindre la trace poussiéreuse des médiocres que, hier encore, vous rejetiez de toutes vos forces, de la force même de cette jeunesse déjà menacée d'être contaminée par ces médiocres et ces envieux, dont le désir profond et obscur aura toujours été que vous commenciez par renoncer à vos rêves et que vous finissiez par ressembler à la réalité de leur désespoir caché.

TROISIÈME PARTIE

Un déjeuner au Berkeley

26

Les questions étaient précises.

Elles crépitaient, elles fusaient, serrées comme les feux des artificiers, au soir des fêtes de l'enfance, quand on imagine que l'on a vu fleurir et s'illuminer la dernière mais qu'il en éclot une autre, aussi brillante dans la nuit, et qu'on se dit alors avec délice qu'il en viendra encore une autre, et une autre, et que le ciel aura toujours l'allure d'un décor clouté de fausses et de vraies étoiles.

Il y avait de la poudre d'étoile dans les yeux du petit homme qui m'interrogeait et j'aurais eu peur, j'aurais été pris d'un trac indicible, s'il n'avait diffusé simultanément, dans ce même regard, bonté, gentillesse et généreuse indulgence. La voix était un peu nasillarde ; il parlait en staccato. On aurait pu être trompé par le ton si dru, là encore, comme pour les yeux, par ce métal, si cette énergie dans les questions n'était tempérée par l'expression d'une bienveillance sans limites. Vous ne pouviez pas craindre un pareil homme. Vous ne pouviez que l'aimer, vouloir le convaincre et le séduire.

— Donnez-moi une seule, et une bonne, raison que j'aurais de vous engager chez nous. Une seule. En une phrase.

On était au Berkeley, à l'heure du déjeuner. L'ancien Berkeley, avec la salle en longueur, partagée en son milieu et, de chaque côté, des rangées de banquettes ; avec cette atmosphère de club anglais, renforcée par la présence, à chaque table, d'une célébrité, un puissant, un talentueux. Tout ce monde bruissait, papotait, chuchotait, se surveillait et se congratulait. Les plus importants étaient installés dans la rangée de gauche en entrant, laquelle était légèrement relevée par rapport à celle de droite, et conférait, tout naturellement, une supériorité à ceux qui occupaient cette partie de la salle. Lorsque le maître d'hôtel m'avait accompagné jusqu'à la table la mieux située, au milieu de cette rangée, qui permettait à ses occupants d'embrasser d'un seul coup d'œil l'ensemble de la salle, et que, de leur côté, les clients pouvaient observer, j'avais eu l'impression de marcher au côté d'un chambellan qui vous conduirait au milieu de travées de courtisans, vers une audience avec un roi. Mais sa majesté de la presse, le petit Napoléon du papier journal, démystifiait tout d'un seul sourire, d'une seule bouffée de chaleur, de familiarité immédiate. Il ne s'embarrassait d'aucun protocole, ne semblant attendre aucune déférence, aucun salamalec, et s'il faisait preuve à l'égard de son invité — moi — et de sa compagne de table d'une constante et souriante courtoisie, il ne souhaitait en revanche rien d'autre que de la franchise de ma part, et de l'information : « Dites-moi ! »

— Dites-moi une seule bonne raison d'entrer chez nous.

Je ne m'étais pas préparé à cette question, même si, depuis deux années, j'avais nourri l'espoir, l'ambition de cette rencontre. Tout ce que j'avais fait, vu, vécu, écrit, produit et diffusé, appris et enregistré, jusqu'ici, devrait — m'étais-je toujours dit — aboutir à ce rendez-vous. Maintenant qu'il avait lieu, je me sentais nu, désarmé, mais aussi stimulé, exalté par l'occasion et la présence du petit homme, face à moi, partagé entre le souci d'afficher mes certitudes et celui de ne pas gâcher le précieux entretien. Je choisis de mettre mon arrogance dans ma poche et de rester aussi proche que possible de moi-même.

— Je vous demande pardon, répliquai-je, mais il n'y a pas une raison. Il y en a mille.

— Ça ne fait rien. On se contentera d'abord d'une. La première, celle qui vous vient tout de suite à l'esprit !

Il n'était pas retors, mais malicieux et malin. « Déjeunons ensemble », m'avait-il dit, à la fin de notre première et courte entrevue, quelques jours auparavant, dans son bureau, au siège du journal dont il était le maître : « Déjeunons, je veux mieux vous connaître. »

Je l'avais donc retrouvé au Berkeley quelques jours plus tard, à son invitation, par une belle journée de juin.

— Ça n'est pas compliqué, répondis-je, j'ai envie ! Si vous voulez connaître la première raison, eh bien, ce n'est pas une raison, puisqu'elle n'est pas du domaine du raisonnable, c'est l'envie. Je n'ai envie que de ça, comme on a envie d'une femme.

Le petit homme eut un sourire vif et se retourna vers la femme aux yeux brillants, noirs, assise à ses côtés. J'avais été surpris et un peu déçu de trouver quelqu'un auprès du petit homme, à mon arrivée au Berkeley. Je m'étais attendu à un tête-à-tête, et voilà qu'une troisième personne interviendrait dans ce que je considérais comme la « rencontre capitale ». Cela ne modifiait pas mes plans, car je n'en avais dressé aucun, allant au rendez-vous avec ce mélange d'insolence, de timidité, d'inconscience et d'optimisme qui faisait ma force et ma faiblesse. Mais la présence de cette femme modifiait l'échange. Il y aurait un témoin, un observateur, voire un juge. J'aurais su ce jour-là, sur le petit homme, tout ce que je compris et appris par la suite, j'aurais deviné que la femme était là pour livrer une réaction qui déterminerait l'approbation ou le rejet final. Puisque, pour le petit homme, le jugement et l'instinct féminins possédaient plus de valeur que tout autre. Il n'avait pris aucune décision importante sans consulter une ou plusieurs des quelques femmes qui avaient sa confiance, son affection, son indéfectible loyauté, son admiration épatée. « Les femmes m'étonneront toujours, devait-il me dire plus tard, nous ne sommes rien par rapport à la façon dont elles approchent la vie. »

— La deuxième raison, voulus-je continuer, mais le petit homme m'interrompit.

— Restons sur la première, si vous le voulez bien, me dit-il avec douceur. Restons sur l'envie. Ce n'est peut-être pas « raisonnable » comme vous dites, mais ça se décrit une envie, non ? Ça se raconte. Une envie, c'est une émotion. Le monde est dirigé par des émotions plus que par des calculs. Racontez-moi cette émotion.

Je regardai la femme aux yeux noirs. Le petit homme me l'avait présentée comme l'une de ses « collaboratrices ». Elle était élégante, vêtue Chanel, bronzée, sûre de ses gestes et de ses choix. Elle avait les cheveux courts, un port de tête altier, des pommettes hautes et marquées qui définissaient toute la structure de son visage — volontaire, presque carnassier, et pourtant plein de charme, séduisant et distingué. Elle ne me quittait pas des yeux, amusée et silencieuse, et je ne savais trop soudain si je ne devais, dès lors, autant m'adresser à elle qu'à lui.

— Très bien, dis-je. Voilà : quand je travaillais pour la page faits divers de *L'Étoile*, le premier journal sur lequel je me jetais, c'était le vôtre. Je l'achetais à la sortie de chez moi avant de prendre le métro, vers le Faubourg Montmartre. Je n'aimais pas toujours ce que je lisais, mais j'aimais les papiers dont je sentais que la construction, l'esprit rejoignaient tout ce que je cherchais à faire : de la couleur, du rythme, du détail vécu, de l'humanité, des faits, des faits, pas de théories, pas de brume abstraite, de la chair, des larmes, du rire et du sang. Ça me plaisait. Je me disais : « Je sais faire ça, moi aussi, mais j'ai quelque chose qu'ils n'ont pas : j'ai mon style à moi, mon ton, et je ne le retrouve sous aucune plume de ce journal, même la plus prestigieuse. Alors, me disais-je, peut-être ont-ils besoin de moi ? »

Je me tus un instant. Le petit homme ne parlait pas, attendait la suite.

— Je m'arrêtais toujours quelques stations de métro avant la mienne, pour descendre dans la rue où se trouve le siège de votre journal. Lorsque je passais devant les murs de votre immeuble, je ne pouvais m'empêcher de ralentir le pas. J'arrivais devant la sortie du garage, d'où s'échappaient motards et camionnettes, et je respirais une odeur d'encre d'imprimerie, d'essence, de gaz carbonique, et même si je savais que je retrouverais le mélange identique, un peu plus loin, au siège de mon journal, à *L'Étoile*, les parfums étaient incomparables, de la même façon que celui que dégage la femme désirée a sur vous une emprise plus forte, plus corsée, plus irrésistible que la même fragrance qui serait portée par une autre femme, et qui, sur elle, deviendrait banale, commune, du patchouli ! Et je me disais alors, pour contrecarrer la présomption de ma réflexion précédente (« ont-ils besoin de moi »), je me disais alors : « J'ai besoin d'eux. »

Je repris mon souffle. Je voyais que mes deux interlocuteurs attendaient, pressentant que je n'avais pas tout à fait terminé mon petit numéro, et j'ajoutai, comme pour les satisfaire, dans un élan de morgue à quoi m'avait poussé mon propre lyrisme :

— Ça vous va, comme description ? C'est un bon papier ? C'est de l'émotion, ça ?

Le petit homme éclata de rire et tapota du bout de sa pipe vide, qu'il serrait entre ses doigts courts aux ongles et aux peaux dévorés, comme pour applaudir sur le rebord de la table. La femme aux yeux noirs eut une autre sorte de rire et s'adressa à son compagnon, parlant de moi comme si j'étais absent :

— Il est très doué et très insolent.

— Oh, répondit le petit homme en regardant

la jeune femme, c'est parce qu'il est très timide. N'est-ce pas, jeune homme ?

— Bien sûr, dis-je.

Il retourna son visage vers moi. Sa face lunaire, son nez, petit nez pointu en l'air, son large front barré de si longues rides, un front de savant de bande dessinée en arrière duquel il rejetait de grosses lunettes à monture d'écaille sombre, ses lèvres gourmandes et rieuses, sa mâchoire de lutteur, ses sourcils toujours chahutés, toujours en bataille, et ses yeux dont les rayons envoyaient son émerveillement devant l'existence, sa curiosité des autres, sa perpétuelle recherche de l'inédit, l'indiscrétion, la confidence, la réponse aux interrogations que suscite l'éternel mouvement des hommes, des « gens » — les gens qui font le monde, le monde qui fait l'Histoire.

— Parlons sérieusement, j'ai lu vos papiers. Vous avez beaucoup de talent, et vous savez voir. Vos portraits sont excellents. Mais je ne sais pas qui vous êtes. Parlez-moi de vous, parlez-moi de votre mère.

Suivirent vingt, trente questions sur la famille, l'enfance, les frères et les amis, l'Amérique, le départ et le retour. Il savait faire parler. Il s'effaçait devant votre récit, parvenant à faire oublier le poids de sa propre personnalité, le prestige qui s'attachait à ses moindres gestes.

Il grignotait peu et vite, effleurant d'une fourchette négligente des pommes allumettes dorées et un steak aux champignons. Il trempait ses lèvres dans un verre d'eau, délaissant le vin, sa couleur et son âge, son origine et son appellation. Rien de tout cela ne semblait l'intéresser. Il roulait, en petites boules, la mie du pain que le maître d'hôtel venait renouveler. La nervosité, l'électricité qui se dégageaient de ce petit corps enfermé dans de la laine noire, l'intensité de son regard et de sa faculté d'écoute vous gagnaient, bientôt, et vous en oubliiez, à votre tour, aliments et boissons, pour ne plus vous consacrer qu'aux répliques et aux explications, aux descriptions et aux aveux, à un souci double : celui de paraître parfaitement soi-même, ne pas mentir, ne pas jouer la comédie, mais malgré cela, aussi, le souci de plaire et d'offrir son meilleur aspect sous la meilleure lumière, réussir la représentation. Car vous pouviez toujours laisser s'exprimer votre naturel, et s'épanouir vos ignorances comme vos prétentions, il n'empêche que vous étiez « en représentation ». Le petit homme le savait. Vous n'étiez pas le premier jeune homme plein de promesses à s'expliquer ainsi devant lui ; il effectuait aisément le tri entre le vrai et le faux, le bluff et la sincérité, l'exagération et l'humilité, sans que vous en preniez seulement conscience.

À ses côtés, à mesure que l'on avançait dans le

déjeuner, la femme aux yeux noirs intervenait, spirituelle, vivace et informée. Elle aussi, sans doute, au fil des minutes, construisait son jugement. Ou bien avait-elle déjà, d'instinct, choisi de dire à son compagnon : « Vas-y, tu peux l'engager », ou encore : « Je ne le sens pas » ? Mes préventions, mes craintes disparaissaient au contact de ces deux personnalités. J'entretenais le sentiment que la femme ne m'était pas hostile. Au contraire. Ils étaient devenus délicieux, tous les deux. C'était un bonheur de leur parler de soi, de donner libre cours à son narcissisme autant qu'au constat de ses insuffisances, et de ne ressentir, comme réaction, que l'intérêt passionné, généreux, de deux adultes, dont l'un d'entre eux, le petit homme le plus puissant et le plus chevronné du métier, n'hésitait pas à me dire :

— La jeunesse me rajeunit.

Nous étions fréquemment interrompus par le passage d'un des nombreux clients du Berkeley. Le rite était immuable : soit, en cours de repas, le client avait quitté sa table pour venir saluer le petit homme ; soit, ayant achevé son repas et se dirigeant vers la sortie, il faisait un détour pour sacrifier au même exercice. Le petit homme réagissait plaisamment. On voyait qu'il y avait depuis longtemps pris goût — non qu'il fût dupe des hommages et flatteries qui tombaient vers lui comme pétales de fleurs, mais il avait assez de sagesse et de connaissance de soi pour ne pas bouder son plaisir, ne pas enregistrer, même si ces simagrées duraient depuis des années, la permanente confirmation de l'accession du petit juif russe autodidacte aux sphères les plus élevées du pouvoir et de l'influence.

Et c'étaient des : « Bonjour, mon chéri. » Ou des : « Comment ça va, mon coco ? » Et aussi des : « Cher ami... » Et des : « Monsieur le ministre..., maître... »

Et, à chaque passage, il penchait sa tête bonhomme pour m'interroger :

— Vous connaissez ?

— Non, répétais-je neuf fois sur dix, je ne connais pas.

Et de me dire alors qui faisait quoi et qui était qui ; quel procès allait plaider cet avocat au parler gras et au nez épais ; quelle mission allait remplir ce diplomate aux cheveux frisés, blancs et soyeux ; quelle maîtresse allait être délaissée par cet impresario déjà chauve, aux yeux bleus ; quelle faillite pesait sur les épaules de ce ferrailleur aux mains moites ; quel contrat refusait de signer cette chanteuse au nez refait. Il adorait cela, la rumeur, les infos inédites, les coulisses et les secrets qu'un poète avait traités de « tas misérable », et qu'il préférait, lui, qualifier de pathétique, poétique, ou « pas si grave que cela », puisque, dans ce théâtre vivant qu'était la salle de restaurant du Berkeley, rien, aux yeux du petit homme, ne passait pour fondamentalement grave.

— Ah, ironisa-t-il alors à mon égard, je vois que vous avez encore beaucoup de chemin à parcourir pour bien connaître Paris. Vous êtes loin d'en avoir autant emmagasiné que votre ami Wence ! Qu'avez-vous pensé de son livre, au fait ?

27

J'avais été estomaqué, à vrai dire. Et même, un court instant, décontenancé et frôlé par l'aile tentatrice de la jalousie. Puis, très vite, heureux, et soulagé de me sentir heureux — sincèrement fier de mon ami.

Pendant que je prenais mon vrai départ dans le métier et que j'avais entamé un marathon de reportages, à tous les coins de la ville, puis du pays, puis du bassin méditerranéen — jusque même au Pakistan, et au Liban, et en Afrique encore française, et en Jordanie, puis jusqu'à Hollywood et à Chypre, bougeant sans cesse de gares en aéroports, d'hôtels en salles de transit ; vivant dans des trains, des avions, des voitures, des taxis ; vivant avec des téléphones ; couchant avec des femmes inconnues — pendant ce temps-là, Wenceslas Dubois avait achevé ce fameux manuscrit auquel aucun d'entre nous, Chemla et moi en tête, n'avait sincèrement cru. Cela avait créé une vraie surprise, car Wence nous avait dissimulé toutes les étapes de son itinéraire : finition du texte, contrat avec l'éditeur, épreuves et correction des épreuves. Lui, si prompt à la suffisance, si enclin à proclamer son autosatisfaction, aux rodomontades de tous ordres, avait su garder le silence pour pouvoir pleinement jouir de la scène qu'il nous avait offerte, un soir, à la Closerie des Lilas, lorsqu'il était apparu, illuminé de bonheur, portant entre ses bras plusieurs exemplaires de son premier tirage, et qu'il nous les avait distribués comme une maman des chocolats à ses petits, puisqu'il les avait empaquetés dans du papier bleu azur, avec un ruban jaune et un nœud à chaque ruban.

— Voilà, mes clampins, avait-il dit à haute voix, voici le premier volume de ce qui promet d'être une très grande œuvre littéraire.

Nous avions ouvert les paquets avec fébrilité, dans les rires, les cris de félicitations, les commandes simultanées et contradictoires de boissons aux serveurs ravis et complices, puisque Wence les avait inclus dans sa remise de cadeaux. La caissière elle-même avait eu droit à un exemplaire, accompagné d'un baiser appuyé de Wence sur ses lèvres rouges et catalanes. Il s'était assis sur un tabouret du bar, face à nous qui occupions déjà les banquettes, afin de nous avoir tous réunis dans le même regard, tout embrasser d'un seul coup, pour profiter de chaque seconde de son triomphe. Je le revois encore, les coudes et le dos appuyés au comptoir, son sourire enjôleur sur sa bouche légère, ses yeux étincelants derrière les verres, ses boucles blondes, plus longues qu'à l'accoutumée, débordant de sa nuque racée. Il était au comble de son art de plaire, mais aussi au bout d'un travail solitaire que j'avais jugé impossible, tant son rythme de vie, la dissolution de ses mœurs, la dispersion de ses activités, et, surtout, l'apparent simulacre dans lequel il se déplaçait m'avaient paru incompatibles avec tout travail littéraire sérieux. Je m'étais trompé, comme si souvent ! Wence brillait comme un petit astre montparno-germanopratin, au cœur de la nuit de notre jeunesse.

La matérialisation du livre, sa parution constituaient une surprise, mais la deuxième surprise tenait au texte lui-même. Nous nous étions attendus à l'un de ces récits maigres et légers, à la première personne, intimistes, insolents, cursifs et faussement candides, l'une des douzaines d'imitations qui avaient surgi depuis l'avènement de Sagan, modèle standard de l'époque — et qui traiterait de l'amour libre, de l'infidélité, du whisky, des voitures de sport, des nuits blanches, de l'impermanence des choses dans un territoire délimité entre la rue de Varennes et le haut du boulevard Raspail, avec excursion obligatoire vers Saint-Tropez, voyage de nuit, *of course*, entre les platanes de la nationale 7, après qu'on a franchi la porte d'Italie — des termes qui, à eux seuls, étaient synonymes de bonheur, à l'époque. Il n'était rien de tout cela.

L'ouvrage, sous sa couverture blanche au célèbre liseré rouge qui faisait pâlir d'admiration tout aspirant à l'acceptation dans la République des Lettres, était mince, certes, et court, mais il ne s'agissait pas d'un roman. C'était plutôt un essai — une suite de tableaux, entrecoupés de phrases saisies au vol, jetées entre chaque scène ou portrait comme de courtes fugues de piano entre deux sonates plus construites. Les scènes et personnages, alignés en chapitres elliptiques, sans liaison apparente, représentaient en fait la somme de rencontres et d'observations recueillies par Wenceslas au cours de ses fameuses et inépuisables Rondes. Le cachottier, le mariole, le petit malin ! Il n'était pas allé chercher plus loin que dans sa propre quête du « maintenant », pour livrer sa version personnelle des *Caractères* de La Bruyère — mais en y insérant, s'inspirant en cela des méthodes de montage des nouveaux metteurs en scène de cinéma, des bribes et morceaux bruts du langage du moment et des tics de mode. C'était brillant, cinglant, sans pitié, sans équivoque, et cependant sans clés. Personne ne pouvait réellement s'y reconnaître, puisqu'il avait atteint suffisamment de distance pour conférer à ses croquis la valeur de l'archétype, voire de l'universel.

Il l'avait intitulé : *Le Maintenant — mode*

d'emploi. Et le chapitre final avait pour titre : « Les lendemains du Maintenant » et il avait astucieusement laissé la page vide de tout texte.

Un grand silence s'était établi dans la salle, au bar, autour des banquettes de la Closerie, après le tohu-bohu des premiers instants, la surprise et les congratulations. Nous feuilletions tous le livre de Wence, et je relevais par instants mes yeux vers lui, dans sa pose hiératique, balançant doucement le pied de sa jambe qu'il avait croisée, assis haut, savourant sa réussite, et je pensais que j'avais eu bien tort de sous-estimer ce que j'avais appelé la superficialité de mon ami — puisque du spectacle même de la superficialité des autres, qu'il avait eu la finesse d'imiter afin de mieux les comprendre, il était arrivé à créer quelque chose.

— C'est un petit livre génial, dit à haute voix le premier d'entre nous qui referma le livre.

Il s'agissait de Villarella, un ami moins intime et moins proche — et que Chemla, Wence et moi-même hésitions toujours à intégrer dans notre petit groupe. Il nous amusait, nous fascinait parfois, nous irritait souvent. Surtout, nous n'éprouvions pour lui aucun de ces élans complices qui s'établissaient entre nous trois. Les yeux ronds, écarquillés dans un visage poupin aux joues vermillon, il avait l'allure d'un jeune enfant venu de la campagne, bas des pattes, franc et obstiné. Très vite, derrière cette apparence trompeuse, on reconnaissait les stigmates de l'obséquiosité et de l'ambition, l'acharnement du premier de classe, qui veut rester premier non seulement grâce à l'excellence de ses devoirs, mais aussi au fayotage systématique auprès des professeurs. D'ailleurs, Villarella ne dissimulait en rien sa stratégie :

— La flatterie, nous avait-il déclaré un jour, de son ton cru et candide, peut vous amener très loin, car la vanité des hommes, et en particulier des hommes de Lettres, et en particulier des hommes de Lettres un peu âgés, est insondable ! In-son-dable !

Il s'était donc mis au service de quelques-uns d'entre eux, jouant un rôle d'assistant-accompagnateur aux spectacles, aux cocktails littéraires, aux séances de dédicaces de livres — où il est bien utile d'avoir quelqu'un à ses côtés pour trier les livres, récolter noms et prénoms, établir les fiches ; il pouvait aussi bien leur servir de chauffeur, empruntant la bonne grosse Frégate de sa belle-maman qu'il conduisait avec sagesse, pour ne pas effrayer ses prestigieux passagers. Il était toute sollicitude, toute attention, se préoccupant de la santé de son « client », le divertissant de coups de téléphone quotidiens, d'anecdotes recueillies auprès des échotiers, toujours attentif aux anniversaires, aux petits gestes de révérence, aux intentions subtiles — une édition rare, un document ancien se référant à l'un des passages de l'œuvre du grand homme, un colifichet déniché aux Puces, une friandise pour l'épouse glorieuse du glorieux, quand ce glorieux avait une épouse, ce qui n'était pas toujours le cas. Car il était trop habile pour limiter son travail de cour aux seuls hommes de Lettres, et entendait bien ne pas négliger les « glorieuses ». Aussi leur envoyait-il des fleurs et des billets ; trouvait-il le temps d'écouter leurs doléances, parfois leurs révélations sur l'état désastreux du couple, en particulier en matière sexuelle ; et acceptait-il de promener le caniche pour son pipi du soir dans la rigole de la rue du Bac, ou de transporter le chat birman chez le vétérinaire de la rue de l'Abbé-Groult, afin de vérifier l'état de ses dents. Les « glorieuses » lui en étaient reconnaissantes et redevables, et s'habituaient vite à le solliciter, lorsque la moindre contrariété d'ordre matériel venait perturber la vie quotidienne de leur foyer ou de leur ménage.

— Ah, susurraient-elles à leurs consœurs, comme c'est reposant de savoir qu'il est là !

Il était disponible, souriant, serviable ; une crème de jeune homme, vous dis-je ; courbé vers ses aînés, si courbé qu'on craignait pour lui qu'il ne s'en relevât point, et que cette attitude n'altère définitivement sa silhouette d'enfant déjà vieilli. Mais il n'aurait pas réussi dans son entreprise s'il n'avait pas été disert, cultivé, toujours prompt et prêt à citer un vers, une phrase, un mot d'auteur, et faisant montre dans tout domaine d'une érudition encyclopédique, au service de laquelle il avait mis sa prodigieuse mémoire de premier de classe, de prix d'excellence, de très, très bon élève. Ainsi, lorsqu'il savait qu'il devait, ce soir-là, dîner en face d'un Nobel ou d'un nobélisable dont on connaissait la faiblesse pour le football, le rugby, ou je ne sais pas, moi, le bœuf en daube, avait-il potassé livres et dictionnaires, fouillé revues et documents dans les archives de l'hebdomadaire où il tenait sa rubrique théâtrale, et savait-il évoquer, au plus grand ravissement de son interlocuteur, les exploits de Julien Da Rui dans sa cage de gardien de but ; la course de Pomathios vers la ligne d'essai, ou les jugements de Curnonsky sur les bons bouchons des quartiers de Lyon.

— Ah ! Villarella, lui disait parfois Chemla, lorsque nous le croisions, rasé et ganté de frais, cravaté comme un communiant, en route pour aller chercher l'une de ses deux ou trois cocottes littéraires pour l'emmener à une générale de théâtre —, puisqu'il faisait fonction de critique dans un hebdomadaire, et remplissait d'ailleurs fort bien sa tâche, distribuant un quart de vacherie, trois quarts de compliment, écrivant comme il parlait, c'est-à-dire avec brillance et emprunt — ah ! Villarella, mon petit baratineur, tu t'épuiseras le cœur dans ta course infernale.

— Mais non, répondait-il, cynique et guilleret. J'aime ça, j'ai mon plan, j'applique les étapes de mon plan de conquête. Tout se déroule comme prévu.

Ce soir-là cependant, dans le bar de la Closerie, le pathétique Villarella fut le premier à qualifier de « petit livre génial » le travail de mon ami Wence, et je crus déceler dans sa voix d'habitude surfaite un accent de sincérité admirative.

— Wence ! Wence ! Wence !

Le bar de la Closerie s'emplissait à chaque instant de nouveaux arrivants, et je compris que le rendez-vous que m'avait fixé Wence quelques jours auparavant avait été répercuté à toutes ses relations, les hommes et les femmes qu'il avait croisés au cours de ses quatre ou cinq années de prise de possession du territoire parisien. Avait-il été aidé dans sa tâche, ou la rumeur avait-elle fait le reste ? « Tout le monde » semblait avoir répondu à l'appel. Il y avait le peintre du moment (crâne rasé, sourire muet et béat, ne se remettant pas encore que ses croûtes fussent soudain devenues des chefs-d'œuvre, grâce au simple coup de pouce à lui donné par la reine des échotières) ; le cinéaste de l'année (charme slave, pervers et hâbleur, capable de vendre une idée de scénario à la table du Fouquet's sans avoir écrit la première ligne ; corrupteur de pucelles bourgeoises, qu'il livrait volontiers à ses amis) ; la belle fille du jour (longs cheveux, guitariste et chanteuse, en qui j'avais cru reconnaître celle dont Da Silva m'avait parlé, une lycéenne qui, désormais, vendait des millions de disques) ; un chanteur manouche qui commençait à être reçu dans les soirées huppées ; un jeune député au regard étincelant (cherchant encore au service de quel parti — gauche ? droite ? — il devait mettre son intellect impeccable). Il y avait aussi les frères Pèche, l'un appuyé sur sa canne, la cape noire doublée de vert sur ses larges épaules, et l'autre, aussi dandy que lui, ses belles mains de collectionneur d'art virevoltant autour des joues pour les saisir et les embrasser, couple subtil et généreux, faiseur de réputation, dans le salon duquel tout jeune homme ou toute jeune femme d'intérêt était passé au moins une fois, pour tenter de recueillir l'imprimatur de ces redoutables conducteurs de tendances, leur célèbre, très attendue et très lapidaire note de passage : « On le reverra ! » ou, au contraire : « Nous ne le reverrons pas ! »

Il y avait aussi les amis des quelques salles de rédaction qu'avait traversées Wence. Nous sautions tous de jobs en jobs, de journaux en journaux, fabriquant inlassablement, au passage, amitiés, inimitiés, expériences communes, signes de reconnaissance, codes. Je reconnaissais certains d'entre eux : Viermar, reporter ténébreux, n'appartenant à aucun journal particulier, à la lisière de l'illicite, négociateur de documents secrets, de bandes enregistrées clandestinement, de photos interdites ; Darby, toujours entre deux voyages à Alger, entre deux complots et trois confidences de Massu et de Lagaillarde, agité et bavard, attendant le jour proche, selon lui, des putschs et des insurrections, des pavés et des barricades ; la brigade des photographes de *Match*, tous plus grands et plus beaux garçons les uns que les autres, qui s'étaient pour une fois arrachés à la terrasse de la Belle Ferronnière et avaient daigné traverser la Seine pour saluer Wence qui les faisait rire au cours des parties de poker chez le gendre de leur patron ; Juliette Keyla, poétesse aux cheveux gris, enveloppée dans ses voiles, accompagnée d'un agrégé de grec avec qui elle entamait son troisième grand amour du semestre. Il y avait enfin d'autres spécimens, appartenant davantage à la vie nocturne de Wence, et dont je n'arrivais pas à déterminer les origines ou le sexe. Des filles à cheveux courts, en pantalons, cigarettes aux lèvres — on était à ce tournant de la société où les femmes abandonnaient les jupes et laissaient librement pointer leurs seins à travers les chemises. Beaucoup de garçons au visage hâve, blanchi par les nuits ; et puis soudain devant moi, souriant et ouvrant les bras, comme pour m'accueillir après une si longue absence, la baronne Béatrice de Sorgues.

— Un revenant, s'exclama-t-elle. Embrassez-moi, voulez-vous ?

Je m'exécute. Elle n'a pas changé. Toujours vêtue de lin blanc, toujours évidente et toujours équivoque. Elle sent le tabac blond et un parfum fort, mélange de sucre et d'épices comme on en porte peu à l'époque. Il y a toujours sur son visage cet air qui m'a autrefois captivé, mais dont je découvre, à l'instant où je me suis détaché de son embrassade, que je ne lui accorde plus aucune signification, aucune importance.

— Que devenez-vous ? me dit-elle. Que n'êtes-vous revenu nous voir ? Lumière se languit de vous, savez-vous ? Wence me dit que vous ne vous appartenez plus, et que vous êtes tout le temps par monts et par vaux à travers le monde.

— C'est la seule raison de mon absence, madame.

Elle baisse le masque, et se rapprochant de moi, au milieu de la cohue, le long du comptoir du bar, elle me dit avec hostilité :

— Ne nous racontons pas d'histoires tous les deux. Nous nous sommes ratés, voilà tout. Il faut dire que vous n'avez pas fait beaucoup d'efforts après votre première tentative.

— C'était un fiasco, madame, plus qu'une tentative, dis-je. Je n'ai pas cru qu'il fallait vous revoir, même si cela m'empêchait de retrouver Lumière.

Elle se redresse et sourit sèchement. En la dévisageant, en étudiant ce teint mat, ces yeux, en détaillant à nouveau ce corps et cette poitrine qui m'avaient semblé exotiques, si sensuels, sous le voile à peine trompeur de la bienséance bourgeoise, je me demande pourquoi je m'étais entiché d'elle, comment avait-elle pu devenir, un court instant, une obsession. Avait-il fallu que je sois naïf ou inoccupé, ou à la recherche désespérée d'une relation amoureuse, pour que la baronne mobilise mes sentiments, et, surtout, me pousse à un tel ridicule. Elle prend alors mes deux mains en un geste violent et autoritaire, imprévu, elle les serre très fort entre les siennes, comme pour provoquer une réaction équivalente de ma part.

— On aurait pu faire tellement de choses, avec de telles mains, dit-elle.

Puis elle les retire et passe devant moi pour fendre la foule et se diriger résolument vers Wence qui, à son arrivée, daigne descendre du haut de son tabouret. Elle lui prend le bras, dans un geste familier, dans son attitude de connivence protectrice. Ils échangent quelques phrases, et je ne peux entendre leurs paroles, mais je devine leur satisfaction commune. Il est manifeste que Béatrice a contribué à l'organisation de la soirée. L'a-t-elle, même, financée ? Pourquoi pas, me dis-je, et qu'importe ! Seul, d'un coup, le moment de bonheur de mon ami compte, et j'oublie la perte définitive de ce qui n'avait été qu'une illusion amoureuse, pour me réjouir du spectacle de Wence s'engageant dans cette voie royale à laquelle nous aspirons tous.

Si l'on peut dire que, dans la vie de chaque homme, il existe un endroit particulier où il sait qu'il a connu le plus grand bonheur, on peut sans doute avancer la même idée sur le temps. Il existe un instant précis où vous savez que vous vivez une heure de joie pleine, sans précédent, et peut-être sans suite. Telle demeure aujourd'hui encore l'image du quart d'heure de gloire de Wence. Nonchalant, ayant souplement glissé de son tabouret vers le sol, légèrement ivre, empli d'une réjouissance qui brillait sur ses joues et dansait sur ses lèvres, semblant écouter les compliments du petit Villarella, les jasements d'une photographe de mode aux cheveux coupés ras et au corps d'athlète que la baronne tentait d'écarter de son aire, Wenceslas avait déjà le regard fixé au-delà des vitres de la Closerie, vers son cher boulevard du Montparnasse où il savait que l'attendaient, rangées le long du trottoir, les Aston, les Austin et les Jaguar, toutes décapotées, toutes le moteur ronflant, et au sein desquelles s'entasseraient garçons et filles de sa race et de son âge, qui partiraient dans la nuit, farouchement déterminés à ignorer les limites du temps, résolus d'oublier l'ombre, la cendre, la poudre et la poussière à quoi ils seraient tous un jour réduits.

28

Le petit homme s'était levé. Une communication téléphonique l'attendait près des vestiaires, à l'entrée du Berkeley.

— Je reviens, m'avait-il dit. Continuez sans moi.

Je n'avais pu m'empêcher de me retourner, à l'instar des autres clients dont les têtes et les corps s'étaient levés ou redressés pour voir le petit homme traverser la salle, marchant sur ses deux pantoufles de cuir noir sans talon qui lui servaient de chaussures, allure vive, distribuant sourires et gestes de la tête et des mains vers les visages familiers qu'il croisait en chemin vers le téléphone. Son corps ne s'était pas encore empâté. Il n'avait pas encore acquis ce ventre trop rond qui raccourcirait, plus tard, sa silhouette. Il sautillait dans son costume croisé noir, sa cravate à gros pois ; on eût dit un elfe chauve, aux manières enjouées, à l'impression contagieuse de gaieté et d'amour de la vie, avec cette soif de la nouveauté qui semblait le propulser puisque, au bout de ce téléphone vers quoi il se ruait, il entendrait peut-être une information inédite, il apprendrait peut-être un développement extraordinaire, et c'est pourquoi il y allait avec un tel enthousiasme, un tel constant appétit pour l'instant à venir.

Je me suis retrouvé seul en face de sa collaboratrice. Elle avait une façon intimidante de vous regarder, de ses yeux noirs et perçants, pointus, voilés d'or. Elle semblait débarrassée depuis longtemps de toute crainte vis-à-vis des hommes, mais ce n'était ni de l'effronterie ni de l'inconscience, car on pouvait plutôt, à bien l'observer, lire, malgré la tonicité de la peau et la légèreté des rides, qu'elle était sans doute déjà passée à travers quelques intimes tragédies, quelques ruptures et blessures, quelques humiliations et défaites. Mais sa volonté et son énergie avaient balayé tout le négatif, le doute, le regret. Elle avait rencontré le petit homme. Et il semblait qu'elle ait alors décidé une fois pour toutes, grâce à cette rencontre, d'affronter les gens et le monde comme un vainqueur, quelqu'un que plus rien n'abat. Sa féminité, sa coquetterie, l'élégance de ses gestes ne souffraient pas de cette allure autoritaire, cette personnalité forte et entreprenante. Elle avait déjà dû beaucoup aimer, et, plus encore, beaucoup être aimée. Mes déboires avec la baronne m'avaient au moins appris à abandonner toute prétention de conquête de la « femme de trente ans ». Je tentais donc, face à cette femme séduisante, et dont le jugement pourrait influencer l'homme dont j'attendais tant, l'impossible chose qui consistait, en cette circonstance, à ne jouer aucune comédie, et surtout à refouler toute tentative de plaire. Mais elle avait vu cela avant même que je reprenne la parole. D'une voix ferme et posée, sur un ton de confidence et de confiance, elle me dit :

— Cessez d'avoir le trac, tout va bien, c'est fini. Il ne faut pas avoir peur de Pierre, d'ailleurs. Il s'intéresse beaucoup à vous. Quant à moi, il m'a fait lire le dossier que vous lui aviez fait parvenir. Ils sont bons, vos portraits. Je crois qu'il a beaucoup aimé celui de la gynécologue.

— Lui, ou vous ? demandai-je.

— J'ai beaucoup aimé, moi aussi, dit-elle en riant.

Elle me confia qu'elle était en train de préparer ce qui allait, selon elle, constituer un véritable événement : une émission mensuelle de télévision que produirait le petit homme, avec quelques autres partenaires prestigieux. Il y aurait des reportages, des interviews, des documents exclusifs ; on enverrait des caméras aux quatre coins du monde ; on ferait parler les soldats d'Algérie, les pieds-noirs, Bardot, Piaf, de grands criminels, des dictateurs sud-américains, des ouvriers de Lorraine ; on irait dans les coulisses du sport, du spectacle, des mariages royaux, des conseils des ministres. À l'entendre, c'était une révolution journalistique qui se profilait à l'horizon.

— Tout le monde veut en faire partie. Ça vous dirait ?

— Vous pensez bien, m'exclamai-je. Bien sûr !

— Enfin, dit-elle, je crois qu'il songe à vous d'abord beaucoup pour le journal. Je vous le dis : vos papiers lui ont fortement plu. La gynécologue, Sinatra, les Beatles, l'Agha Khan, Hollywood... Quelle belle série !

Au bout d'une année de reportages continus pour la radio, j'avais en effet abandonné, comme mû par le secret besoin de reprendre mon souffle — de cesser de parler — et de revenir à l'écriture. J'avais accepté l'offre d'un mensuel : un grand papier par mois, rien d'autre ou presque.

— Le rêve, m'avait dit Wence. N'hésite pas, quitte la radio, prends l'offre et fais-toi titulariser grand reporter, puisque c'est ce que tu vas faire, en vérité, pour eux. Et puis, désormais, tu garderas ce titre pour l'avenir.

Mon rythme de vie, alors, avait profondément changé : sous la houlette d'un directeur de la publication subtil, patient et réfléchi, aimant brasser force idées et projets à long terme, j'avais pu entreprendre de vraies enquêtes fouillées, minutieuses, délivré de la pression du quotidien et de la fourniture heure par heure. J'avais effectué une série de portraits, entretiens et reportages, qui m'avaient mené du Pakistan en Afrique, de la principauté de Monaco à Los Angeles, des faubourgs de Liverpool aux confins de l'Argentine. Les papiers paraissaient chaque mois, longs, interminablement et merveilleusement longs. Je bénéficiais de ce privilège : on me donnait du temps et de l'espace. Un luxe, « un rêve », pour paraphraser Wence.

J'avais connu des aventures amoureuses et brèves dans des hôtels impersonnels ; lorsque je revenais à Paris, je retrouvais les amis, les lieux et les circuits familiers, mais déjà, insensiblement, je me détachais des petites « meutes » qui s'étaient formées en ville autour de ma génération, et tout en souhaitant appartenir au cercle des initiés, je voyais que je devenais chaque jour un peu plus solitaire. C'était le lot de cette profession. Le grand reportage vous détache, et vous ne connaissez plus tout à fait la vie collective d'une salle de rédaction. Cela ne me déplaisait pas. Seul, avec cette constante surveillance que j'attribuais autant à son amitié qu'à un souci de me tenir toujours sous son regard — la surveillance d'un aîné, affectueux certes, mais ombrageux et désireux de conserver sur moi une avance que, d'ailleurs, je ne lui contestais pas —, seul, Wence, à chacun de mes retours, m'accueillait, me « sortait », faisait son compte-rendu du « maintenant » et de qui était devenu « tout le monde », puisque dans sa subtile appréciation des jeux de la société Wence voyait bien et disait que tout le monde n'était pas toujours le même tout le monde qu'autrefois — c'est-à-dire avant-hier.

— Les jeunes ont définitivement pris le pouvoir au cinéma, les dinosaures sont balayés. La Nouvelle Vague a tout englouti, et ce terme s'est emparé de la plupart des activités de la ville. C'est pas croyable, mais c'est comme ça. Et puis c'est nous, c'est notre génération. L'Algérie ? Ça pète, ça va encore plus péter, avant que ça aille mieux — si ça va mieux —, ça torture — Massu, la Légion, les paras, tout ça grogne, mais ça, tu ne veux pas que je t'en parle, hein ? Tu ne veux surtout pas qu'on parle de la guerre ? Tu n'es surtout pas, bien sûr, décidé à te faire réformer, tout connement ? Ils l'ont tous fait : le couturier Zinian, le comédien Cassera, le mari de la star, Jabert. C'est pas difficile. Tu verras, il y aura des trucs très faciles à faire. Il suffira que tu joues au cinglé. Ou alors tu te fais passer pour pédé, c'est ce que j'ai fait moi, hein, j'ai appelé ma mère, toute la soirée, et je suçais mon pouce. Et j'avais même sorti une culotte de femme de ma poche, et je m'en caressais la joue. Tu avaleras du café, du Maxiton, ça te fera sauter le rythme cardiaque pendant les examens médicaux. Tu bois ton urine, ou tu pleures, ou tu dis que tu veux voir ta mère, encore une fois. Je t'assure que c'est ce qu'il y a de mieux, la mère. Et tu suces ton pouce, crois-moi, ça c'est imparable. Et merde ! On l'a tous fait ! Y en a même un qui s'est cassé la mâchoire avec la crosse du fusil qu'on lui a demandé de porter. Ben j'peux te dire que c'est allé vite : automutilation, dérangement mental, direction Val-de-Grâce, et hop ! Réformé ! Tout plutôt que d'y aller, non ?

— Oui, dis-je. Enfin, non. Enfin, oui et non.

Il soupira.

— Bon, passons. Écoute, mon clampin, ce que je veux te dire, c'est que tes papiers sont formidables. Maintenant, tu es fait pour la grande presse. Tu devrais quitter le mensuel. Ça va, tu as fait ce qu'il fallait faire. Il faut voir le petit homme. Il faut que tu travailles pour lui. Le moment est venu que je te présente à lui.

Je n'avais jamais osé faire cette requête à Wence : voir le petit homme. Nous nous disions, pourtant, presque tout. Lorsqu'il me véhiculait au volant de l'Aston, la nuit, traversant les ponts qui mènent à la rive gauche, il me contait son bonheur, sa jouissance d'être reçu, écouté, au sein du cercle du petit homme et de son épouse, la tsarine. Il avait commencé d'écrire pour le journal féminin qu'elle dirigeait. Wence était en pleine ascension journalistique et sociale. Sa dégaine, ses manières, son bégaiement (« l'ad-dition »), ses mots et saillies, sa frénésie de plaire qu'il compensait par un accroissement d'humour et bientôt d'autodépréciation, ses qualités de style et de mordant, le succès de son livre, ce ton si « parisien » qu'il donnait à ses articles, ajoutés à son travail plus ingrat mais de mieux en mieux rémunéré de rewriter principal d'un hebdo populaire appartenant au groupe dirigé par le petit homme, lui avaient ouvert à peu près toutes les portes. Et je sentais dans le ton de sa voix, comme je lisais, imperceptiblement, dans un certain épaississement de sa silhouette, sous ses éternelles tuniques de velours noir, qu'il était peut-être en train de perdre cette fragilité de cristal que mon père avait, un jour, devinée en lui.

J'avais entamé ma propre progression sans son aide. Je m'enorgueillissais de ne point me soumettre au jeu parisien et d'acquérir ma réputation d'une autre manière : par la seule vertu de mes reportages, mon travail et mes écrits, et toutes les collaborations multiples que le rythme d'un mensuel m'avait permis d'accepter, entre deux escales à Paris : un essai de reportage à la télé ; un scénario de court métrage ; une première nouvelle de fiction dans un magazine pour jeunes ; des piges un peu partout. J'étais à cette heure de la vie où l'éclectisme fait loi, où il faut tout essayer, où les avenues les plus bariolées et les plus diverses se doivent d'être empruntées, quitte à les enjamber, rebrousser chemin ou en fabriquer d'autres.

Mais rien de ce que je faisais ne trouverait de

sens si je ne rencontrais pas un jour le petit homme qui dominait le monde de la presse. C'était ma conviction, mon credo, mon projet secret, mon obstiné point de mire. Et je voulais l'atteindre avant d'être happé par la chose militaire.

Je savais que mon sésame le plus facile pour ouvrir la porte du petit homme s'appelait Wenceslas Dubois, devenu l'un des favoris du régime. Mais aucune force au monde n'aurait pu me pousser à lui dire :

— S'il te plaît, présente-moi à lui — parle-lui de moi.

J'étais trop orgueilleux, trop résolu à ne rien devoir à quiconque, et surtout pas à un membre de ma génération, trop acharné à appliquer ma doctrine intime : « Tu te feras toi-même. Tu seras reconnu pour tes seuls mérites. »

Aussi bien, lorsque spontanément emporté par l'enthousiasme de sa propre réussite et l'estime qu'il accordait à ma série de portraits et reportages, Wence m'annonça que j'étais « fait pour la grande presse » et, par conséquent, prêt à rencontrer le grand petit homme de cette grande presse, eus-je, à son endroit, un mouvement débordant de reconnaissance. Je m'étais toujours dit qu'un jour ou l'autre je me serais retrouvé face au petit homme, mais la proposition de Wence allait peut-être me faire gagner un temps précieux.

— C'est vrai ? Tu le feras ?

— Bien sûr, répondit-il, je le fais dès demain.

— Arrête la voiture, lui dis-je. Allons voir le fleuve.

L'Aston freina le long de la Seine à hauteur du Pont Royal. C'était la nuit. Il faisait frais, le ciel était d'un bleu soutenu, sombre. Je descendis et m'accoudai puis me penchai sur le parapet, pour voir couler la Seine, noire et lumineuse à la fois. Wence me rejoignit.

— Pourquoi ferais-tu cela ? lui demandai-je.

Il me regarda avec son sourire faussement naïf, un peu goguenard.

— Oh, tu sais, tu es la prochaine « découverte »... On parle déjà beaucoup de toi dans l'entourage du petit homme, et je le connais, il est curieux de tout, il a certainement lu tes papiers. Va savoir s'il ne va pas te convoquer un de ces jours, comme ça, sans crier gare. Alors dans ce cas-là, autant que ce soit moi qui te présente à lui — pour que le mérite m'en revienne, hein ! Le grand prêtre du « maintenant » ne pourrait tout de même pas laisser passer la nouvelle petite merveille sans être l'auteur de cet accomplissement.

J'ai grimacé. J'ai trouvé son explication trop cynique. Je n'avais voulu voir que de l'amitié dans sa proposition, et voilà qu'il me révélait qu'il y entrait aussi un calcul, une de ses subtiles manœuvres par lesquelles il avait su se gagner les faveurs des patrons de presse et des baronnes influentes.

— Fais pas la grimace, me dit-il. J'ai dit ça pour

plaisanter. Un jour, c'est moi qui aurai besoin de toi.

— Comment cela ? dis-je.

Il eut un rire de tristesse.

— Chemla et moi, on pense que tu es le plus sûr de nous trois. On se dit toujours que si on a un pépin un jour, un vrai, tu seras là pour nous recaser.

— Arrête tes conneries. Je débute ! Je vis en sursis ! Tout ce que je fais est provisoire. Comment pourrai-je jamais vous recaser ? Je ne sais même pas où je serai d'ici un an ! En caserne sans doute, en Algérie !

Il m'entoura les épaules de son bras, protecteur, fraternel, fataliste.

— Mais c'est pour quand on sera vieux que je te dis ça, mon clampin. Quand on sera vraiment vieux, c'est toi qui nous aideras. Tu vieilliras mieux que nous.

J'ai crié :

— Mais nous ne vieillirons pas !

Il a ri à nouveau et s'est détaché du parapet. Il regardait Paris dans la nuit, ses yeux allant de la rive droite à la rive gauche, et je ne savais pas si dans ce regard circulaire et possessif, Wence envisageait les territoires qu'il avait déjà conquis ou bien les sphères et les zones inentamées qu'il lui restait à investir.

— Bien sûr, m'a-t-il dit, bien sûr, nous ne vieillirons pas. Nous ne vieillirons jamais.

Puis il est revenu à moi, son anxiété première reprenant le dessus, son besoin viscéral d'être réconforté et cajolé, son appel pour plus d'affection, plus de reconnaissance. Il y avait longtemps que je n'avais pas entendu sa sempiternelle interrogation mozartienne :

— Tu m'aimes, tu m'aimes vraiment ?

— Oui, ai-je dit.

— Embrassons-nous, là comme ça, sur un pont dans la nuit, comme quand on était mousquetaires.

Il m'a pris dans ses bras, me donnant une large accolade. Il sentait un peu l'alcool. Je l'avais retrouvé tard, rue du Four, et j'avais déjà remarqué le frêle vacillement de sa bouche et le voile dans ses yeux qui indiquaient, chez lui, le point de dépassement d'une consommation raisonnable. Et maintenant, sur le trottoir du pont Royal, je recevais les effluves du tabac, du whisky, et cette odeur généralement poisseuse et vaine, le parfum sans joie des boîtes de nuit. Mais l'exaltation qui s'était emparée de nous balayait mes réserves et les équivoques :

— Demain, confirma Wence, le petit homme !

— Alors, fit le petit homme de retour à notre table, où en étiez-vous ? De quoi parliez-vous, hein, quoi ? Quoi ?

29

Les questions crépitent à nouveau. Le petit homme est insatiable. Le débarquement des Marines au Liban : qu'en avais-je retenu ? Cela avait été une démonstration de force, rien de plus, aucun coup de feu n'avait été tiré. Le petit homme sait tout cela. Ce qui l'intéresse, ce sont les images que j'en retire.

— L'Amérique, qui se déplace derrière sa force armée. Comment, derrière chaque soldat, toute la civilisation, toute la culture de masse est présente. Les machines à faire du Coca, érigées à quelques mètres des sacs de sable derrière lesquels se tenaient les soldats en faction. Pour un fantassin, vingt-cinq soutiens logistiques, culinaires et vestimentaires. Impressionnant.

— Et Hollywood ? Vous êtes resté longtemps ? Donnez-moi quelques images, comme ça, sans réfléchir.

Il joue avec un petit sachet de papier cellophane dont il a extrait un médicament blanc. Il semble devoir lui servir de dessert. Il croque la tablette avec un rictus de dégoût, il lui reste des taches blanchâtres aux commissures de ses lèvres espiègles. La jeune femme lui en fait la remarque. Elle saisit une serviette pour s'approcher de lui et effacer, du bout du tissu, le résidu médicamenteux. Il ressemble tout d'un coup à un enfant dont la mère essuie sur le visage les restes de potage ou de confiture. Il remercie d'un gentil sourire, même si l'amorce d'une contrariété a passagèrement transformé sa physionomie. Toute sa vie, il aura eu mal à son corps. Toute sa vie, il aura souffert de cette enveloppe, qui ne convenait pas à sa force, son énergie et son tempérament. Mais il aura décidé de dédaigner l'enveloppe, ignorer son corps, et puis l'enveloppe le rattrapera un jour, et il sera victime de ce qu'il a détesté le plus au monde : les contingences physiques.

J'ai écarté le bol de fraises à la crème que l'on venait de me servir, et j'ai fermé les yeux pour chercher les « images » qui m'ont été réclamées. J'ai l'impression que le « déjeuner du Berkeley » ne s'est pas mal déroulé du tout et que je n'ai pas raté l'examen. J'ai senti une telle dose de sympathie et d'amusement, de curiosité et d'indulgence de la part de celui dont je rêve d'être le collaborateur, que j'ai pu oublier tout ce que j'avais préparé. J'étais arrivé au déjeuner sinon armé d'un plan de bataille, ressassant du moins quelques formules brillantes et quelques citations, mais la force même de cette rencontre, le plaisir et la fierté d'être assis face au petit homme et de n'avoir pour autre tâche que celle de faire preuve d'un peu de franchise, pour une fois, de détruire les barrières de ma comédie, avaient tout balayé. J'ai eu la sensation des coureurs cyclistes d'être en roue libre, et de ne faire appel qu'au naturel et à ce goût pour raconter des histoires que le petit homme sait habilement amorcer et exploiter chez chacun. C'est son amour avide pour les gens qui m'a, peut-être, permis d'être moi-même.

— En vrac, lui dis-je, je pense à la moquette épaisse du salon de Jayne Mansfield, que dans sa nouvelle maison, au numéro 10011 de Sunset Boulevard, elle a fait installer. Je pense au vison de vingt mille dollars qu'elle porte sur son dos, en plein soleil, quand elle me reçoit, et qu'on appelle « Souffle du Printemps ». La moquette est blonde et épaisse, comme les cheveux de la dame, elle est aussi artificielle. Je pense aux sept mille fusils et revolvers dans la réserve à armes à feu de Paramount. La petite fille au téléphone près de la piscine où travaillaient Judy Garland et Gene Kelly. Cette fille s'appelait Liza. Elle écoutait sa mère, Judy Garland, et je voyais que la petite Liza, silencieusement, chantait du bout des lèvres, à l'unisson de sa maman. Je pense au prix de chaque olivier (cinq cents dollars), planté sur une colline pour un seul décor d'une courte séquence du *Spartacus*, mis en scène par Stanley

Kubrick. Aux efforts considérables de l'agent de publicité du jeune premier du jour, nommé Rock Hudson, pour me convaincre qu'il est débordé par ses amours féminines, bien qu'il respire l'homosexualité. Au scintillement des tombes de Forest Lawn, alors que la musique d'orgue et de hautbois est diffusée à travers les haut-parleurs dissimulés dans le gazon...

Le petit homme m'interrompt, ravi :

— En somme, une horreur.

— Oui, dis-je, une horreur et une beauté aussi. Je me souviens d'un soir où l'on était tout un groupe au-dessus des collines, avec toutes ces coulées de lumière sur tous ces toits plats à nos pieds, et il y avait là un poète et sa compagne, et ils me parlaient tous les deux du cri des coyotes, et un cow-boy, amant provisoire d'une romancière, me disait de son côté qu'il avait trouvé un serpent à sonnette sous son poste de télévision.

— Et alors ? demande le petit homme.

— Et alors, rien, mais j'ai mesuré ce soir-là tout ce qui restait de sauvage et d'inattendu, l'imprévisible de ces existences, la précarité du pays.

Il m'interrompt encore, cette fois avec plus de gravité dans le ton :

— Moi, vous savez, l'Amérique, mon Amérique en tout cas, ce que j'en ai connu, ce que j'en ai retenu avant toute chose, en un mot, ça n'a été que de la solitude.

Le petit homme n'avait pas aimé l'Amérique de la guerre — l'Amérique des années quarante. Il s'y était senti perdu, condamné à l'anonymat, incapable d'exercer ses dons et ce pouvoir qu'il avait acquis dans la presse et le Paris de l'avant-guerre, et que la fuite vers les États-Unis, devant l'invasion nazie, avait réduits à néant.

Là-bas, il n'avait été qu'un petit juif errant, repartant de zéro, employé à de menues besognes d'écriture dans la section française des bureaux de propagande américaine. Il parlait mal, atrocement mal, la langue du pays. Il avait connu la solitude, en effet, dirigé par des fonctionnaires qui ignoraient sa personnalité. Il avait connu le « tout est foutu », le « je ne suis bon à rien », le « personne ne m'aime », et la gaieté avait souvent disparu de son visage. Sa femme s'était beaucoup mieux débrouillée. Elle l'avait souvent laissé seul. Il en avait conçu de l'amertume ; il avait fait de la neurasthénie ; ceux qui l'avaient connu et aidé là-bas partageaient tous un même secret — dont on ne reparlerait jamais plus, une fois que, dans la France libérée, il redeviendrait l'empereur de la grande presse — selon lequel il aurait même envisagé de mettre fin à ses jours. Au plus profond du plus secret du cercle le plus intime, les mots « tentative de suicide » avaient été prononcés.

Quoi ? Comment ? Cette boule de vie, ce ludion, ce farfadet, cet amoureux de la nouveauté des événements, du spectacle de l'effort et de l'exploit ; ce chroniqueur-observateur-enregistreur-découvreur de son temps et de son époque ; ce perpétuel charmeur d'hommes et de femmes ; cette créature courte sur pattes d'où jaillissaient idées, blagues, aphorismes, suggestions, solidarité mais colère aussi, caprices, et décisions parfois contradictoires et injustes, et mises à l'index, et favoritisme et phénomènes de cour ; ce façonneur de réputation ; ce faiseur de rois ; cet arbitre de « l'air du temps » — l'expression qu'il avait inventée et dont je m'imprégnerais pour le restant de mes jours — ; cet hôte prévenant ; cet émerveillé permanent ; cet acteur central de la grande foire aux vanités ; ce pivot autour de qui tournaient fantoches et authentiques génies, parasites et gens de grande valeur ; ce symbole de curiosité, enthousiasme, goût du simple plaisir d'exister — quoi ? comment ? —, le petit homme avait donc un jour, dans une Amérique en guerre, machine gigantesque à fabriquer ce qui serait la plus puissante reconquête du monde et de la liberté, continent énorme qui engloutit les êtres, dans la mégapole insaisissable aux tours de verre et d'acier, indifférente aux réputations parisiennes faites pendant les années trente dans les salons de chez Maxim's, les salles de rédaction du deuxième arrondissement et les théâtres des grands boulevards — ce petit homme avait sérieusement considéré le suicide ?

Il avait fallu qu'il fût vraiment désespéré, au fond du trou, à l'époque, pour que celui qui redeviendrait le prince du Berkeley esquissât un tel geste... Naturellement, je ne savais rien de cela au moment de ce déjeuner, et il me faudrait de longues années et quelques indiscrétions pour entrer, bien plus tard, en possession de ce savoir, qui éclairerait, dès lors, d'une lumière nouvelle toute l'idée que je m'étais faite de lui.

Et sa simple remarque, froide et plate, sur la solitude en Amérique aurait dû me faire comprendre sur-le-champ pourquoi lorsque j'avais frappé à sa porte, quelque temps auparavant, alors que je revenais moi-même des États-Unis, je n'avais rencontré que le refus et le silence. J'avais, à l'époque, en ma possession une lettre de recommandation du doyen de mon université qui avait précisément connu le petit homme dans les services de propagande de Washington. J'avais naïvement cru que cette lettre m'ouvrirait sa porte. Or, les serviteurs zélés aux allures de clergyman qui avaient pour tâche de faire barrage à tous les inconnus et importuns qui cherchaient à rencontrer le petit homme savaient, eux, que ce qui me paraissait un atout constituait, en réalité, un handicap. Le petit homme n'avait aucune envie, pensaient ses serviteurs, de recevoir quelqu'un qui aurait pu lui rappeler, de près ou de loin, ses années noires américaines...

Ne sachant rien de ce secret, je résolus de ne point lui parler du mien — de mon premier échec, quelques années auparavant, devant l'un de ses sbires, lorsque j'avais insisté pour que l'on me reçoive. Eh bien ! tout cela était derrière moi, désormais, et j'étais face à lui, mieux armé, fort de mes années d'apprentissage, prêt à franchir les barrières et jouer mon rôle dans le grand jeu, dans la grande salle.

Si le petit homme a aimé mes images de Californie, j'ai compris qu'elles ne lui suffisaient pas.

— C'est bien vu, la Californie, me dit-il, et c'est bien raconté. Mais ce n'est pas seulement cela, Hollywood, n'est-ce pas ? C'est tout de même un peu plus compliqué, vous ne croyez pas ? Quoi ?

— Je vous demande pardon, ai-je répondu, j'ai été un peu élémentaire.

Le petit homme s'agite alors, demande à signer la note, éclate d'un court rire à l'écoute de ma dernière phrase. Il me propose une formule qu'il a déjà exprimée devant des générations de journalistes avant moi :

— Mais c'est très bien ce que vous me dites. Voyez-vous, il faut être élémentaire avec talent. Et si l'on n'a pas de talent, il faut être élémentaire.

Je me tais. Il ne souhaite donner aucune leçon, mais il ajoute, en se tournant vers sa collaboratrice :

— Nous avons rendu visite à Matisse, il y a longtemps de cela. Il y avait là un jeune artiste qui était venu lui montrer ses dessins. Matisse lui avait dit quelque chose de très vrai. Il lui avait dit : « N'ayez pas peur d'être banal. »

Puis, sans raison, pour me désarçonner ou bien pour indiquer que sa décision est prise, il m'interroge :

— Qu'est-ce que vous ne m'avez pas dit que je devrais savoir ? Qu'est-ce que vous m'avez caché, qui m'empêcherait de vous engager ?

J'hésite. Tout revient à la surface : les simulations, les certificats de complaisance, les inscriptions successives dans des instituts d'éducation les plus divers, les reports et les retards, le calendrier qui se resserre, et je sais qu'il me reste à peine un an, et que je serai bientôt rattrapé par la loi. J'ai déjà fait mes « trois jours », à Vincennes, au milieu de types dont j'ai haï la promiscuité, l'inculture, la vulgarité, et j'ai été déclaré bon, très bon, excellent pour l'uniforme. Comme j'ai trop attendu pour lui répondre, le petit homme, de sa voix souverainement douce, répète :

— Alors, vous m'avez donc caché quelque chose ?

À quoi sert de mentir ? Toute ma relation avec cet homme a débuté sous le signe de la franchise. Il en ira de même jusqu'au bout de cette relation à l'avenir, il sera l'un des rares êtres face auxquels je n'éprouverai jamais le besoin de travestir la vérité. Je souris piteusement :

— Eh bien oui, enfin non, je ne vous le cache pas puisque je vais vous le dire. Voilà, je n'ai pas fait mon service militaire. Je bénéficie d'un sursis, bien sûr, mais je ne sais pas très bien combien de temps il peut encore durer.

Il n'attend pas pour me répondre :

— Eh bien, ça ne fait rien, dit-il avec légèreté. Je prendrai ce risque.

J'ai du mal à croire que les choses soient aussi faciles et que cette « menace » qui encombrait mes pensées se trouve ici aisément balayée du revers de la main du petit homme.

— Merci, merci beaucoup.

Il découvre ses petites dents carrées, jaunies par l'incessant mordillement du fumeur de pipe, et il penche son corps sur la table.

— Ne me remerciez surtout pas. Ce ne sera pas forcément une partie de plaisir, parce que je me souviens que vous insistiez l'autre jour, lors de notre première rencontre, pour que je vous engage sous le même titre que vous aviez au mensuel : celui de grand reporter. C'est bien cela que vous m'avez dit ?

— Oui, dis-je.

Il ôte ses lunettes, frotte ses yeux de ses petits doigts courts et forts, aux ongles meurtris par les morsures — en fait, c'est à peine s'il possède encore des ongles, l'extrémité de ses mains n'est plus qu'un moignon de chair rougie, blanchâtre et rosâtre —, il devient soudain, pour la première fois, cinglant et cassant à mon égard, ironique :

— Vous êtes déconcertant de naïveté, mon petit coco. On ne devient pas grand reporter comme ça chez moi, par la seule grâce d'un titre dont on s'est fait affubler ailleurs. Pourquoi insistez-vous tant là-dessus ?

— Parce que, lui dis-je, je ne veux dépendre d'aucun chef de service en particulier — mais je veux travailler pour tous les services. Et je souhaite ne dépendre que de vous.

— Bien sûr, mon petit coco, bien sûr. Vous savez, moi, je veux bien faire une exception pour vous, mais je ne serai pas là pour vous tenir la main quand vous serez plongé dans le bain avec mes journalistes. C'est eux qui décideront si vous méritez ce titre, pas moi !

Songeait-il alors à ses hommes ?

Songeait-il à Varenne, élégant, composé, virtuose dans la cadence de ses paragraphes autant que dans le choix de ses pochettes, éclectique, ayant vécu le blocus de Berlin, la guerre de Corée et les intrigues de Washington ? Songeait-il à Mosko, visage grêlé de boutons, sourire en coin, dénicheur de faits divers, totalement inculte mais prodige de l'instinct, et dont la légende raconte que, envoyé au domicile d'André Gide qui venait de mourir — le rubricard littéraire n'étant plus trouvable et Mosko traînant dans les couloirs, on l'a tout de suite dépêché là-bas —, il téléphone au chef d'infos en disant : « Aucun intérêt votre histoire, le type est mort d'une mort naturelle » ; à Lulu, chroniqueur des années d'Indochine, époustouflant conteur des épopées et des catastrophes, torrent de mots, torrent d'images et de talent, l'œil bridé, la lèvre lourde ; à Manno, fin et subtil, à l'aise dans toutes les capitales du Maghreb, au courant des méandres de la révolution algérienne, mais capable aussi d'enregistrer les confidences des capitaines de l'armée française, qui fulminent et fomentent leurs complots ? Songeait-il enfin au plus célèbre, déjà fatigué, produisant beaucoup moins qu'autrefois, mais acceptant encore de temps en temps, par faveur pour son vieil ami le petit homme, de livrer quelques papiers exceptionnels, le plus grand, le modèle, le lion : Jeff... ?

Le petit homme a-t-il songé à tous ces hommes et n'a-t-il pas simplement décidé, par goût du risque et du jeu, parce qu'il aime et parce que ça l'amuse, et, comme on dit au poker, « pour voir », de m'accorder cette titularisation, et me jeter ainsi dans la fosse ? Pour voir comment je m'en sortirai, ou plutôt comment je serai dévoré ? Je reste songeur, car je sens les dangers, mais je m'accroche à mon idée — soufflée à moi, la veille, par Wence —, ne pas entrer par la petite porte, faire une entrée de « seigneur ».

Le petit homme semble pressé, d'un coup. Il tient à me faire une révélation. Il a pris un ton de chuchotement qui accentue son permanent zézaiement :

— Je vais vous dire pourquoi je vous engage. Ce n'est pas seulement sur le dossier de vos grands reportages pour ce mensuel que j'ai lus et qui sont bons. Ce n'est pas parce que tout le monde, et je dis bien tout le monde — en parodiant l'expression de Wence —, m'a parlé de vous. Non, c'est à cause de « La maman de l'assassin ». Ah ça ! Ça, c'était un sacré papier ! J'enrageais quand je l'ai lu dans *L'Étoile.* Le journal est mort et ça ne m'a pas fait pleurer, certes, mais ils avaient de bons écrivains et, surtout, de bons chefs d'infos.

Il en parle avec un ronronnement de bonheur. Il veut tout savoir :

— Vous l'avez eue comment, la photo, hein, quoi ?

Comme ça lui avait plu, ce papier, cet

« angle », cette photo et cette scène ! Pour un peu, il me l'aurait récité par cœur.

— Mais, dis-je, étonné, il est paru il y a plus d'un an, quand *L'Étoile* existait encore. C'est tellement loin...

Il semble vexé par ma remarque :

— Et alors ? Vous croyez que je ne lis pas tout, moi ? Mais vraiment *tout* ce qui paraît ? Vous pourrez toujours remercier ceux qui m'ont parlé de vous, mais dites-vous bien que vous ne devez votre engagement chez nous qu'à cela : la maman de Monsieur Frédo. Voilà, quoi ? C'est ce jour-là que s'est joué votre sort, mon petit coco. Vous ne le saviez pas. Et des papiers comme ça, il faudra m'en écrire beaucoup.

Plutôt que renchérir, j'ose émettre une réserve.

— Vous savez, ça n'arrive pas tous les jours ce genre de rencontre.

Il corrige son propos.

— Non, bien sûr, mais la grosse différence dans une histoire, si on la retient après l'avoir lue il y a plus d'un an, c'est quand on a senti un peu d'amour derrière. N'oubliez jamais ça : les bonnes histoires, les bons articles, ce sont ceux à travers lesquels apparaît un peu d'amour. C'est cela qui fait marcher les hommes et le monde.

Je souhaite le contredire. Je dis que je pense qu'il a tort. Le monde, celui que j'ai commencé à parcourir, et qu'il me faudra toute une vie pour comprendre, ne peut pas s'interpréter à la seule aune de l'amour. Les hommes sont-ils vraiment mus par cette force ? Sûrement, le petit homme sait mieux que moi ce que j'ai ressenti depuis que, pour la première fois, aux côtés d'un photographe balafré épris de mort et de guerre, j'avais enjambé des poutres fumantes et des corps calcinés, depuis mes plongées dans la misère des commissariats, des hospices et des morgues : le monde ne peut se résumer à l'amour ou à son manque. Ça ne fonctionne pas comme ça, dis-je avec véhémence. Et j'ai même, osai-je dire, expérimenté, bien avant d'effectuer mes débuts dans le journalisme, sur les routes du Sud-Ouest américain, dans les bars perdus du Colorado, la prédominance de la violence et de l'instinct d'agression. Et je me mets, comme Wence m'a pourtant conseillé de ne pas le faire, à étaler un peu de mon autre Amérique. Il y a l'absurde, dis-je, et je cite Camus, et il y a la peur, et la faim, et la volonté de puissance, non ?

Le petit homme m'a laissé pérorer. Dans son regard de juif russe, parisien, roué, habile profiteur et distributeur d'informations, de notoriété et d'influence, je vois poindre la supériorité bienveillante d'un aîné qui a, effectivement, connu beaucoup d'autres choses que l'amour. Il me semble découvrir la même lueur d'indulgence dispensée par mon père, à chaque fois que nous avions ensemble tenté d'aborder ce que cet humaniste appelait une « discussion d'ordre général ».

Une relation similaire est en train de prendre forme : je ne l'analyse pas ; à peine l'enregistré-je. Il faudra la distance des années, l'alourdissement de ma propre existence pour que je comprenne, un jour, que c'est à ce moment de ce que, dans ma mémoire non partagée, l'histoire secrète de ma propre évolution, j'ai intitulé le « déjeuner du Berkeley », qu'est né ce sentiment d'affiliation qui me fera, un autre jour, encore plus tard, tenir avec amour, précisément, la pauvre main exsangue du patron, alors que, étendu sur un lit d'hôpital, vêtu d'un pyjama noir bordé de rouge recouvrant son petit corps, trop petit pour une couche trop longue, il voudra donner le change et me faire croire qu'il n'est ni malade ni mourant, et que je le retrouverai aux commandes de son vacillant empire, dans les quarante-huit heures... — ce qui, évidemment, ne se produira pas.

Mais je ne sais rien de tout cela, pour l'heure, et je n'entends que sa réponse, qui se veut la moins supérieure, la moins paternaliste possible :

— Mais bien sûr, mon petit coco, c'est tout à fait vrai ce que vous dites. Bien sûr ! Mais nommez-moi seulement autre chose que l'amour qui mérite qu'on en parle plus de trois secondes tous les jours ?

Je reste coi. Sa collaboratrice, à ses côtés, continue de jouer le rôle de témoin silencieux, approbateur, qu'elle aura été tout au long du déjeuner. Le petit homme répète et bégaie, machinalement :

— Hein, quoi ?

J'ai vite compris que ses « hein, quoi ? » étaient plus des tics oraux qu'une manière d'exiger une réplique. Et comme je ne trouve aucune réponse à cette question, j'en reviens à son désir de me voir « écrire de bons papiers, comme celui de la maman de l'assassin ». Je lui dis :

— Je vous promets que j'essaierai de toujours faire de mon mieux.

Ai-je mis trop de naïveté dans la phrase ? Je l'ai vu s'épanouir à nouveau dans l'attitude d'un père devant un enfant. Mon serment de louveteau lui a plu. D'instinct, la femme qui l'accompagne a posé sa main sur la sienne, en un geste de compréhension immédiate de l'espèce d'attendrissement qui vient de le gagner. Il murmure, pour la femme autant que pour moi.

— Ah ! Comme vous avez de la chance d'être aussi jeune.

Il se lève et s'efface avec cette courtoisie que je lui connaîtrai en toute circonstance, une politesse sans parodie qu'il déploie naturellement pour laisser passer la femme qui l'accompagne et le jeune homme qu'il a décidé de prendre sous sa coupe. Il traverse la salle, qui frémit à nouveau au simple spectacle de ses petits pas sur ses étranges pantoufles de cuir noir. Il distribue sans ostentation, presque avec pudeur, des billets et des pièces à la fille du vestiaire, au maître d'hôtel, au portier, au voiturier, et nous voilà sur le trottoir de l'avenue Matignon. Un haut et fort personnage, chauve, épais, rubicond et imposant, vient lui serrer la main et l'écarte un instant pour un aparté. J'apprends, par la collaboratrice du petit homme, qu'il s'agit du patron d'une très grande agence de presse. La vision de ce géant rougeaud se penchant vers le petit bonhomme au teint blanchâtre, qui, de son côté, dresse son cou, sa tête, ses lunettes et son nez de titi parisien vers cette tour humaine, aurait quelque chose de comique si l'on ne percevait pas, d'évidence, que le rapport physique est à l'inverse du rapport du pouvoir. Combien de fois à l'avenir le verrai-je ainsi, dans une salle de rédaction, de projection, de montage, dans les couloirs mal éclairés de la rue Cognacq-Jay, dans le hall aux gravures 1930 de la rue Réaumur, avec sa grosse et ronde tête pâlotte à la verticale, comme un moineau levant son bec vers de la nourriture, mais le moineau pesait plus lourd que tous les loups, les ours, les centaures avec lesquels il dialoguait. Et c'était pour cet oiseau génial, précieux, ce stimulateur de talent et d'énergie, ce critique lucide au regard d'expert que j'écrirais donc mes papiers. Pour lui, d'abord. À la seconde où j'avais senti que nous nous étions connus, reconnus, qu'il m'avait accepté, que nous nous étions rencontrés, il était devenu celui auquel je penserais en premier, lorsque, du bout de la France ou du bout du monde, je construirais mes récits, j'écrirais puis dicterais mes histoires. J'avais souvent, à mes débuts à *L'Étoile*, puis dans les autres organes de presse, entendu dire : « Pensez au public, parlez pour lui, écrivez pour le public » — mais quel était le visage du public ? À quoi ressemblait le public ? C'était quoi, le public ? Le privilège qu'allait m'offrir le petit homme consisterait en ceci qu'il savait, lui, qui était le public, puisqu'il était, à lui seul, le public. Il suffisait donc d'écrire à son intention, et l'on atteindrait peut-être, sinon à l'universel, du moins à l'intelligible. Il m'avait dit aussi :

— Si l'on n'est pas très intelligent, il faut être très intelligible.

Il revient vers nous, pénétré par la conversation qu'il vient d'avoir avec le géant, son confrère.

— On vous dépose, me dit-il. Vous allez quelque part ?

Je ne vais nulle part, je n'ai aucun rendez-vous, mais il me semble impossible d'interrompre la rencontre, et je bredouille que cela m'arrangerait d'aller, mettons, jusqu'à la place de l'Étoile. La collaboratrice s'est assise à l'avant de la Bentley. Je m'extasie devant le téléphone de bord. C'est une rareté à cette époque. Il est fiché, gros appareil noir, dans un cadre de bois d'ébène, et le petit homme, aussi fier qu'un enfant d'un beau joujou, me propose de l'utiliser. Qui puis-je appeler d'autre que Wence ?

— Allô ? C'est moi. Devine d'où je t'appelle !

Le petit homme m'observe et sourit devant la vanité de mon geste. Mais peut-être l'aurai-je ainsi rassuré, puisqu'il n'aime rien tant que ceux dont la faculté d'étonnement et de jeu ne disparaîtra jamais, quelles que soient les blessures du temps et de l'âge. Lorsque j'ai raccroché le combiné sur son socle, il dit :

— À propos, votre ami Wenceslas n'a pas arrêté de me dire du bien de vous. N'oubliez pas cela.

Je hoche la tête en silence. Le petit homme s'adresse à la femme devant lui :

— Je vous ai raconté que Wence nous a amené un drôle de personnage, l'autre jour, à Louveciennes ?

— Oui, vous m'en avez déjà parlé.

Je dresse l'oreille, intrigué.

Le petit homme a senti que j'ai réagi, et il m'interroge :

— Vous avez entendu parler d'une toute jeune fille, figurez-vous qu'on l'appelle Lumière, quoi ? Étonnante, je dois dire, hein ? Ce qu'un enfant de cet âge aura pu me dire sur moi-même en moins d'une demi-heure, je n'en suis pas revenu ! Wence nous aura encore épatés avec cette nouveauté. Il va falloir faire quelque chose à propos de cette fille — peut-être en parler à la Commère.

J'ai le cœur au bord des lèvres, je suis navré. La Bentley s'arrête à hauteur de la place de l'Étoile, au sommet, à l'angle des Champs-Élysées et de l'avenue de Friedland, le long de la courbe. Je serre des mains. J'entends dire :

— Je rédige votre lettre d'engagement. Tenez-vous prêt. À très bientôt.

Je me retrouve seul, face à l'Arc de Triomphe, sur le terre-plein, et j'ai besoin de respirer, d'emplir mes poumons d'air, et puis de les dégager. Je me surprends à crier, à hurler à la façon d'un supporter d'une équipe gagnante :

— OUAAAIIIIS !

Et cela au milieu des pigeons, et de quelques passants qui me dévisagent, ahuris, en ce glorieux après-midi. Je ne sais pas si je crie de bonheur parce que le petit homme vient de me signifier que je vais, sous peu, appartenir à son équipe, et que c'est une victoire ; ou si je dois hurler de colère parce que j'ai compris que Wence a trahi le serment que nous nous étions fait à propos de Lumière, et que c'est une défaite.

30

Je n'avais pas revu Lumière. La perspective de la rencontrer chez sa tante m'avait paralysé. Pour moi, la baronne représenterait toujours l'échec de mes débuts mondains à Paris, une scène ridicule, le rappel de mes insuffisances, ma goujaterie. Je ne souhaitais pas retourner le dimanche à Feucherolles dans ces salons friqués, sous le regard narquois de Wence et ses partenaires de gin-rummy, de la plaisante baronne, son mari et ses amis dont j'étais sûr qu'ils avaient été informés de mes fautes de goût. Mon orgueil blessé, ma petite vanité m'empêcheraient de revoir Lumière, et je me disais tant pis, d'autant que je quittais souvent Paris. Tant pis pour Lumière, tant pis pour moi, puisqu'elle avait, dans sa lettre multicolore, talentueuse mais alarmante, exprimé le désir de me revoir.

Mais rien ne m'empêchait de lui écrire.

Nous avions amorcé une correspondance. Ses lettres étaient plus longues que les miennes.

Lumière y insérait des haïkaïs japonais, des dessins et des extraits de poèmes, souvent traduits du chinois. Elle ne revenait pas sur sa sombre prophétie, mais je sentais parfois entre les lignes une sorte d'appréhension, une réserve vis-à-vis de son avenir. Surtout, elle me prodiguait ses conseils : « Défiez-vous d'être atteint par la philautie — dont parle Plutarque —, cette passion invétérée de soi, qui empêche de voir clair. »

Je répondais :

Rassurez-vous ! Le journalisme, de plus en plus, me permet d'abolir une partie de mon narcissisme. Je crois que c'est la meilleure école au monde pour apprendre la modestie et s'imposer le sens de la relativité.

Elle répondait :

C'est bien, ce que vous m'écrivez. C'est encourageant. N'oubliez pas que l'art exige de l'humilité et le succès exige de la grâce. Vous n'en êtes pas encore à faire de l'art, j'en suis bien sûre, et vous ne connaissez pas encore le succès, même si je vous le prédis, mais il n'est jamais trop tôt pour faire son plein d'humilité et de grâce.

Je prenais un vif plaisir à ces échanges. Je m'étais pleinement accoutumé à ce qu'une jeune fille de quatre ou cinq ans ma cadette me prodigue ainsi leçons, préceptes et pensées. Je touvais cela drôle, émouvant, singulier. Elle était miraculeusement douée, et ce miracle était d'autant plus précieux que nous étions peu nombreux à en connaître l'existence. Peut-être étais-je doucement en train de tomber amoureux d'elle, et peut-être la distance augmentait-elle, tout aussi doucement, la validité de cet amour. Mais je ne voulais pas encore le voir. Je ne savais trop pourquoi, mais cela m'arrangeait presque que nous n'ayons, ensemble, pour l'heure, qu'un contact épistolaire. Peut-être cette présence, par sa correspondance, suffisait-elle à remplir une partie du vide de ma vie affective. Peut-être tenais-je à me prévenir de la vague pulsion de désir qui m'avait gagné lorsque je pensais à sa taille forte et à la cambrure de ses cuisses sous les sages plis de sa jupe bleu marine. Elle était si jeune, c'en était intimidant. Il ne me semblait pas que l'heure fût venue.

Je lui décrivais mes progrès dans le métier, et j'avais joint à l'une de mes lettres le portrait dont j'étais le plus satisfait : vingt-quatre heures dans la vie d'une gynécologue. Il avait fait partie du dossier qui m'avait valu d'être distingué par le petit homme. À tous mes reportages et mes voyages lointains, mes descriptions exotiques, Lumière avait, elle aussi, préféré ce que l'on appelait dans notre jargon le « close-up » (plan rapproché) de cette femme que j'avais suivie dans ses pérégrinations professionnelles à Paris, et qui m'avait fait assister à une césarienne, très tôt, un matin, dans une clinique. J'avais raconté l'opération, ses préparatifs et ses suites, sans littérature, en tâchant d'employer les termes et les mots les plus simples, et aussi les plus techniques. L'expérience m'avait passionné ; la femme m'avait impressionné ; la venue au monde, tête luisante, comme un obus sortant de son silo, du ventre de la mère, de celui qui fut « mon premier bébé » avait suscité chez moi un mélange de joie et de crainte, le début d'une sorte de méditation.

« Vous êtes un peu tombé amoureux de votre sujet, il me semble », avait judicieusement noté Lumière dans sa réponse. Quant au petit homme, lorsqu'il m'avait invité à venir pour la première fois dans son bureau, c'était à cause de ce reportage. Sa convocation coïncida avec la recommandation que Wence lui avait faite à mon sujet la veille, et j'aurais toujours quelque mal à discerner à qui et à quoi j'avais dû ce premier rendez-vous qui devait déboucher sur le décisif déjeuner du Berkeley. J'avais été très reconnaissant à l'égard de Wence.

Or, voici que je venais d'apprendre, et cela même de la bouche du petit homme, quelque chose qui me révulsait : Wence avait sorti Lumière « dans le monde ». Il l'avait exhibée. Il était arrivé un dimanche à Louveciennes, chez le petit homme et son épouse, avec la jeune fille aux dons hors normes à son bras, et il s'était servi d'elle pour épater les membres de ce Tout-Paris qu'il courtisait tout en les caricaturant dans son livre. Je me sentais vexé, trahi. Nous nous étions juré de ne pas « toucher à Lumière » ! Elle devait rester pure, hors d'atteinte. Le salaud ! C'était notre secret, notre dernier refuge d'innocence et de fraîcheur d'âme. J'aurais dû me méfier. Je lui écrivais, elle me répondait, mais entre-temps, chaque dimanche peut-être, chez la baronne, Wence la voyait. Il la raccompagnait au volant de l'Aston Martin jusqu'à la gare du Nord. Peu à peu, sans doute, il l'avait suffisamment apprivoisée pour qu'elle accepte d'entrer dans le cirque des grandes personnes. Et les propos tenus par le petit homme à son sujet (« Il faudra en parler à la Commère ») me faisaient redouter le pire. Lumière, sous l'influence de ces faiseurs de célébrités, allait-elle devenir une autre Minou Drouet — la petite poétesse prodige que l'on avait exposée comme un animal de foire aux yeux du « tout le monde » et du « maintenant » et qui s'y était ternie, avilie, détruite ? J'enrageais.

Sur cette place de l'Étoile, où je venais de pousser mon cri, tout seul, je n'aurais dû me réjouir que de ma bonne fortune : avoir, dès ma deuxième rencontre, établi avec le petit homme le plus puissant de mon métier une relation grâce à laquelle j'allais peut-être brûler les étapes. Au lieu de quoi, jaloux et floué, je n'avais qu'un but : dénicher Wence au plus tôt pour lui signifier la brisure de notre amitié.

31

J'ai fini par le trouver, pas loin de la rue Saint-Benoît, tard dans la soirée.

Ce qu'il y avait de pratique, à cette époque, c'est que nous n'avions pas besoin de nous demander où était qui et qui faisait quoi — il suffisait de se présenter rue Saint-Benoît après dix-neuf ou vingt heures, et toute la terre était là... Toute la terre, non, mais parfois tout ce que, un jour, la terre viendrait à connaître et reconnaître.

C'est ainsi que nous trouvant, à la sortie du bar du Montana, au milieu du trottoir, avec Chemla, nous vîmes apparaître un inconnu dont le visage, quelque temps plus tard, s'afficherait sur tous les écrans de cinéma du monde et ferait rêver des millions d'anonymes.

Il marchait au milieu de la rue Saint-Benoît, remontant vers le boulevard Saint-Germain.

C'était l'été. Le garçon portait une veste de toile claire, ouverte sur une chemise légère, couleur crème, avec une cravate dégrafée, un gros nœud large aux motifs criards, un pantalon de drap bleu et des mocassins à boucles, style italien, Saint-Trop', ou tout cela à la fois. Il occupait littéralement le centre de l'asphalte, entouré qu'il était d'une demi-douzaine de types de son âge, qui rigolaient à l'unisson et semblaient constituer une sorte de garde rapprochée, complice et affectueuse, et qui marquait bien, déjà, l'infinie distance qui existait entre eux et leur chef de bande, leur capitaine d'escadrille, leur héros. Dire qu'il marchait est une impropriété. Il dansait plutôt, ou mieux, il chaloupait. Voilà, c'était le mot : il chaloupait, remuant inconsciemment des hanches et des épaules à la façon d'un boxeur, d'un lutteur, d'un navigateur à peine débarqué sur le sol terrestre, et qui a conservé le rythme qui convient pour s'accorder au tangage sur le pont, à la houle de l'océan, aux intempéries et aux chutes.

Il était bronzé. Il avait le nez cabossé, une mèche rebelle de cheveux couleur de blé brun, un faciès vivant, grimaçant, exprimant la plus manifeste des nonchalances, la conviction que rien ne dure, et que tout n'est qu'un jeu. Son physique ne correspondait nullement aux canons de la beauté masculine qui avait, jusqu'ici, dominé les plateaux de théâtre et les studios de cinéma, contrastant de façon insolente avec le lisse, le modelé, le sculpté, l'harmonieux des visages de ceux que l'on désignait encore sous le vocable désuet de jeune premier. Jeune, il l'était, vingt, vingt-quatre ans sans doute, et cette jeunesse se lisait dans son regard insouciant, ses lèvres denses et épaisses, deux rides d'épicurisme descendant des narines de son nez meurtri jusqu'à sa mâchoire de gagneur, un charme viril, et que ce faux laid, ce vrai beau, exerçait sur toutes les filles. Premier, il ne l'était qu'aux yeux des cinq à six copains qui formaient son escorte, mais qui l'avaient déjà porté en triomphe sur leurs épaules, lorsqu'il avait fait un bras d'honneur au jury de vieux barbons qui n'avait pas su ou voulu voir en lui le comédien de demain, le nouveau prototype d'une génération iconoclaste, débarrassée de préjugés, prônant le naturel et le jeu d'instinct plutôt que le clamé et le conventionnel qu'on enseignait dans les écoles. Premier, il le deviendrait immédiatement, lorsqu'on le découvrirait, déambulant avec cette même dégaine, cette même animalité, des Champs-Élysées dans la première bobine, jusqu'à la rue Campagne-Première dans la dernière, et qu'on l'entendrait balancer de sa voix relâchée et moqueuse un dialogue révolutionnaire, sans équivalent dans le cinéma jusqu'ici, jouant sur l'écran comme dans la vie le même rôle, omniprésent dans un film qui amorcerait un tournant du cinéma moderne, et qui laisserait, dès sa première projection, les spectateurs pantois et choqués — qui les laisserait *à bout de souffle.*

Ah ! La première privée de ce film prémonitoire, mis en scène par un autre inconnu, comme on en était tous sortis ahuris, stupéfaits, mais séduits et fous de joie, déjà militants, prêts à en faire le *Hernani* de notre époque, le cheval de Troie qui allait pulvériser les murs des vieilles valeurs ! Et comment, de la même salle de projection, s'était extrait avec difficulté, l'œil égaré, l'un des représentants les plus académiques de ces vieilles valeurs, un pilier du cinéma de papa, et comment, affolé — il en aurait perdu jusqu'à sa pipe —, il s'était rué vers la salle de montage de son dernier film et avait glapi :

— Arrêtez tout ! Arrêtez tout ! J'ai tout compris ! Godard a supprimé tous les raccords ! C'est pas compliqué, la Nouvelle Vague ! Il suffit de sucrer les raccords !

Le raccord au cinéma, c'était l'indispensable grammaire, le fondement d'un récit bien construit, liaisons et transitions de gestes et scènes qui permettent à l'image de ne pas sauter dans tous les sens et au spectateur de suivre, de façon logique, le fil d'une scène ou d'une intrigue. Et voilà qu'avec *A bout de souffle*, un essayiste suisse inconnu venait de démontrer qu'il n'y avait plus besoin de cette grammaire, que l'on pouvait « sucrer » les liaisons : les gens qui ouvrent les portes, les ferment — les ascenseurs qui montent

— les cigarettes qu'on allume — et que le cinéma, comme la vie, pouvait n'être qu'une suite de fragments sans harmonie, une histoire triste, ou tragique, sans cohésion — absurde, moderne, dérisoire, déstructurée et déstructurante.

Ainsi donc, ce soir-là dans la rue Saint-Benoît, celui qui ne serait jamais un jeune premier auquel ses professeurs avaient prédit une carrière de second rôle, pour incarner les demeurés, les crétins de bistrot ou les hallebardiers, celui qui deviendrait la figure symbolique de cette nouvelle manière de filmer, et dont la gueule cassée, moche, d'une beauté non classique, donc contemporaine, et correspondant au désir secret et profond des couches de jeunes à travers le monde qui se préparaient à conduire la grande révolution des mœurs de toute la décennie soixante, ce gouailleur bambochard, encadré de ses copains aussi déconneurs que lui, aussi incertains de leur avenir mais aussi avides de capter le présent, nous apparut-il, dans sa marche chaloupée au milieu de l'asphalte, futur roi des salles obscures, future icône dont le masque de voyou condamné à mourir à la fin du long métrage le plus surprenant depuis Orson Welles ornerait les murs des piaules d'étudiants sur les campus d'Amérique du Nord, ou les chambrettes des lycéens polonais, tchèques, hongrois, qui, sous le joug du communisme le plus coercitif, ne rêvaient que de ressembler à ce non-héros et d'envoyer, comme lui, « faire foutre » l'autorité qui régissait le monde.

Le portrait serait incomplet si l'on n'y rajoutait une ultime touche. Comme pour certains pugilistes, possesseurs de cette arme mystérieuse qui peut tuer et qu'on appelle le punch, et qui, même lorsqu'ils se trouvent hors du ring, en tenue de ville, continuent de susciter autour d'eux une sensation de danger et d'électricité, d'explosion toujours proche, si bien qu'on ose à peine effleurer leur avant-bras de peur que le feu ne prenne, le jeune homme en question sentait la poudre. Il y avait, dans la paillette dorée de ses yeux et l'amorce de son sourire ludique, la proclamation d'un défi : attention ! je peux tout casser ; je suis capable de détruire un décor de cinéma, fracasser un bar entier, dévaster un hall d'hôtel et le personnel avec, pour peu que l'on me provoque ou que, l'alcool aidant, la dinguerie qui est en moi se réveille, et que je laisse libre cours à mes démons. Car il détenait, comme nombre d'acteurs de haut niveau, une part de pure folie, et il ne la contrôlerait pas toujours — du moins pas tant que sa vitalité débordante et son mépris du temps l'emporteraient sur ce qui ne manquerait pas d'arriver : l'assagissement dû à la répétitivité du succès, les biens matériels, le confort, l'âge.

Nous venions de voir passer l'un de ces détenteurs de l'aura dont avait si bien parlé, il y avait déjà longtemps, quand je l'avais aperçue aux Acacias, Corinne Palladin, la vieille pin-up reconvertie en agent d'artistes, que j'avais rencontrée pour la première fois en même temps que Lucille Larsac. L'expression n'appartenait pas seulement à Palladin. Alors que Chemla et moi contemplions le dos du jeune prince aux allures de boxeur suivi de ses frères en non-conformisme, nous entendîmes une voix stridente à fort accent du Midi, ricanante et parodique, dire derrière nous :

— M'est avis que ce damoiseau possède l'aura et qu'il faudra que je me le croque un jour, dans mon canard. Mais figurez-vous qu'il n'est pas seul dans sa catégorie !

Nous nous sommes retournés. Debout, sur le trottoir, à la hauteur du Montana, dans l'encadrement de la porte ouverte du bar, il y avait Prat, son fume-cigarette bloqué entre les dents, son œil de jais, son teint blanc, ses cheveux noirs et courts, son allure de conquistador, de toréador.

— Salut, les hommes, s'il en reste, dit-il à notre adresse.

Il employait fréquemment locutions et intonations volontairement populaires, ajoutant à ce qu'il ne pourrait jamais effacer de son accent natal biterrois une pointe de parigot qui lui donnait un ton inimitable. Sa singularité venait d'ailleurs, de sa plume, la plus brillante de la presse parisienne. Nous lisions avec admiration ses « croquis », dont l'autorité, l'insolence, la verve et le muscle avaient fait de lui une « épée ». Prat aimait qu'on le considérât ainsi : une lame, de l'acier, une arme d'assaut qui va, vole, étincelle, cisèle, découpe et exécute. Il en était à ce passage de sa vie où, attaché à rien ni personne, détaché de ses influences précédentes, il pouvait se permettre d'aborder tout sujet, d'innover, d'imposer sa vision. « C'est du Prat », disait-on à la lecture de la première ligne. Il vivait librement une vie égotiste, l'aventure d'un individualiste prolifique dont nous ne pouvions encore imaginer la suite. Plus âgé que nous, déjà couvert de quelques honneurs, Prat intimidait. Il nous déclara de sa voix péremptoire mais parodique, sa musique de merle moqueur :

— Mais oui, jeunes gens, il existe un autre spécimen en ville, encore inconnu, et qui deviendra le rival en gloire et fortune de celui que vous étiez en train de bêtement reluquer, comme des troufions à la parade. C'est une loi de la nature. Il y a toujours place pour deux mâles dans la même jungle. Le mien, que je pars rejoindre de ce pas au Grand Véfour où une dame un peu âgée et folle de son corps nous invite à ripailler, est aussi beau que votre champion est laid, aussi soyeux que l'autre est rugueux. Il possède la beauté du diable. C'est un félin, un jeune guépard, un samouraï. Salut, les hommes — et tant pis si je me trompe.

Il disparut avec la même fluidité, pour se jeter, jarrets tendus, dans un taxi, son fume-cigarette vide fiché au milieu de son visage ironique, comme un point d'exclamation à la verticale. Je repartis à la recherche de Wence.

32

Notre entrevue fut brève. J'avais fini par le coincer au Baobab, plus bas, dans la rue de l'Université. Que faisait-il dans un restaurant martiniquais aux trois quarts vide, à cette heure de la nuit ?

— J'attends quelqu'un. Fais vite.

Je compris qu'il avait déjà ingurgité trois, quatre ou cinq planter's punch. Il était ivre mais froid, cassant, son œil méchant derrière ses lunettes d'apparat.

— Tu as trahi notre serment, lui dis-je. Tu as sorti Lumière dans le monde.

— Et alors ?

— Alors ? Je croyais qu'on s'était juré...

Il trancha :

— On ne s'est rien juré du tout. Elle t'a donné ta chance, vous vous êtes bien écrit, hein ? As-tu seulement essayé de la revoir ? Rien du tout ! Bon, elle fait ce qu'elle veut, Lumière. Ce n'est plus une enfant.

— Mais, écoute, ce n'est pas une histoire de rivalité masculine entre nous. La question n'est pas là. Ou alors... Veux-tu me dire que... ?

— Mais non, il n'y a rien, mon clampin. Il ne se passe rien entre elle et moi. Ah... Peut-être qu'un jour... Je ne dis pas... Peut-être ! Après tout, deux personnages si exceptionnels ne pourront pas rester indéfiniment éloignés l'un de l'autre. Tu imagines le couple : Wence et Lumière ?

Je me retins pour ne pas le frapper.

— Tu es un salaud, dis-je.

— Tu es un con, répliqua-t-il. Ça y est : on est fâché. Adieu.

— Adieu.

Je me dirigeai vers la sortie. Il me héla du bout du comptoir où il avait commandé une nouvelle concoction de rhum.

— Surtout, ne me remercie pas pour le petit homme ! Et surtout ne me dis pas si ça s'est bien passé !

Je revins vers lui. Je ne pouvais pas accepter que nous cessions de nous parler, et que nous allions, ainsi, nous fâcher — pour quoi ? Pour rien. Il avait raison, je me comportais comme un imbécile.

— Pardonne-moi, lui dis-je. Oublions tout cela.

Je m'attendais à ce que nous fassions la

paix sur-le-champ, mais il me rembarra. On eût dit qu'il prenait plaisir à cette brouille.

— Oui, bon, ça va, c'est trop facile. De toute façon, tu ne me comprendras jamais. Fais-moi une fleur, mon clampin, dégage. J'at-tends quelqu'un.

Cette fois, je n'insistai pas et le laissai seul avec son planter's, la tête baissée sur son verre plein du liquide brun.

J'aurais éprouvé une grande tristesse si je n'avais, dès le lendemain, été entraîné dans une nouvelle phase de ma vie professionnelle, et si je n'avais, dès lors, décidé que le temps arrangerait tout et que je retrouverais vite mon ami et notre amitié. Comment aurais-je pu imaginer que je ne le reverrais plus vivant ?

QUATRIÈME PARTIE

La petite merveille

33

Une nuit, chez moi, le téléphone a sonné, c'était un appel d'un des secrétaires de rédaction :

— Rendez-vous dans une heure au journal. Un barrage vient de péter à Fréjus. C'est la catastrophe. On envoie beaucoup de monde. On a loué un avion spécial. Les voitures vous emmèneront au Bourget. Fais ton sac et vite. On n'attendra pas les retardataires.

Dans le couloir du premier étage aux murs peints en vert clair, dont les cloisons vitrées donnaient sur l'immense salle de rédaction qui s'animait malgré l'heure tardive, c'était la bousculade, le croisement des corps, des appels, des interjections, une fièvre ; les types arrivaient les uns après les autres ; on distribuait des enveloppes de papier jaune pleines d'argent liquide ; les dépêches se passaient de main en main. Les membres de l'état-major étaient réunis autour du petit homme, qui distribuait ordres, recommandations, suçant le tuyau de sa pipe vide, les mâchoires serrées, les lunettes sur le front, agitant dans une main la dernière fiche téléphonique du localier, n'indiquant qu'à peine l'ampleur du drame, et dans l'autre main la morasse de la une qu'on venait de recomposer pour une édition spéciale qui serait dans la rue dès l'aube. Il y eut plusieurs cris :

— Les chauffeurs sont en bas. Les voitures partent. Allez !

Le petit homme a distribué plusieurs poignées de main, regardant partir « ses hommes », avec la même fierté qu'on peut lire sur le masque d'un amiral lorsque, du haut de la passerelle de son porte-avions, il surveille l'envol de ses pilotes d'élite. Au passage de l'un d'eux — Marat — le petit homme m'a attiré vers lui et a dit, s'adressant à Marat et me désignant d'un mouvement de tête :

— Vous ferez équipe ensemble.

Marat l'a regardé, incrédule, irrespectueux. Il a protesté :

— Ah non, merde ! Patron, s'il vous plaît, pas ça ! Ne me refilez pas la bleusaille, s'il vous plaît.

Le petit homme détestait dire non à qui que ce fût. Il cédait souvent, et d'autant plus aisément lorsqu'il avait en face de lui un contradicteur au physique imposant. Mais il répliqua à Marat :

— Taisez-vous, mon coco. Nous avons décidé que vous alliez tous travailler les uns et les autres par équipes de deux. Et c'est avec ce garçon que vous ferez équipe.

Marat n'a pas daigné répondre. Il n'a pas salué son patron. Il nous a tourné le dos pour gagner l'escalier interne qui menait directement aux voitures dans la cour du garage. Sans un mot, j'ai suivi, et dans la voiture autant qu'à l'aérogare, au Bourget, ou en montant dans l'avion spécial affrété d'un commun accord par plusieurs journaux parisiens désireux d'envoyer, sans attendre le vol régulier du matin, leurs journalistes et photographes, je n'ai eu droit à une parole ou un regard de Marat.

L'avion volait dans la nuit. Je surveillais Marat, assis à quelques sièges du mien, bavardant avec l'un de ses confrères, la bouche vivace, les yeux en perpétuel déplacement, et je n'entendais pas ses propos, mais il me semblait, dans l'un de mes habituels accès paranoïaques, qu'il parlait de moi et se gaussait de ma fraîcheur. Je m'étais rarement senti aussi seul. L'appareil était bourré de photographes et de reporters, de cette catégorie spécialisée dans les grands faits divers, les vétérans de toutes les affaires récentes, et je découvrais en les scrutant les uns après les autres que si j'en connaissais quelques-uns — je les avais approchés au cours de mes mois passés à *L'Étoile* ainsi que de mon année à la radio —, aucun n'était un ami ; je n'étais pas des leurs. Ils étaient plus âgés, plus ridés, ils avaient le cuir plus tanné que le mien. Ils étaient des rivaux et des concurrents mais ils étaient des complices, ils partageaient le même passé. Ils avaient monté les pièges les plus vicieux pour s'empêcher les uns et les autres d'avoir accès à une cabine téléphonique ; ils s'étaient raconté des blagues, donné de faux rendez-vous ; ils s'étaient réciproquement dérobé les clés de leur chambre d'hôtel ou de voiture ; ils avaient versé du vinaigre dans les cafés du matin pour que les confrères malades ne puissent assister au briefing du colonel de gendarmerie ; ils avaient recommandé la putain la plus vérolée du bordel local en laissant croire qu'elle était la plus agréable à consommer. Mais ils s'aimaient et se respectaient, se connaissaient et riaient entre eux de toutes les planques, les scoops, les faux et les vrais — toutes les crises qu'ils avaient traversées depuis leurs premières armes. Ils avaient fait Marie Besnard, Dominici, le tremblement de terre d'Orléansville, le kidnapping des enfants Finaly, l'attentat de l'Observatoire, l'épopée du capitaine Carlsen. Ils avaient fait Budapest aussi, pour certains — et ils faisaient maintenant l'Algérie —, pas le côté politique, mais le côté baroud, violence, attentats, guerre, défenestration, noyades dans la Seine et autres babioles. Ils couvraient le terrain. Était-ce de tout cela qu'ils parlaient entre eux dans cet avion enfumé, en partance vers ce qui s'annonçait comme l'une des plus grosses catastrophes de la décennie ?

Marat a quitté son compagnon de voyage et il

est passé devant moi. Il s'est arrêté, m'a regardé, la trogne cabocharde, l'œil hostile et railleur :

— Remarque, m'a-t-il dit, comme s'il continuait une conversation, ton papier sur la mouquère, l'autre jour, c'était pas mal pour un bleu. Ouais, c'était pas mal, la mouquère. Mais j'te signale que moi j'ai toujours travaillé en solo. Alors si tu veux me suivre, puisque c'est le petit homme qui l'a décidé, tu peux toujours essayer, mais faudra pas traîner, mon p'tit gars. Je marche vite et je ne me retourne jamais.

La « mouquère » dont parlait si élégamment Marat s'appelait Stili Ouarda. Elle avait été mon premier grand reportage pour le journal du petit homme et, surtout, l'occasion de mon premier voyage en Algérie.

C'était une jeune Berbère de dix-huit ans. Elle avait épousé un quartier-maître de la trente-cinquième compagnie de la demi-brigade des fusiliers marins, dans le village de Bab el-Hassa, dans l'Oranais, à cinq cents mètres seulement du barrage électrifié sur la frontière algéro-marocaine. Elle avait un visage innocent et l'air étonné, enchanté, un peu effrayé d'être devenue cette exception dont l'armée française avait très envie de faire un modèle : une fille qui se débarrasse de siècles d'islamisme, jette le voile, tente d'effacer le centimètre de corne sous ses pieds, pour s'intégrer et vivre comme une Occidentale. Le mariage avait constitué toute une affaire, et le couple qui avait vécu un coup de foudre avait dû braver l'aigreur des Européennes de Nemours — le port à côté —, le scepticisme du commandant de région, la jalousie de toutes les musulmanes de Bab el-Hassa, les réticences de la famille du fiancé, Micky, un Alsacien, les ricanements des soixante hommes du poste de Ben Karama qui regardaient, tous les soirs, le fusilier marin Micky sortir de l'enceinte du fort, contourner les barbelés et les champs de mines pour rejoindre sa femme, dans une mêchta vide (ciment, argile et paille), et l'aimer sur deux matelas pneumatiques, achetés à l'Uniprix de Nemours, avec l'aide et la bénédiction de l'assistante sociale et du lieutenant, un appelé, étudiant architecte à Toulouse.

Le mariage avait eu lieu dans la grande cour poussiéreuse du poste, sous un soleil de plomb. Sur un phono à piles, on avait joué « Bambino » et « Rock around the clock », les deux seuls disques disponibles. Personne n'avait osé danser, à part Micky et sa Berbère, habillée à l'européenne, jupe et chemisier, les cheveux coupés, le visage lavé de tout déguisement, défiant toutes les intolérances. On en parlait encore dans la région. Ils m'avaient raconté leur histoire. Je les avais intitulés « Les mariés du djebel » et j'avais amassé un paquet de notes et de détails, leurs deux récits à la première personne, de quoi faire une histoire solide. La veille de mon départ, le petit lieutenant toulousain m'avait offert à boire dans le réduit de toile qui lui servait de quartier privé.

— Toi, m'avait-il dit, tu es sursitaire, c'est bien ça ? Tu es un planqué, hein ? Un pistonné ?

— À quoi as-tu vu ça ? avais-je demandé.

— Ça se voit. Tu nous as regardés, mes bidasses, le fort, les mines et le barrage, et nos armes, avec plus de curiosité que tu ne l'as fait pour la petite et son époux. Je t'ai observé, tu ne t'intéresses pas qu'au petit couple. Tu n'es pas encore parti soldat, c'est ça ?

— C'est cela.

— Eh bien, m'avait-il dit en souriant, qu'est-ce que je peux faire pour toi avant ton départ ? Tu veux un aperçu ? Tu veux savoir comment c'est ? Tu veux y goûter un peu, un chouia ?

— Pourquoi pas ? avais-je répondu.

— Il n'y a plus beaucoup d'opé maintenant, mais c'est un sale coin malgré tout. Zone interdite. Si ça te dit, on t'emmène en patrouille de reconnaissance, la routine, cette nuit.

On m'avait revêtu d'un treillis. J'ai chaussé des pataugas, pris un casque, et j'ai accompagné six fusiliers marins armés de Mas 49, conduits par un quartier-maître, pendant des heures, sous la lune blanche, dans le sable et les rochers. Il ne s'est rien passé — rien d'autre que la soif, la fatigue, le silence, et ces sensations qui dépouillent et ramènent à l'essentiel : la peur, le doute, le besoin des autres, l'imprévisible qu'on attend, le corps qui ne fait qu'un avec ce qui n'est plus une pensée mais un état de concentration maniaque, la réduction de vos facultés à l'immédiat, la perte de complaisance et de supercherie, le début d'une autre connaissance de soi. Au retour, le Toulousain m'avait dit :

— T'as compris peut-être un peu, non ? La différence c'est que t'as fait ça en une nuit, en touriste. L'emmerde, vois-tu, c'est que, quand on fait ça tous les jours, toutes les nuits, pendant un an ou deux, comme s'il n'y avait rien d'autre dans la vie, ça change un peu les perspectives...

J'avais alors décidé que je ne me déroberais plus — lorsque mon sursis arriverait à expiration, eh bien, j'irais, voilà tout. Non que l'expérience m'ait donné une telle envie de guerre, de vivre cette sorte de routine, cette proximité avec les soldats, le danger et le chemin vers la vacuité mentale — mais j'avais marché aux côtés de types de mon âge, certains plus jeunes que moi, et à un moment, dans la nuit, j'avais pensé : « C'est ta génération, et tu ne pourras pas éviter de connaître ce qui est le fond commun de cette génération. Tu ne peux pas prétendre " être de ton temps " et échapper à cette histoire. Il faudra y passer, mon clampin. »

J'ai alors pensé à Wence — que je ne voyais plus, mais qui ne me manquait pas.

Cette notion insidieuse, qui avait commencé de me gagner sur la frontière dans l'Oranais, avait été soulignée par l'escale que, pour des raisons techniques, j'avais dû faire à Alger, au lieu de repartir directement pour Paris, d'Oran, via Marseille. J'avais couché au Saint-Georges, sur les hauteurs du boulevard Bru, et je m'étais acoquiné, au bar de l'hôtel, avec deux journalistes italiens qui m'avaient présenté un colonel de paras. Il m'avait accaparé dans une sorte de soliloque de plusieurs heures. Cet homme était un archétype. Crâne rasé, nez aquilin, la peau marquée par une vie au plein air, des rides et des crevasses, tout ce qui ne se disait pas mais qu'on pouvait aisément reconstituer : les années d'Indochine, la défaite, la captivité dans les camps du Viêt-minh, et maintenant l'Algérie. Il ne connaissait que la guerre et n'aimait parler que de cela, en buvant du Martell quatre étoiles. Vers quatre heures du matin, bien éméché mais la voix claire et l'œil lucide, il m'avait apostrophé :

— Tu n'éviteras pas la guerre. C'est un état permanent. Regarde-toi avec ton petit costume de journaliste privilégié et tes sursis de merde. Tu vas y aller ! Tu vas y aller parce que tu es né avant la Guerre, la Mondiale, celle de 40. Tu as vécu ton enfance sous cette guerre. Quand elle s'est terminée, tu étais juste en âge de comprendre que les hommes venaient d'inventer un truc formidable, l'autodestruction absolue, la Bombe, la grosse, celle qui peut faire disparaître l'humanité, et tu es donc entré dans les années de « guerre froide », tandis que nous, tes aînés, nous en faisions une ou deux plutôt chaudes. Tu as refusé d'admettre tout cela, mais ton existence est ordonnée sous le signe de la guerre, ta génération comme la mienne, toi comme les autres. Mais si, mais si ! Tu t'es baladé, jusqu'ici. Tu as dansé ta vie. Tu t'es esquivé mais ça va te tomber dessus, et tu veux que je te dise pourquoi ? C'est Trotsky qui parle, ce n'est plus moi. Parce que « vous nc vous intéressez peut-être pas à la guerre, mais la guerre s'intéresse à vous ».

Il était fier de citer en vrac, et Trotsky, et Marx, et Mao, et Malraux — et Clausewitz, et Napoléon, et Churchill, et MacArthur, et ce de Gaulle dont il ne savait s'il le détestait ou l'adorait. Sur le comptoir du bar, devant lui, s'alignaient les verres vides d'alcool, dont il refusait que le barman le débarrasse, afin de recompter le nombre de consommations qu'il avait ingurgitées. Entre chaque gorgée de cognac, il avalait une cuillère pleine de Picallili, allant fouiller au fond d'un grand pot de condiments jaune et vert oignons, cornichons et choux-fleurs, sa recette à lui, peut-être, pour atténuer les effets de la boisson. Le barman semblait bien connaître le régime particulier du colonel, et je le voyais préparer une nouvelle bouteille de Martell et ouvrir un placard pour en extraire une boîte toute neuve de Picallili Heinz 57.

— La guerre, avait-il repris, est une créature vivante qui se déplace à travers le monde et les générations et qui s'empare de vous à un moment ou un autre de la vie de ce monde et de ces générations. Elle va s'emparer de toi puisque tu es né sous son signe, comme nous tous, et que, sans que tu le saches, elle t'a, toute ta vie, surveillé et suivi, regardé et conditionné.

Finalement, le colonel, malgré les cuillerées de cornichons et d'oignons, ne pouvait plus résister aux coups répétés du cognac. Il avait terminé son monologue dans une sorte de délire verbal, mais qu'il délivrait calmement, sans élever la voix, sur un ton monocorde, comme on récite une profession de foi déjà fréquemment émise.

— La guerre pénètre dans ton sang ; c'est une maladie que l'on ne peut déceler ; on ne sait pas d'où elle vient ni où elle va se nicher ; il n'existe aucun vaccin, aucune prévention ; elle arrive régulièrement pour transformer les hommes et puisque les hommes savent qu'elle va venir leur rendre visite, alors autant qu'ils s'y préparent, autant qu'ils accueillent la créature, qu'ils s'ouvrent à elle, qu'ils lui donnent la place qu'elle mérite dans leur âme et dans leur corps. Autant qu'ils la respectent. Qu'ils l'aiment, nom de Dieu, qu'ils l'aiment !

Il s'était tu. Il avait achevé son verre et ne me regardait plus, ses yeux dirigés vers le miroir du bar, de l'autre côté du comptoir, qui lui renvoyait son image détruite, son sourire sans joie, ses yeux sans espoir, son existence sans femmes.

J'étais rentré par le premier avion du matin et n'avais eu, pour tout réflexe, qu'une envie irrésistible de voir une femme, précisément. De toucher, caresser, embrasser une femme. J'avais pensé à Lucille Larsac. Je m'étais dit que, si elle se trouvait à Paris, il était assez tôt pour qu'elle soit encore recroquevillée dans son lit, sous le coup du somnifère et de sa fatigue d'une nuit de danse, et je n'avais pas hésité à lui téléphoner.

— Allô... Allô... Quoi... Qui est là ?

La voix était plus rauque, plus brumeuse que jamais, mais c'était bien elle, quelle chance ! Elle était là. J'ai senti mon corps se tendre au seul son de sa voix, et je l'ai désirée, comme cela, tout seul, debout dans la cabine téléphonique de l'aéroport.

— C'est moi, avais-je dit. C'est moi, vous savez, le préposé aux nez cassés et aux lapins en peluche.

— Ah, c'est vous. Oui, bien sûr, je vous aurais reconnu tout de suite. Qu'est-ce qui se passe ?

— Euh... Rien... J'avais envie de vous voir, mais tout de suite.

Elle s'était tue, au bout de la ligne. Je croyais l'entendre chercher un rythme de réveil, un souffle différent, et puis elle m'avait parlé bas, avec ce son que fait la voix lorsque votre interlocuteur a caché le combiné dans le creux de sa main, en coquille.

— C'est que, avait-elle chuchoté, je ne suis pas seule en ce moment.

— Ah bon, ça ne fait rien, au revoir, je vous rappelle.

J'avais raccroché rapidement. Pauvre connard, m'étais-je dit, en un rire muet, pauvre prétentieux, comme si les femmes n'attendaient que toi, et ton appel, toutes cuisses dehors, toutes chaudes dans leur lit !...

J'étais rentré chez moi. J'avais aussi pensé à Lumière, mais d'une autre façon. Je me voyais mal partant la chercher en pleine matinée, un jour de semaine, au beau milieu de ses cours, à la pension des Jonquilles, à deux heures de Paris, dans le Nord. Et que lui aurais-je dit ? Que je voulais l'aimer ? J'avais renoncé, mais j'avais éprouvé le besoin de lui envoyer, dans la même journée, un petit mot très bref, plus concret que notre habituelle correspondance :

Chère Lumière,

Il serait peut-être temps que nous nous revoyions, vous ne croyez pas ?

Et puisqu'il ne me restait, comme solution à l'angoisse, au vacuum de sentiments et d'affection dans lequel je sombrais, à ce besoin d'amour qu'avait créé le discours fou du colonel, autant que mon premier séjour en Algérie, puisqu'il ne me restait que le travail, je m'étais mis à ma table. J'avais raconté la mariée du djebel. Je l'avais évoquée avec son grain de beauté sur la joue gauche, dansant sur l'air de « Bambino », sous le soleil de l'Oranais, avec ses yeux innocents, sa foi en son avenir. Au moins cette femme-là ne pouvait ni m'échapper, ni me rejeter, ni me répondre. Elle était à moi tout seul. C'était peut-être pour cela que j'avais réussi son portrait, et que, lorsqu'il était paru, le « papier sur la mouquère » avait plu à ce mufle de Marat.

34

À Nice, dans la lueur d'une aube violet et gris, les correspondants locaux nous attendaient, ayant déjà loué des voitures et préparé nos itinéraires. La rupture du barrage avait perturbé toute la circulation dans la région, et il ne restait plus qu'une route pour parvenir à Fréjus, sur les lieux de la catastrophe, et il faudrait s'armer de patience, car elle serait étroite, infestée de virages, et peut-être aussi de véhicules militaires et autres engins de secours.

— Tu prends le volant, a bougonné Marat à mon intention.

J'ai cru voir, dans cet ordre, le signe du début de notre collaboration. Il s'est installé à mes côtés, et nous avons pris Mosko, avec deux photographes, à l'arrière.

— Grouille-toi, a dit Marat, il faut qu'on arrive avant les autres.

Il lui déplaisait déjà assez d'être obligé de transporter Mosko, autre reporter de son propre journal, car bien qu'ils appartinssent à la même équipe, il n'en était pas moins « de la concurrence » pour Marat. J'apprendrais plus tard, au fil de nos journées communes d'enquêtes, qu'à ses yeux tout le monde était un concurrent. Il aimait vivre en solo, en effet, et trouvait à l'intérieur même de son propre journal, chez les Mosko, les Champy, les Zafarian, tous les autres faits-diversiers de la grande machine à histoires humaines dirigée par le petit homme, de quoi nourrir son insatiable esprit de compétition, sa hargne maladive, son tempérament de battant : camarade, peut-être, mais juste pour boire un verre. Pour le reste, chacun pour soi, avec comme seul objectif : faire la une et brûler tout le monde, et en particulier Mosko, qui lui ressemblait en beaucoup de points, mais qu'il détestait ouvertement. Cependant, dans l'immédiat, à l'intérieur de la 404, les deux voyous, Marat et Mosko, avaient fait une paix provisoire. Ils échangeaient les morceaux de renseignements et les premiers chiffres que nos localiers nous avaient fournis dès notre descente d'avion et qui se résumaient en cette phrase terrible : cinquante millions de mètres cubes d'eau qui éclatent en un flot de cinq mètres de hauteur et déferlent à soixante-dix kilomètres à l'heure sur une ville qui sera recouverte en sept minutes. Nombre de victimes encore inconnu : cent, deux cents, trois cents peut-être — sans compter les disparus. Un de nos localiers,

Jean Jean Rielda, était déjà sur place, le veinard. Il était parti de Nice dans la nuit, il avait réquisitionné la moitié d'un hôtel pour nos équipes, le commando affrété par le journal — les premières dépêches qu'il avait pu envoyer nous permettaient de prendre une avance sur tous les confrères, que nous ne perdrions pas. J'écoutais, enregistrais, ne parlais pas ou peu. Étais-je trop tendu, exalté, désireux de bien faire et d'aller vite, de démontrer ma virtuosité et mon efficacité à Marat autant qu'à Mosko, dont je voyais l'œil dubitatif dans un coin du rétroviseur, toujours est-il que je négociai mal un virage en épingle à cheveux, ne parvins pas à redresser et laissai dévier l'avant de la voiture contre une borne kilométrique. Un peu de bruit, de la tôle froissée, peu de dégâts. J'arrête le moteur. Humiliation et ridicule. Marat descend du côté passager et me dit :

— Sors.

Puis, ayant vérifié que la voiture peut continuer à rouler sans difficulté, qu'il n'y a rien de faussé dans la direction, il ajoute :

— Allez, va t'asseoir à ma place, c'est moi qui conduis.

Nous repartons. À l'arrière, Mosko et les deux photographes n'ont même pas commenté l'incident. Je crois les entendre ricaner en silence. Je sais qu'ils ne m'ont jamais jusqu'ici accepté, pas plus eux que leurs collègues.

Lorsque j'avais débarqué dans la grande salle, précédé de l'anecdote qui avait fait le tour de l'immeuble, et selon laquelle le petit homme m'avait engagé comme grand reporter sur la simple lecture de quelques articles, sur ma bonne mine, et sur ma « tchatche », je n'avais rencontré que des masques, sinon hostiles, du moins indifférents, intrigués, au mieux amusés. Je m'étais assis à un coin de table et j'avais attendu, en lisant journaux et dépêches. Mon attente avait duré plusieurs semaines. Je ne faisais rien. C'était une situation étrange. J'arrivais le matin, j'entamais le tour des services et en saluais les chefs et sous-chefs, pour m'enquérir s'il n'y avait pas quelque sujet « à traiter », ébauchais une ou deux conversations anodines avec ceux qui acceptaient de me répondre, puis je m'installais dans une position d'attente, convaincu que le monde entier me regardait et savourait le purgatoire que l'ensemble d'un corps constitué me faisait subir. Je m'attachais à ne pas afficher impatience ou étonnement. Je souriais ; j'allais boire à la buvette du sixième étage; je déjeunais seul aux Petits Carreaux dans la rue du même nom, dans la salle principale dont les tables étaient occupées par les membres du journal, qui ne me parlaient toujours pas — puis je revenais, pour reprendre ma position de vigie, lisant de la première à la dernière ligne tout ce qui était imprimé et passait sous mes yeux.

« La vie, me disais-je, ta vie n'est pas un conte de fées. Tout ceci est normal. C'est le prix à payer. Ça ne durera pas. »

Je me répétais ces quelques phrases simples, m'astreignant à une sorte de discipline, une ascèse muette, qu'encourageait mon ami Chemla, que je fréquentais plus qu'autrefois puisque Wence et moi-même avions coupé les ponts :

— Tiens bon, me disait-il, ils finiront par te trouver une belle histoire à couvrir, et tu la couvriras, et ça se passera bien, et tout sera plus facile après.

Le long article, qui faisait une pleine page, sur les mariés du djebel m'avait permis de bénéficier d'une ouverture, une respiration. Je pus établir des rapports presque normaux avec d'autres journalistes, et surtout avec les rédactrices, qui étaient nombreuses, aimables, et semblaient porter sur moi un regard indulgent, compréhensif, parfois maternel. Mais les Mosko, les Marat, les durs à cuire, accompagnés des photographes avertis et aguerris, ne modifiaient pas leur attitude, et il fallut que ce barrage éclatât et que je me retrouve au milieu d'eux, en pleine action, et que l'on impose ma présence au sein de la « force » constituée dans la nuit par les responsables, pour qu'ils acceptassent de me parler, ou plutôt de ricaner en silence au spectacle de ma première bourde. Ah ! Comme ils allaient jaser entre eux, pensai-je en m'asseyant dans un silence pesant au côté de Marat, comme on allait encore se foutre de ma gueule.

Sur un ton acariâtre, ulcéré, Marat, en enclenchant les vitesses et en repartant sur la route, s'est exclamé après m'avoir brièvement dévisagé pour s'assurer qu'il n'avait pas rêvé, que c'était bien à lui qu'on avait adjoint un coéquipier aussi minable :

— Putain ! Ça commence bien !

Dès l'instant où la démonstration de mon inexpérience fut faite, le climat s'améliora entre Marat et moi. Un incident extérieur, matériel, révélateur — le dérapage et l'emboutissage de la 404 — avait décidé pour nous deux de la nature de notre relation, et je me soumis à cette loi selon quoi il m'était supérieur et ne m'aimait pas.

Je m'astreignis, dès lors, à ne plus commettre une erreur, à me rendre indispensable, lui administrer la preuve que je valais mieux que ce commencement lamentable, si bien que toute la couverture de la catastrophe du barrage de Malpasset, qui dura plus de quinze jours, se transforma en un combat que je ne menais pas seulement pour fournir de la bonne copie au patron et aux responsables à Paris, pour exercer au mieux mon métier au cœur d'un événement considérable, mais en une lutte pour remonter le courant dans le manque d'estime ou de respect de cet aîné. Il n'aurait jamais voulu l'admettre, mais très tôt, nous formâmes une excellente équipe. Il savait où et comment chasser l'information, les tuyaux, recueillir les éléments épars qui expliqueraient l'origine de cette catastrophe. De mon côté, je ramassais témoignages et visions hallucinées des survivants, des sauveteurs, fragments de l'effarement humain devant ce qui avait été l'horreur de cette eau furieuse, ce raz de marée déferlant sur les gens, les habitants et les plaines, les vallées, ce travail fulgurant de mort et de destruction. À lui l'enquête sur le pourquoi et le comment de la rupture du barrage. À moi le « vécu », c'est-à-dire en l'occurrence le vécu de la mort, la douleur, la séparation. Les orphelins instantanés, les veuves immédiates, les existences pulvérisées, les enfances et familles décimées, les exploitations agricoles ruinées, les commerces anéantis, le grand cirque de l'imprévisible et de l'injustice que sont les catastrophes naturelles, et qui ouvre sur l'irrationnel, le fatum, le mystère de la vie : pourquoi ça ? pourquoi nous ? pourquoi maintenant ?

Nous nous retrouvions à intervalles réguliers dans une minuscule pension, éloignée des autres points de chute choisis par les confrères, avec un rez-de-chaussée pauvre, miteux, aux meubles de bois blanc vétustes — mais nous avions circonvenu le couple de propriétaires, et l'endroit présentait le gros avantage de posséder une ligne téléphonique claire, disponible, et dont nous avions littéralement acheté l'usage exclusif. Nous rédigions ensemble les papiers et je tentais, de façon douce mais persistante, d'introduire dans la masse de faits et de chiffres ma musique à moi, mon ton, mon style. À Paris, on signait les papiers de nos deux noms. Marat dictait aux sténos, me passant le relais, repartait pour glaner d'autres faits, revenait ; je partais à mon tour ; il fallait cracher de la copie heure par heure ou presque — le petit homme faisait tirer des éditions spéciales en veux-tu en voilà.

— Donnez-en encore. Dictez ! Dictez ! Vous avez toute la place que l'on voudra, nous gueulaient, de Paris, les secrétaires de rédaction et les chefs de service.

On eût dit que leur faim était insatiable. Chaque récit, chaque témoignage en chassait un autre, à chaque fois un peu plus impressionnant, émouvant, souvent insoutenable. On dictait, on dictait, parfois sans avoir rédigé, et je me surprenais à exploiter mon expérience passée de la radio, la faculté de construire phrases et paragraphes à l'aide de simples notes, sans passer par l'obligation de la rédaction. Marat en était conscient, mais il ne commentait pas la qualité de mon travail, pas plus que je n'émettais un jugement sur le sien. Au bout du fil, les sténos nous disaient :

— N'allez pas si vite ! On ne peut pas vous suivre ! Reprenez, reprenez !

Parfois, à l'inflexion de leur voix, nous recevions le choc de leur émotion, et nous pouvions mesurer à leur silence avant qu'elles reprennent : « Continuez, je vous suis », qu'elles étaient, elles aussi, captées par le déferlement de nos images et des déclarations recueillies, et nous sentions que si les sténos vibraient ainsi, ce serait le pays tout entier — en tous les cas, les millions et quelques de lecteurs de notre journal — qui ressentirait la même stupéfaction et le même intérêt, et voudrait en savoir plus et continuer de nous lire. De tout lire.

Tout : la fillette à qui, ce soir-là, on avait permis d'aller regarder la télé chez les voisins et qui ne reviendrait plus parce que la maison des voisins avait volé en éclats, pas celle des parents, inconsolables ; la rue de Verdun, tout entière poussée vers la mer, une mer qui n'était plus que brune et rougeâtre ; une vieille dame dont le lit de chêne s'était transformé en cercueil de limon ; un camion de dix tonnes projeté à cinquante mètres sur le toit d'une église en voie d'effondrement ; un militaire de la base aéronavale qui avait giclé contre un panneau de basket-ball, le corps coincé entre le panneau et le cercle de fer ; la riche vallée du Reyran, dite « vallée rose », devenue un lac de boue d'où émergeaient troncs d'arbres fracturés et sur quoi flottaient, pestilentiels, des monceaux de cadavres d'animaux, les chevaux, jambes et ventres retournés vers le ciel ; le pilote d'hélicoptère décapité en plein vol parce qu'il avait passé la tête par la fenêtre de la cabine et avait rencontré un poteau électrique au passage ; un enfant de douze ans, le corps enlacé dans un fouillis de branches et de vigne, qui semblait s'être refermé sur lui comme les tentacules d'une pieuvre ; les hurlements des malheureux accrochés sur les toits, au sommet des arbres, et cherchant, voix qui se répondent dans la nuit en accents de panique, « où est passée grand-mère, quelqu'un a-t-il vu la petite ? ».

Et par-dessus tout, et sous un soleil sec de Provence, un de ces soleils d'hiver blancs et cruels comme il s'en lève au lendemain des catastrophes, l'odeur du formol, l'odeur du sapin, l'odeur d'eau de Javel et du savon de cuisine, l'odeur des odeurs avec quoi l'on s'efforce d'effacer l'odeur de la mort. Les morgues improvisées dans les préaux d'école, les garages, sur le parvis de l'église ; et la plus importante des morgues, sur la place centrale, avec les camions qui déversent leur chargement de cercueils de bois blanc. Il y en a des centaines. On les entasse en pile, comme des boîtes de biscuits. Des hommes vêtus de blanc, mais le blanc est maculé de sang, vont et viennent. Les corps mutilés sont alignés à même le sol, serrés les uns contre les autres, un simple drap blanc recouvrant chaque cadavre sur lequel est accroché un petit bout de papier blanc avec un nom, et plus souvent un numéro, puisque tous les gens ne sont pas encore venus reconnaître leurs morts. Quand on marche le long des morts, on voit qu'ils ont la bouche grande ouverte comme s'ils avaient hurlé de stupeur à l'arrivée des flots furieux, ou bien ils appelaient au secours, et la multiplication de cette vision de bouches ouvertes encore pleines de boue, de caillasse, d'herbe ou de sang coagulé, semble être rythmée par le bruit sourd des marteaux qui, sans relâche, clouent les cercueils. La frappe des marteaux, les moteurs des camions, et aucun autre bruit car la ville tout entière va vivre dans les chuchotements et le silence pendant des jours et des jours et des nuits — une ville sans voix.

Et nous assistions à tout cela et le rapportions au téléphone, dictant comme des fous, et je finissais par le faire en empruntant, sans en être conscient, cette manie de la ponctuation de Marat qui, pour reprendre son souffle autant que pour laisser un peu de respiration à la sténo à l'autre bout du fil à Paris, gueulait : « VIR-GULE » avec hargne, en accentuant sa forte tonalité faubourienne. J'avais adopté son tic sans m'en apercevoir. Je gueulais, moi aussi, des « VIR-GULE » de colère dans le petit rez-de-chaussée de la pension de famille, comme si ces cris pouvaient nous soulager de l'accumulation du travail, l'insomnie, les éditions à assurer, le spectacle de la douleur, la chasse à la vérité. Un soir, au bout du fil, une sténo confondit mon « VIR-GULE » avec celui de Marat.

— Vous parlez comme lui, maintenant ? interrogea-t-elle.

Et je ne sus pas s'il s'agissait d'un compliment, ou s'il fallait y voir, au contraire, un signe que je devrais, désormais, m'éloigner de lui. M'émanciper et me détacher de son influence, et réclamer que l'on défasse l'équipe et qu'on nous laisse œuvrer séparément. Je posai la question à Paris. On me répondit non. Marat, de son côté, s'y opposa. Je ne le savais pas, mais je le surpris au téléphone en pleine argumentation avec un chef d'information. Il me tournait le dos et ignorait que je venais de pénétrer dans la pièce.

— Gardez-le-moi, gardez-le avec moi, j'ai autant besoin de lui qu'il a besoin de moi. On fait un très bon team. Jusqu'au bout il sera épatant, le môme. Salut !

J'ai dû faire un bruit en bousculant une chaise car il s'est retourné, m'a reconnu et a jeté, dans cet habituel aboiement qui lui servait de langage :

— Ah, te voilà, toi ! Où t'étais encore passé ?

J'ai voulu lui sourire, et j'ai amorcé un geste de ma main vers la sienne. J'ai dit :

— Je viens de t'entendre au téléphone là, tout de suite. J'ai bien entendu ce que tu leur disais à Paris.

Il a renouvelé son aboiement et m'a offert la plus torve de ses innombrables grimaces :

— Qu'est-ce que t'as entendu ? Mais t'as rien entendu, môme. Allez, on repart ! Faut aller voir le maire. Il reste encore des questions délicates à poser sur ce putain de barrage, maintenant qu'on a enterré tout le monde.

Il aurait préféré se faire couper la tête, et les mains, et les jambes, et même les couilles, plutôt que de reconnaître qu'il m'avait enfin admis, Marat.

Marat. Il avait été prof de gym dans un lycée parisien pendant l'Occupation. Le soir, il faisait le mur pour participer à des réunions de résistants qui fabriquaient des tracts clandestins dans des imprimeries de fortune. À la Libération, ce choix l'avait mené dans une salle de rédaction où son bagout, son goût féroce pour la compétition, son acharnement d'autodidacte lui avaient vite valu un emploi dans la rubrique sportive. Il était passé aux faits divers. Il avait conquis le petit homme. C'était un soldat de l'an II.

Il y avait, sur ses lèvres et dans ses yeux, sur ses mâchoires, un air perpétuel de défi, comme une revanche à prendre sur le monde des instruits, des mondains, des diplômés et des diplomates. Il était grossier sans être vulgaire, incapable de flatter, saluer, remercier, s'excuser, ou plus difficile encore, pardonner. C'était un monument de mauvaise foi, un comédien, un hâbleur. Vous le jetiez par la porte, il rentrait par la fenêtre. À ses débuts, il avait été pris d'une telle soif de publier et de battre les autres, un tel désir de passer devant tout le monde, qu'il ne fut pas à l'abri d'une petite manipulation, quelques esbroufes, voire un vrai, bon, solide et honteux bidonnage. Mais à ce jeu, il avait essuyé quelques revers et quelques remontrances, et il avait traversé un purgatoire. Alors, il s'était amendé, mettant son énergie, sa ténacité, son épuisante et insupportable dynamique au service des faits, de l'inédit, du scoop, entamant une longue et laborieuse ascension vers des sujets plus intéressants que les assassinats de banlieue, et des endroits plus exotiques que la sortie du Vél' d'hiv', un soir de Six Jours, ou les arrière-cuisines d'un grand hôtel. Il lorgnait le titre, la fonction, le statut, et surtout les missions du grand reporter. Cela faisait plus de dix ans qu'il essayait de décrocher cette distinction de la part du petit homme qui appréciait sa volonté et sa rage de vaincre, certes — sa rage de vivre ! —, mais qui trouvait Marat « insortable », décidément, difficile de l'envoyer dans certains milieux, auprès de certaines personnalités. Il n'était pas encore assez dégrossi ; il buvait beaucoup trop ; il rotait, pétait, fourrait ses doigts dans ses narines de bouledogue, puait le cigare bon marché, s'habillait comme un garçon boucher, jappait au lieu de parler, éclatant d'un rire caverneux, indiscret et impudique, en n'importe quel lieu ou quelle occasion.

Oui, bien sûr, répondait-on, mais quel sacré reporter ! — et comme il savait pénétrer partout, revenir à la charge, harceler de ses questions ceux qui ne veulent jamais répondre à aucune, se faire l'ami des chauffeurs, des gardes du corps, des ordonnances, des petits adjoints, des commis de notaire, des huissiers et des infirmières ; et obtenir ainsi, mois après mois, année après année, plus d'informations de première main à lui tout seul qu'une agence de presse entière. Et comment, grâce à cela, toute l'affaire de Gaulle, Colombey, les allées et venues et les complots du mois de mai, les magouilles et glissements de pouvoir, il avait pu tout couvrir et tout révéler, et contribuer à ce que jamais le petit homme et son journal ne fussent pris de court par le grand chambardement d'où était née la Cinquième République.

Dès lors, l'image de Marat avait changé. On lui confiait des papiers plus nobles. On commença à le redouter, le ménager, solliciter son avis, prier qu'il livrât un ou deux numéros de son fabuleux carnet d'adresses. Il avait mûri. Par un de ces phénomènes qui voient, en quelques mois, une mutation radicale s'opérer chez un homme ou une femme — mais dont peu de gens ont discerné que ladite mutation était en cours, silencieusement et souterrainement depuis de longues années —, Marat était devenu un journaliste respectable. Il avait changé. Ses costumes tombaient bien, il savait choisir ses cravates, les Monte-Cristo avaient remplacé les Schimelpeninck, on le surprenait à citer des auteurs — figurez-vous, oui, des poètes ou même des historiens —, il s'était même mis à lire et à se cultiver, le bougre ! Il allait même au théâtre, on le voyait au concert ! Marat au Palais de Chaillot ? Vous y croyez, vous ? Les petits marquis du premier étage au journal — car il y en avait plus d'un, autour du petit homme, qui avait toujours su mélanger voyous et aristocrates, putes et princesses, philosophes et gavroches — n'en revenaient pas. Lorsque Marat déboulait dans le mince couloir où chacun papotait et cancanait, commentait et la plupart du temps « habillait » les articles ou le comportement des absents, bien sûr, lorsqu'il déboulait la poitrine en avant, les jambes arquées, l'œil mauvais et la bouche querelleuse, un silence craintif s'emparait de tous ceux qui l'avaient connu du temps qu'il n'était qu'un ex-prof de gym mal embouché et ne comprenaient pas qu'il ait pu ainsi s'élever au-dessus de sa classe — et une autre forme de silence de la part des autres, qui ne connaissaient de lui que sa nouvelle allure, et s'inclinaient devant son autorité, son indépendance, sa densité, la puissance de son travail et la sûreté de sa plume, qu'il avait réussi à maîtriser, là encore, puisqu'il avait abandonné l'irrégularité et l'approximatif pour atteindre à une construction, un choix des mots, presque un style.

C'est alors que le petit homme l'avait promu grand reporter. Et c'était à ce lutteur, à cet autodidacte bûchant, le soir, dictionnaires et livres d'histoire, à ce marathonien du journalisme, ce rescapé du terrain, des informations qu'on ne vérifie pas, et des coups de bluff qu'on lance pour obtenir la une, à ce sceptique, cynique, cruel, pudique, orgueilleux, talentueux et chevronné grand pro qu'on avait adjoint « la petite merveille » !... Étonnez-vous après cela qu'il m'ait fallu les quatre cent un morts du barrage de Malpasset à Fréjus, les quinze jours et les quinze nuits blanches, les milliers de mots, les crapahutages en commun dans la merde, la boue et les cadavres, pour obtenir de lui, lorsque je le croiserais par la suite dans les couloirs, un rapide et négligé :

— Salut, toi ! Tu vas, toi ?

et qu'il ne cède jamais — mais jamais ! — malgré le nombre incalculable d'occasions où nous pourrions nous rencontrer et nous retrouver sur les gros coups à travers le monde, au cours desquels parfois, même, je le distancerais et parviendrais à le battre à son propre jeu, qu'il ne cède jamais à la tentation du sourire affectueux, la faiblesse du sourire complice, la concession d'une embrassade. Mais cela n'avait aucune importance. Un ours est un ours, et j'aimais Marat tel qu'il était, tel qu'on n'en referait pas des comme lui, après.

35

Lumière n'était pas une championne de hockey sur gazon, mais cela ne comptait guère — vous éprouviez un grand plaisir à la regarder.

Sa jupette blanche voletait sur ses cuisses rondes, et lorsqu'elle entamait la descente du terrain, la crosse au bout de sa main, dévorant l'espace et l'herbe, le vent modifiant l'aspect de ses cheveux dont l'ensemble était retenu par ce large bandeau bleu qu'elle ne semblait jamais avoir quitté depuis notre première rencontre, son visage entièrement concentré dans l'effort, mais ne se départant pas de son beau, son éternel sourire, elle donnait une folle envie de sauter la barrière qui vous séparait de la pelouse pour la rejoindre dans sa course heureuse, aux côtés de ses camarades, toutes vêtues comme elle, petit bataillon de jeunes filles dans un décor champêtre, intemporel. Je me surpris à crier :

— Allez, Lumière, allez !

Elle se retourna au son de ma voix et s'immobilisa dans l'herbe rase. Elle me reconnut, fit un grand signe joyeux de la main, puis reprit le match non sans avoir ébauché un autre geste qui signifiait : « Attendez-moi, j'arrive. »

Ce dernier acheva de me plonger dans une satisfaction primaire. Je me disais : comme si j'allais m'en aller ! Et j'en riais presque... Comme si je n'étais pas venu pour la voir, l'écouter, lui parler, puisque j'en avais éprouvé le besoin, l'envie.

Il n'avait pas été très difficile de trouver le chemin de la pension des Jonquilles, dans le Nord, mais j'avais rencontré quelques soucis d'un autre ordre pour obtenir, de la part de la surveillante générale auprès de laquelle je m'étais présenté, l'emplacement exact du terrain de hockey où, comme chaque après-midi, Lumière jouait avec l'équipe de sa classe, et ensuite, la permission de m'y rendre. J'avais échafaudé un joli mensonge. J'étais un cousin germain, débarqué le matin même du Brésil, repartant le soir pour un voyage d'affaires au Moyen-Orient, et j'étais porteur d'un message important, confidentiel, de la part de Patrice de Moralès, le père de la jeune fille. Ma rouerie journalistique, la capacité que j'avais désormais développée d'inventer et simuler, cajoler et séduire, contourner et convaincre, ce talent qui ouvre les portes et vous gagne la faveur des plus coriaces, je les avais mis au service de ce qui était devenu un objectif sérieux : revoir Lumière.

À mon retour de la vallée des Morts, après mon reportage à Malpasset, j'avais encore plus intensément qu'après mon voyage sur la frontière oranaise éprouvé ce besoin de renouer un lien autre qu'épistolaire avec la jeune fille. Entre-temps, elle avait répondu au court billet que je lui avais écrit et dans lequel je suggérais une rencontre :

Bien sûr, revoyons-nous. Mais où et comment — puisque vous refusez de remettre les pieds chez ma tante ? Eh bien, cher ami, faites preuve d'imagination, vous n'en manquez pas. Étonnez-moi, comme eût dit Diaguilev à Stravinski — ou était-ce à Picasso, ou à Cocteau, je ne sais plus —, et trouvez une astuce, car j'ai moi aussi l'idée qu'il est temps que nous reprenions notre dialogue. Je vous laisse le soin de me surprendre, et je ne doute pas que vous y parviendrez. On raconte que les professeurs de dessin, en Chine, disent à leurs élèves : « Quand vous dessinez un arbre, ayez la sensation de monter avec lui. » J'ai la sensation que vous allez vous élever avec cet arbre qui s'appelle la connaissance que nous tentons d'avoir l'un de l'autre.

Toujours amicalement vôtre,

Lumière.

Elle arriva vers moi, essoufflée, quelques perles de sueur sur la naissance du front, à la lisière de ses cheveux blonds. Elle serrait une main contre sa poitrine, côté cœur, pour tenter de rétablir le calme après toutes ces courses, ces chutes, les exaltations des buts marqués ou refusés. Je lui dis vite, en me rapprochant d'elle, et en appliquant sur ses deux joues un bon baiser sonore et familial :

— Je suis votre cousin germain. J'arrive du Brésil. Je m'appelle Pablo.

Elle s'exclama, jouant le jeu avec un naturel qui m'enchanta :

— Pablo ! Pablo ! Quel bonheur de te voir, j'espère que tu as des nouvelles de mon père ?

Nous n'étions pas seuls. La surveillante, une dame aux traits tirés, au regard sec, aux manières courtoises, m'avait suivi à distance lorsque, ayant obtenu sa permission, je m'étais dirigé à pied à travers les cours de l'établissement, puis les jardins, vers les terrains de sport. Vêtue d'une blouse aux couleurs de la pension — bleu marine et blanc —, elle se tenait à quelques mètres de nous. Elle semblait assez bien élevée pour ne pas vouloir s'imposer, comme un chaperon d'autrefois, mais sa méfiance n'était pas encore dissipée. J'ai pris Lumière par la main, comme le brave cousin que je prétendais être, et je lui ai dit, sur le même registre bas et rapide :

— Marchons ensemble dans l'herbe, lentement mais sans nous arrêter. Faisons le tour du terrain.

Elle m'a confié sa crosse de hockey. Je lui ai rapidement expliqué mes mensonges, et j'en suis venu à l'essentiel :

— J'ai eu envie de vous revoir. Vous me manquiez. Les lettres ne suffisent pas.

Elle marchait à mes côtés. Derrière nous, à quelques mètres, la surveillante déambulait, feignant de ne pas suivre l'itinéraire que nous avions emprunté, mais avançant dans la même direction, à distance suffisante pour que je puisse cesser la simagrée du « cousin brésilien porteur de message », et qu'elle n'entende plus nos propos. Je tenais toujours la main de Lumière dans la mienne. Cela créait une sensation douce et chaude. Je sentais qu'elle m'envoyait, du bout de ses doigts, de petites pressions affectueuses. Nous nous arrêtions par intervalles. Je la regardais et redécouvrais son visage pur et gai, sage et profond, et je pouvais observer que la jeune fille était insensiblement en train de dire adieu à l'adolescence. L'acné, le duvet, les boursouflures et les cernes sous les yeux avaient disparu pour laisser le charme s'emparer de tous ses traits, ses fossettes, ses lèvres, et faire d'elle ce qu'on appelle communément une très belle fille. Mais, avec Lumière, les définitions communes ne suffisaient pas. Elle possédait d'autres éléments qui pouvaient fasciner, mais vous obligeaient à une manière de prudence. Malgré la grande franchise de son rapport, la limpidité de ses mots et de ses gestes, je ne pouvais m'empêcher d'agir comme si j'avançais sur un terrain fragile.

— Peut-être, lui dis-je, lorsque vous arriverez le samedi à midi par le train en gare du Nord, avant que l'on vienne vous prendre pour aller passer le week-end chez votre tante, peut-être pourrais-je vous rencontrer. Vous prétextez je ne sais quel musée à visiter en ville, et puis vous rejoignez Feucherolles dans l'après-midi ? Je ne vois pas en quoi votre tante pourrait s'opposer à cela.

— Ça n'est pas sûr, me dit Lumière, car ma tante me surveille et me protège. Elle le fait dans un bon esprit. Elle craint toujours, et je ne peux pas l'en blâmer, on ne sait quelle visite inopinée d'Angleterre.

— D'où ?

— Mais d'Angleterre, voyons ! Ma mère ! Ma tante sait, parce que je le lui ai déjà dit, qu'il ne faut pas que je me rapproche de ma mère. C'est un péril majeur pour moi. Sa folie pourrait me gagner. Je l'ai déjà pressenti, je l'ai déjà expliqué aux adultes.

Je repensais à une autre prémonition, à ce mot, « péril », qui revenait fréquemment sous sa plume et dans sa bouche.

— Qu'en est-il donc, lui demandai-je, de la « probabilité » ? Ce péril dont vous aviez saupoudré toute votre première lettre et qui m'avait fait peur ?

Lumière eut une nuance de reproche dans la voix :

— Si vous aviez eu peur autant que vous le dites, vous auriez cherché plus vite à me revoir. Vous ne vous seriez pas contenté de m'écrire.

Je me tus. Je ne m'étais jamais véritablement demandé pourquoi je me limitais, en effet, à une correspondance avec elle, pourquoi je ne m'étais pas décidé à surmonter l'épreuve du retour chez les Sorgues. Il ne suffisait pas de l'attribuer à mon orgueil blessé, ma crainte d'une humiliation devant ces grands bourgeois, et cette femme, la baronne, que, décidément, je ne supportais plus.

— Ma vie a changé d'un seul coup, ai-je répondu. J'ai été pris dans une infernale, mais une merveilleuse spirale professionnelle. Je ne me suis pas appartenu. J'ai vécu dans des avions, des hôtels, des voitures. Je n'ai pas dû passer, depuis un an, plus de quinze jours consécutifs à Paris, et pas plus de trois fois... Le reste du temps : voyages, reportages, travail.

— Je sais, fit-elle, Wence m'a tout raconté. Vous n'avez pas à vous justifier. Quant à la probabilité, je crois qu'elle rôde toujours autour de moi, mais moins fort. L'année est passée.

En entendant le diminutif de mon ami — qui ne l'était plus — j'avais senti un pincement de jalousie, mais j'évitai de parler de lui. Lumière, qui me regardait avec insistance, avait aussi laissé le sujet de côté. Elle s'était arrêtée de marcher.

— Auriez-vous donc peur de moi, alors ? demanda-t-elle.

— Peut-être, répondis-je. Enfin non, je n'ai pas peur, mais, je ne sais pas comment vous dire...

Elle avait ri.

— Alors, ne le dites pas. « Tu veux être heureux ? Sois-le », a dit un jour un sage. Eh bien, vous ne voulez pas parler ? Ne parlez pas.

— Ne vous fâchez pas, ai-je dit.

Nous avions atteint l'extrémité du terrain de hockey et nous nous rapprochions des poteaux qui délimitent la marque de l'en-but. Elle s'était adossée à la barrière de bois blanc et m'avait fait face. J'ai regardé autour de nous. La silhouette bleu et blanc de la surveillante s'était éloignée, maintenant. La dame avait, semblait-il, décidé de nous faire confiance. Je la voyais assise dans l'herbe, à une centaine de mètres, et je croyais distinguer qu'elle nous tournait le dos.

— Comment voulez-vous que je me fâche ? dit Lumière. C'est si agréable de vous revoir. Je n'ai pas changé, vous savez. Je n'ai pas changé d'avis : vous me plaisez toujours.

Je marquais, devant sa franchise, la même hésitation, et ressentais la même pudeur, la même retenue face à sa jeunesse et son inexpérience. Peur d'elle ? Oui, peut-être, au fond, avais-je peur. Non point de l'aimer, mais plutôt de la considérer comme une autre femme, et tenter d'entamer avec elle une approche comparable aux jeux amoureux que je connaissais. Mais chez elle, précisément, il n'y avait pas de jeu adulte, et c'était sans doute ce qui me paralysait. Mais je ne pouvais, devant une telle franchise, m'empêcher de réagir. Abandonne ta lâcheté, me dis-je, conforme-toi à son innocence.

— Ça signifie quoi, exactement, « vous me plaisez » ? demandai-je.

Elle avait ri. Toute phrase, tout geste, toute démarche de ma part semblait susciter ce rire, respiration permanente, musique interne.

— Vous êtes encore handicapé par toutes sortes de complications, m'avait-elle répondu. Pourquoi ne pas faire comme moi ? Pourquoi ne pas voir la vie et les gens comme lorsque vous étiez enfant ? Les mots veulent dire ce qu'ils disent : vous me plaisez, vous dis-je. Cela signifie qu'il me plaît d'être avec vous, que je vous trouve plaisant. Et que j'aurais du plaisir à avoir du plaisir avec vous, un jour.

La dernière phrase m'a décontenancé.

— Ah, dis-je, ah...

Elle a éclaté de rire devant mon embarras. Puis elle m'a regardé avec ce que j'ai pris, pour la première fois, pour une lueur de coquetterie, de séduction féminine plus proche de la norme de ce que je connaissais.

— Il faudra me donner beaucoup plus de temps que vous ne le faites sans doute avec toutes les autres, a-t-elle avoué. Mais peut-être y parviendrons-nous, un jour.

J'étais maintenant la proie, non d'une de ces envies familières, une de ces pulsions qui me faisaient avancer dans ma relation avec les femmes, mais plutôt d'un désir léger, un besoin de toucher, caresser. J'ai passé mes doigts sur sa joue, elle a rougi. Vite, elle a chuchoté :

— Avant que la surgé ne se retourne, embrassez-moi, mais donnez-moi un vrai baiser, s'il vous plaît. Pas sur les joues !

Sa poitrine un peu forte semblait battre sous la chemisette blanche de sa tenue de hockey. Je n'avais pas le temps de détailler ses hanches encore larges, la peau immaculée de ses cuisses nues au-dessous de la courte jupette de sport. Tout juste un baiser, un vrai, me dis-je, et je me penchai vers elle et lui pris hâtivement et légèrement ses lèvres ouvertes, sa langue, recueillant un goût frais et fruité. Je m'écartai d'elle aussi précipitamment. Elle avait répondu à mon baiser avec maladresse et appétit. Le rouge, à nouveau, avait envahi une partie de son visage et lui montait au front, jusqu'aux racines de sa blondeur.

— Merci, m'a-t-elle dit. Je vous remercie beaucoup. Savez-vous que c'est le premier vrai baiser que je donne ? Ou plutôt, que je reçois ?

Vous ne vous rendez sans doute pas tout à fait compte de l'énormité de l'événement. Rentrons, maintenant, car c'est un miracle que la surgé ne soit pas en train de hurler au viol de sa plus précieuse pensionnaire et d'appeler à la rescousse toute la gendarmerie française.

— Très bien, ai-je dit en riant.

— Une dernière chose avant qu'elle nous rejoigne, a dit Lumière. N'attendez pas un an pour revenir me voir.

La dame en blouse avait levé le bras en le ramenant vers elle, comme une cheftaine appelle ses troupes égarées, et nous l'avons rejointe sans plus parler. Tous les trois, nous nous sommes dirigés vers un bâtiment de bois et de brique, situé entre les terrains de sport et la résidence principale de la pension, qui servait apparemment de vestiaire.

— Je crois que la visite peut se terminer, a dit la dame. Vous avez bien transmis tous vos messages ?

— Oui, bien sûr, mais il me reste un dernier mot que je dois dire à ma cousine, si vous le permettez.

— Faites donc.

La dame a fait quelques pas de côté. J'ai regardé Lumière. Elle souriait, satisfaite de l'instant que nous venions de vivre, en attente.

— Je dois vous avouer, lui ai-je dit, que je n'ai pas supporté l'idée que Wence vous emmène et vous exhibe dans le monde, il y a quelque temps de cela. Ça m'a rendu furieux.

Lumière a approuvé de la tête.

— Je sais, mais vous avez eu tort, m'a-t-elle dit. J'ai cédé à l'insistance de votre ami, mais ça n'a eu aucune suite, et nous ne sommes pas restés longtemps chez ces gens-là.

J'ai vu resurgir sur ses pommettes, autour de ses lèvres, la même nuance de coquetterie. Son sourire s'est transformé, a perdu en sagesse pour gagner en malice.

— Ah, mais dites-moi, est-ce que vous ne venez pas de me faire tout bêtement une scène de jalousie ?

— Mais non, ai-je dit.

— C'est donc pour ça que vous êtes brouillé avec Wence. Nous ne l'avons pas revu à Feucherolles depuis deux week-ends.

Lumière s'est retournée vers la surgé.

— J'ai encore besoin de parler avec mon cousin, et seule, a-t-elle dit. Alors, maintenant, je vous demande de nous laisser. Tout va bien, mais j'ai besoin de respirer, voyez-vous. Ne m'étouffez pas plus que nécessaire, madame.

Il y avait une autorité dans le ton, et cette assurance avec laquelle il lui arrivait de juger, prédire. Et comme souvent dans son cas, les rôles étaient inversés : l'adulte pliait devant cette créature aux pouvoirs insolites. À la voir, se tenant toute droite, juvénile, dans sa tenue de hockeyeuse, et cependant maîtresse de l'instant, devant cette surgé qui fit instantanément retraite pour se diriger, cette fois, vers le bâtiment central et nous laisser vraiment seuls, je me prenais à imaginer quelle sorte de femme elle pourrait devenir. Trop autoritaire ? Trop directive ? Ou bien, tellement rayonnante et tellement pleine de cette assurance qui attire enfants et adultes qu'elle deviendrait le centre de tout. Elle se retourna vers moi :

— Oui, Wence. Il est parti, je crois, du moins c'est ce qu'il nous a dit, pour écrire son nouveau livre. J'ai bien compris que vous vous êtes querellés à cause de moi. Cela n'en valait pas la peine, qu'attendez-vous pour vous réconcilier ?

— Je ne sais pas, dis-je. S'il n'est pas à Paris en ce moment, c'est difficile.

— Il se trouve dans une maison que lui a prêtée un ami, pour entamer l'écriture de son nouveau livre. Je crois qu'elle est située du côté de Louviers, sur la route de Normandie. Il nous a expliqué que ce serait un roman. Ce serait « énorme », selon ses propres termes.

J'ai souri, dans un accès de regret, voire de remords.

— Ça ne m'étonne pas de lui, c'est bien de Wence de dire des choses pareilles.

Elle a fait une pause. Son visage s'est assombri. Elle m'a regardé et m'a dit avec prudence :

— Ça ne sera pas « énorme », car il ne finira jamais son livre.

— Pourquoi dites-vous ça ?

— Parce que je le sais, je le sens.

J'ai cru revoir passer dans ses yeux cette lueur divinatoire que j'avais notée lorsqu'elle énonçait tranquillement toutes sortes de vérités sur Wence et moi-même, alors qu'elle ne me connaissait pas du tout.

Elle a souri :

— J'ai été enchantée que vous ayez trouvé en vous-même le courage de venir jusqu'à moi.

— Le « courage » ?

— Mais oui, a-t-elle dit. Je sais que vous avez peur de moi, et je crois que c'est pour deux raisons. La première, c'est que vous me trouvez trop jeune. La seconde, c'est que vous êtes impressionné par mes anormalités.

— Bien vu, ai-je dit, mais ce n'est pas de la peur, tout juste de l'inexpérience. Vous êtes un être mystérieux et différent, et je n'ai jamais abordé quelqu'un comme vous. Il n'existe aucune référence, aucune expérience pour développer une relation avec Lumière ! Il faut tout le temps improviser.

Elle a conclu :

— Eh bien, mais n'est-ce pas cela, la vie ? Et croyez-vous que l'expérience puisse tout le temps vous servir de bouclier ou de jugement ? Il faudra bien dans votre vie future inventer et improviser.

Vous ne pourrez pas toujours vous réfugier et vous protéger dans le « déjà vécu ». Allez, quittons-nous, maintenant.

Elle a tendu la main pour que je lui restitue la crosse de hockey que je n'avais cessé de porter, a poussé la porte du vestiaire et m'a dit, dans un rire chuchoté et complice, dépourvu de perversité, empreint de sa gaieté si attachante :

— Quand même, ce qu'il y a eu de mieux, c'était notre baiser. Vous ne trouvez pas ?

36

Dans le train qui me ramenait vers la gare du Nord, j'ai pensé à ce baiser sollicité par Lumière, son goût de fraîcheur et de fruit, cette vivacité avec laquelle ses lèvres avaient rencontré les miennes. Il me semblait que c'était un baiser d'enfance, que j'y trouvais ce qui commençait à me manquer : un peu d'innocence, de pureté. Non que l'univers ou le métier dans lesquels j'évoluais désormais fussent plus souillés, corrompus, affligeants que d'autres, mais à mesure que j'avançais dans ma connaissance des êtres et des événements, j'en venais à considérer Lumière comme une chance qui surgit dans la vie. Sa jeunesse posait une équation délicate à résoudre, mais j'accueillais cette lente et persuasive intrusion dans le vide de mon cœur comme un antidote à toutes les comédies sociales, professionnelles et amoureuses dont j'étais parfois le témoin, parfois l'acteur. Le rythme du train a contribué à m'assoupir, et j'ai somnolé. La vision de la hockeyeuse blonde en jupette blanche dans le vert du gazon du stade des Jonquilles m'a accompagné jusqu'à la gare du Nord, en même temps que l'énoncé de ses jolies phrases, ses naïvetés aussi bien que ses fulgurances, ses affirmations — ses prédictions, enfin, dont la plus récente concernait Wence : « Il ne finira jamais son livre. »

37

Des hommes et des femmes, venus de tous les bords, réunis autour d'un couple magique, parlant bas, riant doucement, échangeant, dans une atmosphère douillette et intime, reparties et anecdotes, choses vues et entendues. C'est l'après-midi dans les salons d'une résidence à l'ouest de Paris.

De toutes les scènes de la « comédie humaine » qu'un chroniqueur de cette époque aurait pu passer en revue, il y a celle-là que je retiens encore aujourd'hui, à cette nuance près qu'il m'est impossible, pour l'évoquer, d'avoir recours à l'œil critique, le recul de l'ironie. Sans doute dans ce choix, sinon d'enjoliver, du moins de ne retenir que l'aspect positif des choses, peut-on voir un penchant particulier pour la nostalgie qui aura bercé une partie de ce récit.

Je ne possédais pas, à vingt ans, ce fameux « radar à merde » dont a parlé Hemingway, voulant signifier par cette expression volontairement crue qu'un journaliste — a fortiori un écrivain — doit être doté en permanence d'un outil interne lui permettant de démasquer l'imposture, dévoiler la supercherie, dénuder les vanités. De nos jours, on userait d'un terme plus technique, on appellerait cela un décodeur ou un scanner. Et naturellement, je ne l'avais pas autant développé ou peaufiné hier qu'aujourd'hui, mais peut-être aussi y a-t-il cette faiblesse chez moi, une tendance à ne vouloir retenir de ceux que j'ai observés, connus ou aimés que leurs qualités rédemptrices, et oubliai-je — à quelques exceptions près — leurs petitesses, leurs artifices, leurs misères. Ne serait-ce que parce que les miennes s'avèrent aussi nombreuses, flagrantes. La scène des dimanches à Louveciennes chez le petit homme sera donc traitée avec sympathie, indulgence, dans la lumière bienfaisante du souvenir.

Mais avec brièveté aussi, puisque le récit s'accélère, puisque la mort va venir bouleverser le jeu, comme dans tout récit de jeunesse.

On arrivait à midi devant la grille pour emprunter l'allée de graviers, au détour de laquelle on découvrait la maison et le couple d'hôtes qui vous attendait, tout sourire dehors.

Le petit homme, toujours vêtu de noir, toujours chaussé de ses curieuses pantoufles, et son épouse, visage mutin aux fossettes lisses et dorées, comme dans la partie la plus ronde d'une pomme, accueillaient leurs invités sur le perron de leur invraisemblable demeure, au style et à l'âge indéfinis, aux ailes et aux toits partant dans toutes les directions, située au milieu d'un parc regorgeant d'arbres, mélèzes, sapins, chênes et bouleaux. L'intérieur possédait, au contraire de la façade, le charme et le goût imposés par une femme dont l'œil, le jugement, les choix contribuaient chaque semaine à transformer la mentalité et la sensibilité des femmes françaises à travers le magazine qu'elle avait inventé, sur lequel elle régnait.

Mais vous ne vous attardiez qu'un instant devant les bibelots, les tableaux ou les meubles, car l'intérêt principal résidait dans la variété humaine qui, chaque dimanche, répondait avec empressement à l'invitation du petit homme pour s'installer, autour de lui et de son épouse, à la grande table du déjeuner — vingt, vingt-cinq couverts en moyenne. On voyait défiler ministres et poètes, romancières et avocats, jolies filles et vieux célibataires, explorateurs et chirurgiens, cinéastes et héros de la Résistance. Ce n'était pas seulement la notoriété, voire la célébrité des convives qui conféraient à ces rencontres une qualité parfois proche de certains grands salons de jadis, mais aussi l'affection, l'amusement, le respect qu'ils éprouvaient à l'égard du couple, et créaient une sorte de lien commun, un esprit de famille. Enfin, au contraire d'autres « déjeuners à la campagne » ou « dîners en ville » parisiens, l'argent n'y pesait d'aucun poids, ni ce que l'on convient d'appeler la technocratie. On était au milieu de personnages hétéroclites, fantaisistes, saltimbanques et funambules bien plus que banquiers ou industriels. On était au spectacle. Certes, la conversation ne volait pas toujours à la hauteur désirée par une Récamier ou une Madame du Deffand, et il se disait nombre bêtises, potins, trivialités et fables. Mais on y apprenait aussi beaucoup sur l'art, les secousses de la guerre d'Algérie, les inventions à venir, les trains d'Amérique latine et les mines de diamants du Tanganyika — car, au milieu de cette volière, au sein de ce caravansérail, le petit homme omettait rarement d'introduire un grand voyageur, un grand reporter, un collaborateur de retour d'une expédition lointaine et dont il savait, avec sa science du questionnement, recueillir la moisson, et parfois toutes sortes d'à-côtés que le journaliste n'avait pas inclus dans ses articles — ce qui ajoutait à l'excitante atmosphère autour de la table et contribuait à la réussite du déjeuner.

C'était une cérémonie à la fois très ordonnée — l'échantillonnage des genres, des métiers, des âges et des sexes était savamment composé par le petit homme et son épouse — et très imprévisible. Car il venait toujours se présenter, en dernière minute, à la grille, un ou plusieurs de ces personnages insolites, parasitaires et marginaux, qui s'étaient greffés au fil des années autour du couple, joueurs de gin et marchands de vent, dont l'humour, le don de la repartie ou de la mimique, la faculté de se moquer de tout et d'abord de soi, avaient fait les amuseurs, les fous de cette reine et de ce roi.

Enfin, le volume sonore autant que le mouvement étaient accentués par la présence fréquente des enfants. Assis à une table ronde annexe, les fils et les filles de tel ou tel invité, mais aussi d'autres enfants à l'égard desquels le petit homme et sa femme prodiguaient soutien, conseils, voire moyens de survie, apportaient leurs rires, leurs mots, leur naïveté et l'éclat de leur vie à ce concert brouillon et pourtant harmonieux dont la musique était jalousée par le reste de Paris, qui n'avait pas trouvé pour définir ces dimanches d'autre formule que celle de Thackeray, titre irremplaçable, jamais anachronique, aussi valable hier qu'aujourd'hui : La Foire aux vanités.

Il s'agissait bien d'une foire, et les vanités s'y bousculaient en effet, comme chalands et marchands le dimanche matin sur les places publiques de nos villages. Mais on pouvait y voir aussi le dernier prolongement d'un certain art de vivre, et la moindre des ironies était que ce rite — mélanger des gens divers pour en extraire quelque savoir et connaître quelque bonheur —

fût perpétué par un couple de juifs russes qui s'acharnaient encore, malgré leur réussite, à affirmer, aux yeux d'un monde dont ils craignaient toujours de ne pas entièrement recevoir l'approbation, leur identité, la revendication de leur francité.

Le déjeuner se prolongeait par le café, le pousse-café, les cigares. On était passé dans les salons, sur des poufs, des canapés, des fauteuils à bascule. Puis, tard dans l'après-midi, le gros des invités s'en allait après force remerciements et embrassades. Le soir venait tranquillement. Alors, un deuxième théâtre se mettait en place, plus intime, plus complice, plus chaleureux encore. On servait du thé, des biscuits, des cakes, du chocolat et des fruits confits, mais aussi de la vodka et des blinis, des amandes salées et des citrons en lamelles. On offrait à la ronde de grandes carafes pleines de jus de fruits ou d'eau parfumée au sirop de fleur d'oranger. On allumait des petites bougies aux coins des pièces. Des cercles naissaient de-ci de-là — conciliabules entre le petit homme et un futur président de la République, parties de cartes animées par un danseur longiligne aux mots imparables, confidences de femmes entre elles, les enfants, assis sur les tapis, faisaient des puzzles ou jouaient au mikado, leurs exclamations venant se mêler aux sonorités lointaines d'un disque, qui jouait du violon ou de la balalaïka. Il y avait de la Russie dans l'air, une légère mélancolie, avec, sous la fumée bleue des cigarettes, l'impression qu'une subtile transformation commençait et que les invités de la reine, et celui dont on laissait entendre qu'il était son amant, prenaient le dessus sur les amis du roi, lequel ne tarderait pas d'ailleurs à quitter discrètement sa propre demeure, pour partir rejoindre, au cœur de Paris, l'une de ses favorites qui l'attendait au milieu d'une autre cour.

Parmi les dimanches auxquels il me fut donné d'assister, deux d'entre eux se détachent de ma mémoire. Le premier, parce que j'y fis une rencontre brève mais instructive. Le petit homme, dans sa mansuétude, alors que je revenais de je ne sais quel reportage, en avait fait l'éloge public à la table du déjeuner, en me qualifiant de « petite merveille ».

Ce terme avait déjà été utilisé à mon sujet dans les couloirs du journal. Je l'avais d'abord reçu avec ce plaisir bête dont est victime tout être que l'on flatte, mais j'avais rapidement saisi l'ironie sous-jacente et la part critique qu'il renfermait. Au café, ce même dimanche, un écrivain âgé, chargé de palmes et d'honneurs, m'aborda en rigolant gentiment :

— Alors, c'est vous la « petite merveille » d
moment ?

— Euh... Ce n'est pas moi qui le dis, répondis-je.

Le vieil homme secoua sa tignasse blanche dans un mouvement moqueur. Il était grand, maigre, ridé, et il y avait dans sa dégaine une allure frondeuse, comme s'il s'était toujours gaussé des épées, des uniformes, des récompenses et des hommages dont sa large vie et sa belle œuvre avaient été gratifiées.

— Avez-vous lu le dernier Bloc-Notes de Mauriac, cette semaine ? me demanda-t-il.

— Non, répondis-je.

— Eh bien, vous devriez, car il y parle de vous. Enfin, pas de vous, mon pauvre ami, mais de cette expression dont on vous affuble et dont je souhaite qu'elle ne vous colle pas longtemps à la peau. Il cite un texte de Barrès à ce sujet. Ça vous intéresse ?

— Bien sûr, dis-je.

D'une main très ferme, surprenante chez un homme de son âge, il saisit mon poignet et me dirigea vers un fauteuil, m'obligeant à m'y asseoir, pour s'installer sur un autre fauteuil en face de moi.

— Écoutez cela, dit-il. Je cite : « Il faut quitter d'un pas assuré notre jeunesse et trouver mieux. Ce n'est pas bien malin d'être une merveille à vingt ans. » Vous avez entendu ?

— Oui, dis-je.

Il voulut répéter :

— « Ce n'est pas bien malin d'être une merveille à vingt ans. » Mais voici la suite : « Le difficile est de se prêter au perfectionnement de la vie et de s'enrichir d'elle, à mesure qu'elle nous arrache ses premiers dons. » Voilà, c'est tout. Vous allez retenir ce texte ?

— Oui, je crois.

Il sortit de la poche de son élégante veste usée, en laine à chevrons gris-noir, aux coudes cousus de cuir, un carnet couvert de peau d'autruche auquel était fixé un petit porte-mine en argent. Il me tendit le tout.

— Vous allez prendre ce texte sous ma dictée, s'il vous plaît. Ainsi, nous serons sûrs que vous vous en souviendrez.

Je me suis consciencieusement exécuté et j'ai remercié le vieil homme.

38

Le deuxième dimanche mémorable fut celui où nous apprîmes la mort de Wence.

Nous avions tout juste achevé le déjeuner lorsqu'on vint chercher le petit homme pour une communication téléphonique urgente. Il réapparut dans le salon au bout de quelques minutes et me fit un signe.

— Venez avec moi dans le hall d'entrée, dit-il.

Là, sans plus attendre, d'une voix blanche, il me rapporta ce qu'un correspondant local venait de lui révéler : Wenceslas Dubois s'était tué dans la matinée, au volant d'une Aston Martin, sur la route de Normandie. Apparemment, il venait de Paris. « Il pleuvait, un temps de cochon. La voiture est pulvérisée. Elle a quitté la route, a fait plusieurs cabrioles, a heurté une murette de béton et d'acier, et elle a rebondi dans un champ tout proche. Le corps est à peine reconnaissable. »

J'étais sans voix.

— Vous y allez, me dit-il. Ce n'est pas très

loin, au-delà du tronçon de l'autoroute. Je vous donne ma voiture avec le chauffeur. J'ai tous les renseignements. La gendarmerie, l'hôpital, etc.

— Oui, ai-je dit. J'y vais.

— Incroyable, a murmuré le petit homme pour lui-même. La veille, hier, il a fait un saut dans mon bureau. Il était mal rasé, les yeux fiévreux. Je l'ai trouvé changé, un peu exalté, et très grossier. Il m'a expliqué qu'il s'était enfermé dans une baraque à la campagne pour écrire un roman « énorme » et qu'il repassait par Paris pour « voir quelqu'un ». Vous connaissez Wence et ses mystères... Mais je me demande pourquoi il a cru bon de passer me voir.

— Je ne sais pas, dis-je. Je suis incapable de réfléchir.

Le petit homme m'a poussé vers la porte, après m'avoir tendu une fiche de carton rose, à petits carreaux, sur laquelle il avait inscrit les détails fournis par le correspondant local. Brusquement, tout m'est revenu — c'est-à-dire les prédictions de Lumière : « Il ne finira jamais son roman. » Et puis, j'ai pensé à Lumière elle-même et à sa première lettre, à l'autre prédiction : « Si un nombre précis d'éléments matériels et météorologiques entrent en contact avec un nombre imprécis de coïncidences et d'erreurs, le rendez-vous se produira, et mon séjour sur terre aura été court. »

J'ai été pris d'une soudaine frayeur.

— Savez-vous, ai-je demandé au petit homme, si Wence était bien seul dans l'Aston ?

— Oui, bien sûr, il était seul, j'en suis certain. Pourquoi ?

J'ai éprouvé une sorte de soulagement, et je suis parti pour reconnaître le corps de mon ami, recueillir les détails des gendarmes et des témoins, et même faire une incursion indiscrète, mais dont je sentais la nécessité, jusqu'à la maison de Louviers où j'ai découvert, sur une table, des rames et des rames de papier blanc, désespérément vides de tout texte, et, jonchant le sol, des douzaines de cadavres de bouteilles de whisky, des boîtes de conserve à peine ouvertes, et où j'ai cru sentir flotter l'odeur du parfum de la baronne, ce mélange de sucre et d'épices qui s'associerait longtemps, pour moi, à l'image de la perversion et de la mort.

Pour les générations qui allaient suivre la nôtre, il y aurait la mort par « overdose ». Wence avait rencontré celle par « overdrive ». Avait-il titillé une fois de trop, dans son geste « esthétique », la petite virgule d'acier qui faisait bondir les bolides britanniques, était-il imbibé d'alcool, la phase d'autodestruction dans laquelle il semblait qu'il eût plongé (éloignement de Paris, incapacité d'écrire, et je ne saurais jamais quelles cérémonies secrètes organisées par la baronne) l'avait-elle poussé à sortir de la route... Nous avons un jour, Jean-François Chemla et moi, cessé de nous poser ces questions. C'est autour des mêmes années — et, dans certains cas, des mêmes mois — que plusieurs jeunes hommes et jeunes femmes ont disparu dans des conditions similaires. En voiture, souvent étrangères, en général sur des lignes droites. Nous connaissions certains d'entre eux par leurs œuvres ou leurs images, d'autres nous étaient plus proches, et nous nous demandions, dans ce cas, quel était le critère choisi pour que s'opère quelque coupe claire dans une génération, et quel élément du hasard ou du destin intervenait pour briser une vie en pleine jeunesse, ou, a contrario, pour lui concéder le privilège de la continuer. Nous n'avons pas voulu, là encore, verser dans la philosophie, l'introspection, les hypothèses et les regrets. Nous n'avons pas trop pleuré.

D'abord, parce que nous étions journalistes, et que, dès nos premiers pas dans ce métier, nous nous étions familiarisés avec l'imprévisible, l'inattendu, la mort. Ensuite, parce que nous pensions, à tort sans doute, que nous ne devions pas exhiber nos émotions, qu'il fallait toujours faire preuve de ce fameux « self-control » si bien incarné par les acteurs américains dans les polars de série B de l'époque. Pour moi, cependant, Wence m'a beaucoup manqué, et longtemps, et à plus d'un titre. Je ne me l'étais pas choisi comme modèle ou comme maître, mais il m'était devenu une sorte de miroir vers lequel je renvoyais ma propre image, un révélateur, mais contradictoire — nous étions tellement différents, c'est de cela que sont faites les amitiés —, et une sorte de référence. C'est-à-dire que nous ne vivions pas une compétition, mais plutôt une forte émulation. Je voulais faire mieux que lui, écrire mieux, aller plus loin, plus profond. Lorsque j'avais achevé de dicter l'un de mes papiers, il m'arrivait fréquemment de me demander :

— Va-t-il le lire ? Qu'en pensera-t-il ?

Mais comme il était, avant toute chose, un ami, et que cela ne se définit pas, je me posais surtout la question :

— Va-t-il aimer ? L'aurai-je étonné ? Sera-t-il fier du clampin ?

Eh bien, je ne pourrais plus réfléchir de cette manière, dorénavant. Il me faudrait faire connaissance avec d'autres hommes, d'autres femmes, pour partager mon goût du travail bien fait, ma curiosité du monde, ma poursuite insatisfaite et sans fin vers l'excellence. Mais, à cet instant de ma vie, je ne pouvais encore accepter que je rencontrerais forcément de tels hommes et de telles femmes, et que j'en oublierais presque les autres. Car un autre événement servit de nouvelle rupture. Le sursis grâce auquel je venais de vivre mes expériences s'est terminé. J'ai quitté la scène et je suis parti pour l'armée.

ÉPILOGUE

39

Il était vingt heures trente sur le quai de la gare de Lyon.

J'ai eu la sensation que je me retrouvais là où tout avait commencé pour moi : les rails vides, le gris et le noir, les escarbilles, les odeurs et les bruits de gare, l'atmosphère magique de ce lieu de foule où l'on voit et l'on observe, où l'on vit séparations et retrouvailles, angoisse et bonheur, et j'ai pensé que j'aimais beaucoup les gares — même si, cette nuit-là, je n'étais pas en humeur d'aimer grand-chose, puisque, revêtu de mon uniforme de deuxième classe, mon paquetage sous le bras, un calot sur la tête, j'attendais le train qui m'emmènerait vers Marseille, où je prendrais le paquebot vers l'Algérie.

— Je ne te dis pas adieu, m'avait dit Chemla, puisque tu vas me retrouver là-bas. Oui, tu vas découvrir mes frères, les pieds-noirs, des autres moi-même.

Il avait tenu à m'accompagner non pas jusqu'au train (« ça ferait trop mélo »), mais jusqu'à un dernier verre que nous consommerions à la terrasse d'un des nombreux grands cafés que surplombe la gare de Lyon, sur le boulevard en bas. Je parlais peu. Chemla s'est raclé la gorge, comme avant de tenir un discours :

— Et si l'on faisait un petit bilan avant le départ, qu'en penses-tu ? m'a-t-il dit.

— Un bilan ? Quel bilan ?

Comme à chaque fois qu'il aurait pu risquer de paraître sérieux, mû par son sens de la parodie qui lui servait de protection, Chemla a pris une expression compassée, imitant la voix de gorge, basse, grave, teintée d'accent agenais de celui qui était devenu le meilleur interrogateur de la télévision. Il s'est enfoncé dans le fauteuil d'osier du bistrot, et m'a interrogé, façon Desgraupes :

— En quelques phrases, comme ça, pourriez-vous me dire ce que vous retenez de vos premières années de journalisme ?

J'ai agité la main, en signe de refus.

— J'ai pas envie, Chem, pas ce soir, ai-je dit.

Il insistait, prolongeant sa talentueuse imitation du talentueux aîné :

— Ne vous dérobez pas, je vous prie. Quelques phrases suffiront.

Je connaissais assez mon Chemla pour discerner qu'il souhaitait sincèrement ce bilan, et que sa pudeur et son refus viscéral de l'« esprit de sérieux » l'empêchaient de l'aborder autrement que par le biais de la parodie.

— En vrac, répondis-je, ma dette envers le journalisme est grande. Mais je ne « sentimentalise » pas ma profession, et j'ai compris la menace qu'elle représente contre l'écriture. Quand on travaille pour un journal, on est amené à oublier, chaque jour, ce qui arrive le jour d'avant. Ça détruit la constance, la continuité.

— Et alors ?

— Et alors, seule la constance est bénéfique. Mais j'ai aussi observé, et là, je vais vous le donner vraiment en vrac.

— Mais oui, allez-y, en vrac. On commence par quoi ?

— Les hommes et les femmes que j'ai observés, ai-je dit, j'en ai plus appris d'eux lorsqu'ils étaient sous une pression, un danger, et c'est peut-être la raison pour laquelle il me faut passer par la guerre... J'ai appris... des banalités : que le pouvoir est une maladie qui apparaît sur les visages ; le mensonge, une méthode de progression ; le naturel ne peut se chasser, il revient au galop, quoi qu'on fasse. J'ai vu que la vie quotidienne peut être désespérée pour la majorité des hommes et des femmes et mon métier, cruel, me permettait de rapporter ce désespoir et de le laisser tranquillement comme une valise derrière moi. Et je savais que ces désespoirs continueraient, sans moi, bien sûr. J'ai aussi reçu confirmation que ceux qui pensent tout le temps à une seule et même chose finissent par obtenir cette chose, dussent-ils, au passage, détruire la vie de leurs proches — ce qui ne manque pas d'arriver. J'ai tout fait, et je ferai tout, pour éviter le cynisme, tentation numéro un de notre profession.

— Mais dites-moi, m'interrompit Chemla, vous êtes bien sombre !

— Mais non, je me suis attaché à observer, c'est tout, puisque tout est un signe. Les yeux d'un être en disent plus que ses mains. Je vais vous dire surtout ceci : je crois qu'il existe une *intelligence de la vie* qui ne s'apprend qu'au contact de la vie. La première personne que j'ai interviewée, un poète, Blaise Cendrars, me l'avait dit et je n'avais rien compris à l'époque : « Restez près de la vie. » Cette intelligence peut s'acquérir, ou bien on peut l'avoir reçue par don, par instinct. De la même façon, il existe une non-intelligence de la vie que l'on retrouve, neuf fois sur dix, chez ceux qui sont restés trop longtemps enfermés dans les écoles, souvent celles que l'on dit grandes. Ceux-là ne voient pas la vie. Ils ne voient pas la mer en face d'eux. Ils sont assis sur le sable, la mer est belle, il fait beau ! Eh bien, ils ne voient pas la mer.

Chemla, oubliant notre parodie d'interview, me regarda longuement. Il prit un ton que je ne lui connaissais pas mais qui, au fil des années, deviendrait le sien, plus serein, plus mûr.

— Tu as oublié l'essentiel, mon vieux. Toi,

comme moi, comme les copains de notre âge, nous avons appris à observer ta fameuse « vie ». Et à la raconter. Et tu as su la raconter, et tu as su raconter le quoi, le qui, le où, le quand et le comment. Nous nous sommes tous préoccupés du « comment ». Aucun d'entre nous n'a encore commencé à travailler sur le « pourquoi ». Et toi, moins que les autres. Demande-toi pourquoi.

— Oui, ai-je ri, pourquoi ?

— Ah ben, je ne sais pas, moi !

L'interview était terminée, le verre aussi. Chemla m'a pris par les épaules et m'a lancé un grand « merde » en guise de salut, et je lui ai serré la main une dernière fois avant de traverser le boulevard pour monter à pied vers la gare. Je lui avais dit quelques petites choses, pensai-je, mais je n'avais pas parlé de Lumière.

Lorsque nous avions enterré Wence, et que nous nous étions retrouvés à la sortie du cimetière Montparnasse, où — étonnante précaution — Wence avait acheté une concession, deux ans auparavant, expliquant dans une lettre posthume de quelques lignes que nous retrouvâmes rue du Faubourg-Saint-Honoré qu'il souhaitait « reposer non loin de Baudelaire et de ma chère Closerie des Lilas », Lumière m'avait raconté comment elle était passée à côté — juste à côté de la « probabilité ».

— Il est arrivé le samedi matin à Feucherolles, m'avait-elle dit. Il avait une drôle de mine. Pas rasé, anxieux, déboussolé. Il m'a entraînée dans le jardin : « Accompagnez-moi jusqu'à Louviers. Je n'arrive pas à écrire. Pas une ligne, rien ! Je suis impuissant. J'ai besoin d'une inspiration. Devenez ma muse, ma lumière, je vous demande simplement de m'offrir votre visage pendant quarante-huit heures. On mangera des œufs et du fromage de la ferme toute proche, et l'on boira du cidre. Je vous raccompagnerai le dimanche soir pour retourner à votre pension. Venez ! » J'ai refusé. Ma tante était absente. Il a voulu m'entraîner jusqu'à l'Aston Martin et j'ai marché à ses côtés. « Allez, montez », m'a-t-il répété. J'ai regardé l'Aston. Il pleuvait, il n'avait pas mis la capote. J'ai senti que les circonstances qu'une force obscure m'avait annoncées se présentaient devant moi, et j'ai dit à Wence : « Je ne monte pas dans cette voiture. » Il s'est vexé, il est parti et voilà.

Lumière marchait vers la Jaguar de sa tante, garée plus loin, le long du boulevard Edgar-Quinet. Elle avait eu un soupir :

— Si vous saviez comme j'aimerais perdre tout cela, ce don, cette vision. Comme j'aimerais devenir banale et normale, atrocement normale !

Je lui avais annoncé mon proche départ sous les drapeaux. Elle m'avait répondu :

— Je vous attendrai, j'ai tout mon temps. Ma tante a été violemment perturbée par cette tragédie. C'est laid, tout ce qui se passe maintenant, et même si je lui suis très reconnaissante de m'avoir protégée jusqu'ici, j'ai du mal à oublier tout ce que j'ai compris de ses vices et de ses secrets. Ça va mal se terminer. Mon père arrive demain pour sa visite trimestrielle. Il se peut que je reparte avec lui au Brésil. Et quand je vous dis « il se peut », ça veut bien entendu dire que je sais que je vais le faire.

— Je ne vous reverrai pas de sitôt, alors, ai-je dit.

Elle s'est arrêtée et a pris mes mains dans les siennes. Elle est parvenue à sourire, sous le voile bleu foncé dont elle avait recouvert ses cheveux pendant la cérémonie, de ce beau sourire placide, empreint de patience et de sagesse, qualités qui me manquaient tant :

— Nous nous reverrons, je le sais. Nous nous rencontrerons à nouveau. Mais cette fois, je serai une « vieille » et un baiser volé ne suffira plus.

Je l'ai laissée se diriger vers la Jaguar devant laquelle l'attendait le couple des Sorgues, figés, muets, vêtus de noir. Elle s'est retournée et m'a fait son ample et joyeux signe de la main. Un an plus tard, la baronne se suicidait en avalant un litre d'eau de Cologne.

Le train était à quai. Les bidasses, bruyants, rigolards pour certains, anxieux pour d'autres, avaient commencé d'envahir couloirs et compartiments. Je ne me résolvais pas encore à les rejoindre. Quelqu'un, derrière moi, m'a touché l'épaule. J'ai pivoté.

— Tu me reconnais ?

J'ai hésité. C'était un jeune homme de mon âge, revêtu de l'uniforme, avec la barrette d'aumônier des armées. Il avait les cheveux en brosse, des joues pleines, de petites rides fines sur un front large, à la calvitie naissante.

— Ah, ai-je dit, l'Abbé !

Je l'avais vu traverser ma vie de bidasse, dix mois auparavant, dans une des innombrables casernes autour et dans Paris, où je faisais de brefs séjours tandis que, la plupart du temps, j'étais en civil, planqué dans les bureaux d'un journal militaire aux Invalides. L'Abbé, comme nous l'appelions, avait déjà fait un séjour en Algérie, et nous avions un peu évoqué la guerre, qui se terminait. Il m'avait dit :

— Quand tu iras, ce sera la fin. Mais je ne sais pas bien quelle fin. Ça se terminera jusqu'au dernier jour dans l'horreur et dans le sang, crois-en mon expérience.

Maintenant, il se tenait devant moi, sur le quai de la gare de Lyon. Il m'expliqua qu'il était venu dire au revoir à quelques camarades.

— Alors tu pars, enfin !

— Pourquoi « enfin » ? demandai-je.

Il hésita.

— Je peux te parler franchement ?

— Vas-y, dis-je.

— Bon. Je te dis ça parce que j'ai suivi ton parcours. Je te connais depuis plus longtemps que tu ne crois. Je t'ai lu. Et ça m'intéresse de voir que tu vas enfin quitter ta petite gloriole et tes petits avantages... Tu sais ce qu'il va t'arriver là-bas ?

J'ai ri.

— Personne ne sait, lui dis-je, pas plus toi que moi, imbécile. Qu'est-ce que tu essaies de me dire, l'Abbé ?

— J'essaie de te dire que, là-bas, il faudra bien enfin, et je répète : « enfin », que tu embrasses ton frère, que tu tendes la main vers lui, que tu fasses acte de solidarité et d'amour. Tu ne seras plus un témoin, comme tu as eu le privilège de l'être depuis trois ans. Tu vas être obligé de donner, de t'impliquer.

— Pourquoi me dis-tu cela ?

Il a fait un geste de la main vers ma poitrine.

— L'as-tu déjà fait jusqu'ici ? T'es-tu seulement demandé combien de fois tu as pensé à autre chose qu'à ta réussite et à quelqu'un d'autre qu'à toi-même ? Quelle dose de tendresse as-tu dispensée dans ta vie, jusqu'ici, et quelle dose as-tu reçue ? Et as-tu, seulement une fois, prononcé ce mot : tendresse ?

Je n'ai pas su comment réagir à ses paroles mais peut-être lisait-il sur mon visage, comme souvent, le désarroi, l'irritation, l'incrédulité. Il s'est interrompu.

— Pardon, je viens de te faire un sermon à la con. Excuse-moi et oublie ce que je viens de te dire.

— D'accord, ai-je répondu. Salut et à bientôt.

Je suis monté dans le train, déjà empesté d'odeurs de tabac, d'oranges, de sandwiches, de bière et de sueur humaine, et j'ai attendu que le convoi s'ébranle pour m'emmener vers ce que j'aimais plus que tout : l'inconnu.

40

Quand on avait vingt ans ou un peu plus, tout paraissait d'abord facile, et tout se révélait difficile au fur et à mesure, insaisissable. On croyait que l'on possédait quelque chose, mais cette chose vous échappait et vous ne saviez pas pourquoi.

Peu à peu, avec les années et les leçons qu'apportaient ces années, vous compreniez que la ville ne vous appartenait pas. Elle était plus grande, plus vaste, plus ancienne, plus compliquée, plus mystérieuse, plus belle et plus trompeuse que vous ne l'aviez envisagé. C'était une vérité simple et vous l'acceptiez sans barguigner, comme toutes les vérités simples. On ne parviendrait pas à conquérir la ville, elle n'appartenait à personne, c'est-à-dire qu'elle appartenait à tout le monde. Elle durerait plus longtemps que nos rêves, nos ambitions, nos amours. Je tiens, rassemblés dans la paume d'une seule main, tous ceux que j'ai vus paraître et disparaître, et je pourrai ouvrir et fermer mon poing des centaines et des centaines de fois, comme un cœur qui bat, comme une valve qui palpite, le mouvement fébrile de mes doigts ne parviendra jamais à faire revivre le Paris de ma jeunesse, lorsque nous y faisions nos débuts.

DU MÊME AUTEUR

Aux Éditions Gallimard

UN AMÉRICAIN PEU TRANQUILLE.

DES FEUX MAL ÉTEINTS.

DES BATEAUX DANS LA NUIT.

L'ÉTUDIANT ÉTRANGER.

UN ÉTÉ DANS L'OUEST.

LE PETIT GARÇON.

QUINZE ANS.

UN DÉBUT À PARIS.

LA TRAVERSÉE.

Aux Éditions Denoël

TOUS CÉLÈBRES

Aux Éditions Jean-Claude Lattès

CE N'EST QU'UN DÉBUT (avec Michèle Manceaux)

COLLECTION FOLIO

Dernières parutions

2631.	William Makepeace Thackeray	*La Foire aux Vanités.*
2632.	Julian Barnes	*Love, etc.*
2633.	Lisa Bresner	*Le sculpteur de femmes.*
2634.	Patrick Chamoiseau	*Texaco.*
2635.	Didier Daeninckx	*Play-back.*
2636.	René Fallet	*L'amour baroque.*
2637.	Paula Jacques	*Deborah et les anges dissipés.*
2638.	Charles Juliet	*L'inattendu.*
2639.	Michel Mohrt	*On liquide et on s'en va.*
2640.	Marie Nimier	*L'hypnotisme à la portée de tous.*
2641.	Henri Pourrat	*Bons, pauvres et mauvais diables.*
2642.	Jacques Syreigeol	*Miracle en Vendée.*
2643.	Virginia Woolf	*Mrs Dalloway.*
2645.	Jerome Charyn	*Elseneur.*
2646.	Sylvie Doizelet	*Chercher sa demeure.*
2647.	Hervé Guibert	*L'homme au chapeau rouge.*
2648.	Knut Hamsun	*Benoni.*
2649.	Knut Hamsun	*La dernière joie.*
2650.	Hermann Hesse	*Gertrude.*
2651.	William Hjortsberg	*Le sabbat dans Central Park.*
2652.	Alexandre Jardin	*Le Petit Sauvage.*
2653.	Philip Roth	*Patrimoine.*
2655.	Fédor Dostoïevski	*Les Frères Karamazov.*
2656.	Fédor Dostoïevski	*L'Idiot.*

2657.	Lewis Carroll	*Alice au pays des merveilles. De l'autre côté du miroir.*
2658.	Marcel Proust	*Le Côté de Guermantes.*
2659.	Honoré de Balzac	*Le Colonel Chabert.*
2660.	Léon Tolstoï	*Anna Karénine.*
2661.	Fédor Dostoïevski	*Crime et châtiment.*
2662.	Philippe Le Guillou	*La rumeur du soleil.*
2663.	Sempé-Goscinny	*Le petit Nicolas et les copains.*
2664.	Sempé-Goscinny	*Les vacances du petit Nicolas.*
2665.	Sempé-Goscinny	*Les récrés du petit Nicolas.*
2666.	Sempé-Goscinny	*Le petit Nicolas a des ennuis.*
2667.	Emmanuèle Bernheim	*Un couple.*
2668.	Richard Bohringer	*Le bord intime des rivières.*
2669.	Daniel Boulanger	*Ursacq.*
2670.	Louis Calaferte	*Droit de cité.*
2671.	Pierre Charras	*Marthe jusqu'au soir.*
2672.	Ya Ding	*Le Cercle du Petit Ciel.*
2673.	Joseph Hansen	*Les mouettes volent bas.*
2674.	Agustina Izquierdo	*L'amour pur.*
2675.	Agustina Izquierdo	*Un souvenir indécent.*
2677.	Philippe Labro	*Quinze ans.*
2678.	Stéphane Mallarmé	*Lettres sur la poésie.*
2679.	Philippe Beaussant	*Le biographe.*
2680.	Christian Bobin	*Souveraineté du vide* suivi de *Lettres d'or.*
2681.	Christian Bobin	*Le Très-Bas.*
2682.	Frédéric Boyer	*Des choses idiotes et douces.*
2683.	Remo Forlani	*Valentin tout seul.*
2684.	Thierry Jonquet	*Mygale.*
2685.	Dominique Rolin	*Deux femmes un soir.*
2686.	Isaac Bashevis Singer	*Le certificat.*
2687.	Philippe Sollers	*Le Secret.*
2688.	Bernard Tirtiaux	*Le passeur de lumière.*
2689.	Fénelon	*Les Aventures de Télémaque.*
2690.	Robert Bober	*Quoi de neuf sur la guerre ?*
2691.	Ray Bradbury	*La baleine de Dublin.*
2692.	Didier Daeninckx	*Le der des ders.*
2693.	Annie Ernaux	*Journal du dehors.*
2694.	Knut Hamsun	*Rosa.*
2695.	Yachar Kemal	*Tu écraseras le serpent.*

2696. Joseph Kessel — *La steppe rouge.*
2697. Yukio Mishima — *L'école de la chair.*
2698. Pascal Quignard — *Le nom sur le bout de la langue.*
2699. Jacques Sternberg — *Histoires à mourir de vous.*
2701. Calvin — *Œuvres choisies.*
2702. Milan Kundera — *L'art du roman.*
2703. Milan Kundera — *Les testaments trahis.*
2704. Rachid Boudjedra — *Timimoun.*
2705. Robert Bresson — *Notes sur le cinématographe.*
2706. Raphaël Confiant — *Ravines du devant-jour.*
2707. Robin Cook — *Les mois d'avril sont meurtriers.*
2708. Philippe Djian — *Sotos.*
2710. Gabriel Matzneff — *La prunelle de mes yeux.*
2711. Angelo Rinaldi — *Les jours ne s'en vont pas longtemps.*
2712. Henri Pierre Roché — *Deux Anglaises et le continent.*
2714. Collectif — *Dom Carlos* et autres nouvelles françaises du XVIIe siècle.
2715. François-Marie Banier — *La tête la première.*
2716. Julian Barnes — *Le porc-épic.*
2717. Jean-Paul Demure — *Aix abrupto.*
2718. William Faulkner — *Le gambit du cavalier.*
2719. Pierrette Fleutiaux — *Sauvée !*
2720. Jean Genet — *Un captif amoureux.*
2721. Jean Giono — *Provence.*
2722. Pierre Magnan — *Périple d'un cachalot.*
2723. Félicien Marceau — *La terrasse de Lucrezia.*
2724. Daniel Pennac — *Comme un roman.*
2725. Joseph Conrad — *L'Agent secret.*
2726. Jorge Amado — *La terre aux fruits d'or.*
2727. Karen Blixen — *Ombres sur la prairie.*
2728. Nicolas Bréhal — *Les corps célestes.*
2729. Jack Couffer — *Le rat qui rit.*
2730. Romain Gary — *La danse de Gengis Cohn.*
2731. André Gide — *Voyage au Congo* suivi de *Le retour du Tchad.*
2733. Ian McEwan — *L'enfant volé.*
2734. Jean-Marie Rouart — *Le goût du malheur.*

2735. Sempé — *Âmes sœurs.*
2736. Émile Zola — *Lourdes.*
2737. Louis-Ferdinand Céline — *Féerie pour une autre fois.*
2738. Henry de Montherlant — *La Rose de sable.*
2739. Vivant Denon / Jean-François de Bastide — *Point de lendemain*, suivi de *La Petite Maison.*
2740. William Styron — *Le choix de Sophie.*
2741. Emmanuèle Bernheim — *Sa femme.*
2742. Maryse Condé — *Les derniers rois mages.*
2743. Gérard Delteil — *Chili con carne.*
2744. Édouard Glissant — *Tout-monde.*
2745. Bernard Lamarche-Vadel — *Vétérinaires.*
2746. J.M.G. Le Clézio — *Diego et Frida.*
2747. Jack London — *L'amour de la vie.*
2748. Bharati Mukherjee — *Jasmine.*
2749. Jean-Noël Pancrazi — *Le silence des passions.*
2750. Alina Reyes — *Quand tu aimes, il faut partir.*
2751. Mika Waltari — *Un inconnu vint à la ferme.*
2752. Alain Bosquet — *Les solitudes.*
2753. Jean Daniel — *L'ami anglais.*
2754. Marguerite Duras — *Écrire.*
2755. Marguerite Duras — *Outside.*
2756. Amos Oz — *Mon Michaël.*
2757. René-Victor Pilhes — *La position de Philidor.*
2758. Danièle Sallenave — *Les portes de Gubbio.*
2759. Philippe Sollers — *PARADIS 2.*
2760. Mustapha Tlili — *La rage aux tripes.*
2761. Anne Wiazemsky — *Canines.*
2762. Jules et Edmond de Goncourt — *Manette Salomon.*
2763. Philippe Beaussant — *Héloïse.*
2764. Daniel Boulanger — *Les jeux du tour de ville.*
2765. Didier Daeninckx — *En marge.*
2766. Sylvie Germain — *Immensités.*
2767. Witold Gombrowicz — *Journal I (1953-1958).*
2768. Witold Gombrowicz — *Journal II (1959-1969).*
2769. Gustaw Herling — *Un monde à part.*
2770. Hermann Hesse — *Fiançailles.*
2771. Arto Paasilinna — *Le fils du dieu de l'Orage.*

2772. Gilbert Sinoué	*La fille du Nil.*
2773. Charles Williams	*Bye-bye, bayou !*
2774. Avraham B. Yehoshua	*Monsieur Mani.*
2775. Anonyme	*Les Mille et Une Nuits III (contes choisis).*
2776. Jean-Jacques Rousseau	*Les confessions.*
2777. Pascal	*Les Pensées.*
2778. Lesage	*Gil Blas.*
2779. Victor Hugo	*Les Misérables I.*
2780. Victor Hugo	*Les Misérables II.*
2781. Dostoïevski	*Les Démons (Les Possédés).*
2782. Guy de Maupassant	*Boule de suif* et autres nouvelles.
2783. Guy de Maupassant	*La Maison Tellier. Une partie de campagne* et autres nouvelles.
2784. Witold Gombrowicz	*La pornographie.*
2785. Marcel Aymé	*Le vaurien.*
2786. Louis-Ferdinand Céline	*Entretiens avec le Professeur Y.*
2787. Didier Daeninckx	*Le bourreau et son double.*
2788. Guy Debord	*La Société du Spectacle.*
2789. William Faulkner	*Les larrons.*
2790. Élisabeth Gille	*Le crabe sur la banquette arrière.*
2791. Louis Martin-Chauffier	*L'homme et la bête.*
2792. Kenzaburô Ôé	*Dites-nous comment survivre à notre folie.*
2793. Jacques Réda	*L'herbe des talus.*
2794. Roger Vrigny	*Accident de parcours.*
2795. Blaise Cendrars	*Le Lotissement du ciel.*

Composition Bussière
et Impression Bussière Camedan Imprimeries
à Saint-Amand (Cher), le 13 février 1996.
Dépôt légal : février 1996.
Numéro d'imprimeur : 2580-1/2389.
ISBN 2-07-039442-5./Imprimé en France.